四季之味道

崔中华　　著

山东文艺出版社

图书在版编目（CIP）数据

四季之味道／崔中华著. —济南：山东文艺出版社，2022.8
ISBN 978-7-5329-6565-6

Ⅰ. 四… Ⅱ.①崔… Ⅲ.①散文集—中国—当代
Ⅳ.①I267

中国版本图书馆 CIP 数据核字（2022）第 012148 号

四季之味道
SIJI ZHI WEIDAO
崔中华 著

主管单位	山东出版传媒股份有限公司
出版发行	山东文艺出版社
社　　址	山东省济南市英雄山路 189 号
邮　　编	250002
网　　址	www.sdwypress.com
读者服务	0531-82098776（总编室）
	0531-82098775（市场营销部）
电子邮箱	sdwy@sdpress.com.cn
印　　刷	山东华立印务有限公司
开　　本	890 毫米×1240 毫米　1/32
印　　张	9.25
字　　数	205 千
版　　次	2022 年 8 月第 1 版
印　　次	2022 年 8 月第 1 次印刷
书　　号	ISBN 978-7-5329-6565-6
定　　价	49.00 元

版权专有，侵权必究。如有图书质量问题，请与出版社联系调换。

目 录

第一辑 春

- 003　二月兰
- 006　鸟鸣穿过春天
- 009　樱花
- 012　仿山
- 016　春之雨
- 020　摇摇晃晃的春天
- 025　人间四月
- 028　胜日寻芳
- 032　雨水
- 035　斑马
- 039　游乐场
- 042　有歌好好听
- 046　人工湖
- 049　枣曹渔村
- 053　君博园

第二辑 夏

- 061　有一年夏天
- 064　关于麦子,你还想说些什么
- 067　高温三十八度
- 070　荷塘
- 073　八层楼窗外的楼群
- 076　夏日的私语
- 079　你看见了彩虹
- 082　雨夜

第三辑 秋

- 089　秋天来的雨
- 092　木之瓜
- 096　2路公交车无法承受之轻
- 101　听完一首歌再下车

| 104 | 黄河堤岸上的风景
| 106 | 落叶
| 109 | 死去的树
| 112 | 八泉峡之夜
| 116 | 山西阳城李疙塔之行
| 131 | 竹泉村
| 135 | 南阳古镇
| 139 | 有风吹过来

第四辑　冬

| 145 | 初冬
| 148 | 立冬
| 152 | 冬天的树
| 155 | 冬夜听雨
| 158 | 那场雪,飘落在一个遥远的冬夜
| 162 | 纸飞机
| 166 | 雪就一个字
| 169 | 欢喜入乡关
| 173 | 母亲的故园
| 176 | 别了,你的2019年
| 179 | 坐拥书城
| 183 | 相逢是一首歌
| 187 | 春节正在来临
| 191 | 大寒
| 195 | 残雪
| 199 | 有时候会想起

第五辑　味道

| 207 | 红烧猪肘
| 211 | 东明味道之烧鸡
| 215 | 烩面往事
| 218 | 梨园深处炖柴鸡
| 221 | 露天餐桌
| 224 | 红荷湿地渔家宴
| 227 | 淮南美食
| 230 | 高平美食
| 234 | 去彭楼水库吃鱼
| 237 | 东明味道之粉肚
| 240 | 鄄城味道之羊肉汤
| 244 | 鄄城味道之辣椒面糊
| 248 | 榆钱馍,香椿芽
| 251 | 糁汤
| 254 | 台儿庄黄花牛肉面
| 257 | 羊肚汤
| 260 | 小龙虾
| 263 | 小酒馆
| 265 | 烧烤园
| 268 | 成武味道之羊肉汤
| 272 | 胡同深深深几许
| 275 | 曹县烤全羊
| 279 | 沂水全羊汤
| 283 | 飘香鱼
| 287 | 草原传奇

第一辑　春

这个春天是个多雨的春天，春之雨是春天的号角，仿佛是一瞬间，吹开了杏花、桃花、紫叶李花、紫荆花、玉兰花、二月兰花，刹那间的绽放，怎一个"重"字了得。

二月兰

如果许多年后让你回忆这个冬天,你一定会想起"至暗时刻"这个词语,漫长的蛰伏让人绝望。绝望中有布谷鸟的声音从遥远的地方传来,"布谷——布谷——",清越的鸟鸣让你感觉春天的惊雷在地下滚动。

遥远的鸟鸣挟裹着春雨,密密地斜织着春天绿色的帷幕。春天的泥土在复苏,在潮湿中孕育着生长的欲望。

荠荠菜和苦苦菜、迎春花和二月兰、杏花桃花和玉兰花、青青的麦田和吐出嫩芽的柳树林……鸟鸣挟裹着春天的颜色和花香迎面而来,让蛰伏中的等待溢满春天的喜悦和希望,"春天像刚落地的娃娃,从头到脚都是新的"。穿过春天的鸟鸣是最好的注脚。

你打开窗户迎接春天的鸟鸣,春天的风在窗外,还有丝丝寒意。你的目光不经意停留在楼前的空地上,一片蓝紫色的花海在波涌,轻烟般的梦幻蓝紫注满你的双眼。

早春二月,春寒料峭中绽放的紫蓝色花朵,和蜡梅花、迎春花一样,应该有一个动听的名字。二月兰,绽放在二月的花朵,清秀可人,又蕴含着兰花的傲骨,也应该把它称为"报春花"了。

几只蓝尾雀从花丛中飞过,惊艳的场景令人恍若隔世,冬天蛰伏的心和情感慢慢在紫蓝色的花海中复苏。

回忆早春时节的几次短暂旅行,开着车行驶在乡间柏油路上,道路旁、田野边、荒坡上,二月兰蓝紫色的花朵随处可见,难怪有人称之为"二月蓝",季节和花色,直截了当。二月兰青绿色的茎叶,心形的叶片,与花的色调搭配得鲜明突出、浑然天成。它的花枝是从下而上开放的,如芝麻开花节节高,攀升的力量,强劲而持久。

二月兰又叫"诸葛菜",十字花科诸葛菜属,它的花朵都是四个花瓣,像小小的"十"字。关于诸葛菜,还有一个传说。相传诸葛亮当上了刘备的军师中郎将,总管军粮和赋税。因为刘备有千军万马,对粮草的需求量比较大,百姓的负担也比较重。百姓吃不饱,穿不暖,人心惶惶。有一次诸葛亮出巡暗访,见到一种野菜,被称为"蔓菁",从老农口中得知此菜浑身是宝,叶子和茎都能吃,吃剩的可制成腌菜,青黄不接时,这菜可成为当家菜。诸葛亮对这种菜很感兴趣。他向老农问了种植蔓菁的方法,便下令让将士们在军中广泛种植,一方面用以补充军粮,另一方面可以作为牲畜的饲料,经济实惠,一举两得。从此之后,军粮充足,百姓的压力也缓解不少。后世就叫它"诸葛菜"。这个传说让你想起二月兰的花语:谦逊质朴,无私奉献。既绽放了美丽,又通过自身的营养价值发光发热。

作家宗璞在她的童话《花的话》中说,榆叶梅、芍药、迎春等一群花儿在争芳斗艳,争得不可开交:"忽然间,花园的角门开了,一个小男孩飞跑了进来。他没有看那月光下的万紫千红,却一直跑到松树背后的一个不受人注意的墙角,在那如茵的绿草中间,采摘着野生的二月兰。"那月光下的二月兰在那位小男孩的眼里,该是怎样的清雅脱俗的美啊。

季羡林先生曾在他的散文《二月兰》中写道:"东坡的词说:'月有阴晴圆缺,人有悲欢离合,此事古难全。'但是花们好像是没有什么悲欢离合。应该开时,它们就开;该消失时,它们就消失。它们是'纵浪大化中',一切顺其自然,自己无所谓什么悲与喜。我的二月兰就是这个样子。

"然而,人这个万物之灵却偏偏有了感情,有了感情就有了悲欢。这真是多此一举,然而没有法子。人自己多情,又把情移到花,'泪眼向花花不语',花当然'不语'了。如果花真'语'起来,岂不吓坏了人!这些道理我十分明白。然而我仍然把自己的悲欢挂到了二月兰上。"

季羡林先生把他的悲欢挂在二月兰上,你把你的目光挂在二月兰上,"泪眼问花花不语",几只蓝尾雀在春天的阳光下飞过二月兰花丛,把影子留在了花丛中。

鸟鸣穿过春天

"布谷——布谷——",是布谷鸟的叫声吗?很远的鸟鸣,隔着无数钢筋水泥的丛林,急促,一声高过一声,让你的心为之一振。

漫长的冬天,人们虫子般在家里蛰伏,有时候窗外在飘落雪花,从窗户看出去,玻璃窗外一片静寂,白雪覆盖下的沉默,压得人无法呼吸。

躺在床上默默数着日子,对面高楼的楼顶,铅灰色的背景,北方的天空满含雪意。

你知道那不是张岱"湖中亭的雪",不是海明威"乞力马扎罗的雪",也不是川端康成"'雪国'的雪",但窗外的雪和那些雪一样,浸润着的孤独和绝望,飘落着,无边无际的苍茫。

还有冬天的雨,时徐时急的雨在窗外,或滴滴答答,或噼噼啪啪。你闭着双眼感觉雨势的大小,一个人,静静地聆听冬雨的旋律,默想那些或悠远或短暂的往事,那些或亲切或陌生的面孔,一些人,一些事,不过一个转身,却已恍若隔世。

当然有时候窗外明媚一片,那是冬天最后的阳光,阳光下的树，在窗外站立。

最高的那棵梧桐树，夏天的时候枝繁叶茂，几只喜鹊在高高的树冠上筑巢，长长的夏日和同样长长的秋日都注满它们的欢歌。"花喜鹊，尾巴长，娶了媳妇忘了娘"，稚气的儿歌，在岁月的最深处，撩拨着敏感的神经。

女贞树和紫叶李树的叶子失去了生长的颜色，它们的黯淡在窗外，遮住了几只麻雀的身影。

光秃秃的香椿树和无花果树，让你想起意大利的一部影片《高原激战》中的一个场景：阴暗潮湿的战壕，高原上覆盖的皑皑白雪，两位士兵趴在战壕里，透过瞭望孔向外张望。夜晚覆盖着白雪的高原冷寂苍凉，不远处一棵杉树孤立着，树下一只狐狸在警惕地张望。"秋天杉树的叶子会变得金黄金黄"，一位士兵对另一位士兵说，他们身后的木床上，一位受伤的士兵在痛苦地呻吟。这样的场景让人内心顿生灰暗，那棵孤独的杉树到秋天叶子真的会变得金黄金黄吗？就像电影《辛德勒的名单》中那位小女孩的红衣衫，希望总会有的，特别是深陷绝望泥潭的时候，让希望的光亮照进来，点燃暗淡的时光。

春天来了，在布谷鸟急促的叫声中。每个春天，布谷鸟急促的叫声总会把人唤醒。那声音虽然很遥远，很凄凉，很无奈，很忧伤，但叫声一直不停歇，叫声中也满含渴望。隔着无数钢筋水泥的丛林，你找寻不到那只布谷鸟的身影。那急促的叫声仿佛来自大地深处，伴着地下滚滚的春雷，从立春，到雨水，到惊蛰，到清明。

你想打开门窗，换上春天的衣衫去找寻那只布谷鸟，循着鸟鸣穿过钢筋水泥的丛林，蹚过干净的河流，踏进青青的麦田，靠近村庄。

村庄外一排排高大的杨树,它们的根须深深地根植于大地,在大地深处缠绕。布谷鸟的叫声从高高的树冠一直渗透到地下缠绕的根须,让你找寻的目光从仰视变为俯视,让你匍匐在春天潮湿的土地上,"手抓黄土我不放"。

但漫长的蛰伏让你的神经慢慢变得麻木,你无法张开双臂,迈开自由的步伐去找寻那只带来春天消息的布谷鸟,你大睁着双眼,用沉默的等待迎接春天的鸟鸣。

樱　花

　　你生活的小城许多年前是没有樱花树的，那时候对你来说感性的樱花只留存在一些电影画面、图片和一些文字中。

　　富士山、樱花和和服是日本的名片。白雪覆盖的富士山下，粉红粉白的樱花在绽放，粉红粉白的云朵云雾缥缈出一片柔美的天地，樱花树下穿着和服的日本女子，以同样柔美的步履来回应樱花绽放的柔软，"下榻山麓边，惯看春来花枝展，夜深酣睡眠。梦中繁花犹再现，樱瓣飘飘然"（日本作家纪贯之咏樱花短歌）。

　　纪贯之是日本平安时代初期的随笔作家与和歌圣手，他的另外一首写樱花的短诗也很有味道："山樱烂漫霞氤氲，雾底霞间隐芳芬。多情最是依稀见，任是一瞥也动人。"

　　和纪贯之同时代的在原业平也是一位著名和歌手，他"体貌闲丽，放纵不拘"，他写樱花的短诗却有凄然之情："世上若无樱，心情宽敞多安宁，不盼花期讯。何地何时睹倩影？花落更伤神！"

　　古代文人的情感是不分国界息息相通的，日本的古代文人在借樱花惜春伤春时，我国的古代文人也流露出同样的情感。

　　"樱花落尽春将困，秋千架下归时。漏暗斜月迟迟，花在枝。"（五代·李煜）樱花落尽的时候春天也要走了。

你坐在靠窗的一张桌子前，在键盘上敲打出以上关于樱花的文字时，窗外天气阴沉，暗色的天空没有暮春的明媚，北风摇晃着马路上女贞树的树枝，寒意封住了小鸟们的嘴巴。

你生活的小城关于樱花树的记忆是在那条华英路上，路的两边和靠近马路的一个小公园里种上了樱花树。刚刚种上的樱花树还很孱弱，但孱弱的枝条上却开出了粉红色绚丽的花朵，照亮了春天一条马路的黯淡。

樱花树一年一年长大，长大的樱花树在春天开出绚丽的花朵，让行人驻足，让一条马路在春天溢出浪漫风情。

你喜欢一个人沿着开满樱花的马路散步，一个人走进那个小公园，走进樱花树林。

那是一场春雨之后，雨后的天气变得无比晴和，你在干净的空气中听见了鸟鸣，在鸟鸣声中去了那片樱花树林。

正午的阳光暖意十足，樱花树林里空无一人，只有满树的繁花和满地的落英。

一阵微风，樱花树上的花瓣随风飘零，体态轻盈，粉红色的蝶舞，让你想起电影《东邪西毒》中桃花林的落英缤纷。

风把飘落的一些樱花花瓣吹到通往樱花树林的甬道上，砖铺的甬道在雨后干净而潮湿。粉红的樱花花瓣堆砌在淡青色的甬道上，你踩着粉红色的流水一路走过去，甬道两边的小叶黄杨绿意葱葱。

你走进樱花树林，一株挨着一株的樱花树用粉红色的花海遮蔽了头顶的天空，零落的花瓣是粉红色的雪片，遮盖了树下潮湿的土地。

树林里满地是粉红色的堆积，鲜丽的色彩紧贴着大地绽放。

因为一株挨着一株的樱花树上依然是满树繁花,粉红的色彩还在樱花树上恣意流淌,满地的落英才没有让你感觉花寒的冷意。

雨后和一片樱花树林不经意邂逅,恍惚间走进了陶渊明的桃花林:"忽逢桃花林,夹岸数百步,中无杂树,芳草鲜美,落英缤纷。"(《桃花源记》)陶渊明一千五百多年的桃花林和你眼前的樱花树林在春天相逢,交相辉映,恍如仙境。

桃花谢了春红,花寒的寓意是春天花朵零落的最终宿命,也是古往今来惜春伤春的情感依托。

南宋那位多愁善感的女词人李清照在昨夜的雨疏风骤中,残酒在浓睡中也无法消去。那位憨懂无知的卷帘人,哪知晓"几点催花雨,风定落花深"的季节变换,更无从洞晓词人内心深处"绿肥红瘦"的感伤喟叹,所谓的"海棠依旧",只不过是卷帘人的自说自话。

你在一首名为《花寒》的小诗中写道:"樱花零落/谓之花寒/一位不知名的日本诗人/在春天和春天之后的季节里/喃喃自语/春天已经来过/春天已经走远/你在春天和春天之后的季节里/感觉牡丹花/当然,还有月季花和蔷薇花/零落。"

因为时间久远,你忘记了写这首小诗时的心情和场景,也忘记了那位日本诗人的名字,但你记住了他所说的花寒是樱花零落的宿命。曾经含苞过后的徐徐绽放,雪白粉红的花瓣美得让人窒息,之后的零落,是高潮过后的谢幕和谢幕之后的冷清,那位诗人的喃喃自语如恍惚中的梦魇,在樱花零落的季节风一样掠过,了无踪迹。

仿　山

惊蛰这天，天气晴和，没有风。

没有风的日子，虫子们照样蠢蠢欲动。

花红柳绿，你看见了柳绿，也看见了花红，杏花、桃花，还有红叶石楠发出的新芽。如果天上有一只风筝，丰子恺画中的意境就凸显出来了。

室内的吊兰、绿萝和芦荟，很应景的绿，两只鸟从窗外飞过，天空蓝得有点像海。

定陶的朋友约你中午去吃柴烧鸡，美食和美景，在惊蛰这天更不能错过。

定陶的许多美食都很接地气，譬如黄店的壮馍、王洪庙的白菜炖羊肉、沙海的羊羔肉，还有焖子和席地，家常的食材，大众的口味，浓浓的乡土气息，吃出来的是味道，勾起来的是淡淡的乡愁。

好多年前你有过在黄店吃壮馍的经历，也是一个春风沉醉的晚上，在小乡镇很普通的一个小酒馆，油腻腻的方桌和条凳，昏黄的灯光，暗淡的墙壁，你和黄店的朋友们围坐在一起，等待一大盘油香可口的壮馍摆放在方桌上,照亮室内的黯淡。

一盘洗得干干净净的大葱段端上来了,黄店的大葱又脆又甜,是吃壮馍极好的作料。接着端上来的是一大盘油汪汪的壮馍,驴肉鸡蛋馅,吃一口壮馍,咬一口葱段,喝一口啤酒,个中滋味,让人感觉生活的美好。

吃王洪庙的白菜炖羊肉是在一个冬天的晚上,菏商路旁边的一个小酒馆,同样是油腻腻的方桌和条凳,同样是昏暗的灯光和暗淡的墙壁,但这一切都遮挡不住操作间煮羊肉的香气。

一碗碗羊肉炖白菜端上来了,浇上红红的辣椒油,配着油饼,一口白酒配一口羊肉,吃得大汗淋漓。

沙海的红烧羊羔肉做工比较讲究,食材必须新鲜,在开水中过一下,用清水洗净,然后爆炒,加上各种作料,文火慢炖,出锅前淋上一大勺香油,那种香味,闻一闻都很过瘾。

定陶接地气的美食还有一样让人食之难忘的,是柴烧鸡,陶驿路上黄家、贾家、王家的柴烧鸡名气较大。

前几年烧鸡店还都是小饭店,家庭作坊式的。几个简陋的单间,饭店门口摆上十几张小方桌,地摊的感觉。

形成品牌后新开的烧鸡店,规模都比较大,你们中午去吃的黄家烧鸡店就是新开的,离仿山不远。

烧鸡店北面是一条河,岸边的杨柳风姿绰约。

烧鸡店里有大厅和十几个包间,还不到十二点半,大厅里已经坐满了人,操作间的大铁锅里煮着烧鸡,扑鼻的香气勾起了人们浓浓的食欲。

先摆上餐桌的是一整只冷拼柴烧鸡,长方形的托盘上,两条鸡腿和两只鸡翅膀摆放得很舒展。

接着端上来的是一盘热鸡杂和一盘热炒柴烧鸡。

炒柴烧鸡要配上大葱、大蒜、青辣椒和红辣椒，这样炒出来才有味。

餐桌上一大盘冷拼和一大盘热炒的柴烧鸡是两道硬菜，许多年前在小饭店吃柴烧鸡有这两道硬菜就足够，最多再配上水煮花生米、凉拌藕、炝土豆丝和凉拌菠菜等小菜。

新开的烧鸡店菜品多了起来，除了两道硬菜，红烧鲤鱼也上来了，有鸡有鱼的宴席档次上去了很多，配菜也上档次了：炒芹菜豆芽肉、鸭蛋炒蒜苗、香椿芽炒鸡蛋、蒸野菜炒鸡蛋，每一道菜肴吃起来都很新鲜。

主食是鸡汤面条。在曹县庄寨吃柴烧鸡，主食也是鸡汤面条。面条里加点香菜和红醋，是吃完烧鸡宴后最完美的总结。

因为烧鸡店距离仿山很近，你们几个人又跑到仿山转了转。

百度上的文字：仿山旅游区，国家AAA级景区，在今山东省菏泽市定陶区城北。仿山系西周诸侯国曹国历代国君墓地，属山东省重点文物保护单位。

公元前1046年，武王灭商，分封天下，封其弟振铎于曹国，都陶丘。公元前487年，曹国灭亡，历二十六世，五百五十五年，曹人怀念故国，便在仿山建造曹伯祠，供奉祭祀。曹伯祠屡圮屡建，延续不绝。唐宋以后，仿山陆续建造寺庙道观，至明清时达到鼎盛，庙宇达40余座，形成规模宏大的风景寺庙园林。

你知道简短的文字很难还原那段历史，耸起的土堆外形像一座土山，站在土山上可以看见周围的风景：一条小河，一个环形湖，一些仿古建筑，还有门口花花绿绿的商铺和摊点。

和世俗生活联系比较紧密的是仿山庙会。每年农历三月二十五到二十九日的仿山古庙会，是民间百姓为纪念曹国第一代国君曹叔振铎而举办的祭祀活动，人们来寺院礼佛烧香，踏青寻春，进而商贩云集，依庙成市。

你看过无人机拍摄的庙会场景，想起了蔡尚君导演的电影《人山人海》。

好多年前，你到定陶巡视高考，入住艺达培训中心酒店，一个人晚餐后散步，常常走到仿山景点。

正赶上麦收季节，空气里飘着泥土和麦子混杂的香味。通往仿山的柏油马路两边是生长多年的柳树，有月亮的晚上，柳树的影子是淡淡的水墨画。

整个仿山也笼罩在月色中，包括那些楼台庙宇，安静而神秘。

春之雨

你喜欢杜甫《春夜喜雨》这首小诗，在成都刚刚安顿下来的杜甫，新盖的茅草屋在春雨绵绵中，他的思绪也在春雨绵绵中，一个"喜"字，充盈着杜甫的心胸，浸润着他情感深处最柔软的地方。

"春夜喜雨"之后的早晨，空气清新，万物瑞泽，花重锦官城。一千多年前杜甫在春雨绵绵中，田间小径，江船灯火尽收眼底。没有突起的秋风，没有茅屋被破的无可奈何，有的只是润物细无声的春雨和内心无法抑制的喜悦。

许多年前你去成都，成都的深秋季节，天黑得早，特别是阴雨天，还不到下午五点钟，昏暗的天光就让人有了黄昏的感觉。"万里悲秋常作客，百年多病独登台"，你站在杜甫草堂门口，浓浓的秋意让人顿生落寞。古柏、修竹、水塘，簇拥着几间茅草屋，一千多年前的秋风急促而凌厉，茅草屋在风雨飘摇中，屋上的茅草纷飞，杂乱无助如当年杜甫的心境。他携老带小顿时被抛在荒郊野外，无处栖身。于是，就有了那篇著名的《茅屋为秋风所破歌》。

从秋风中走进春雨中，从秋天走回春天，从一千多年前杜甫的"春夜喜雨"走到一千多年后你恍惚的睡梦中，一夜的春雨滴滴答答，伴随着黎明前清脆的鸟鸣。

你走在早晨的春雨中，这个春天是个多雨的春天，春之雨是春天的号角，仿佛是一瞬间，吹开了杏花、桃花、紫叶李花、紫荆花、玉兰花、二月兰花，刹那间的绽放，怎一个"重"字了得。

这样的季节，这样的天气，适合朋友小聚。朋友挟裹着春雨过后的湿润和花香从新乡而来。你的学生刘晖毕业于新乡学院，他大学的几位老师前来寻访他高中时代的老师，因为学生的纽带，你和新乡来的朋友很快熟络起来。

他们的语言听起来很亲切，许多年前你生活过的小县城隶属于河南，共同的方言，很容易拉近距离。

他们在你的办公室小坐，你沏上普洱茶，茶香浓郁中，几盆绿植郁郁葱葱。

聊起南太行的风景，有太多太多的回忆。你和你的学生一次次在南太行山中徒步：石板沟之行、从鹅屋到英姑峡、白陉古道、枣树沟、九连山、云台山、关山、王莽岭、王屋山、万仙山、郭亮村……你知道，一路走过来，是走过万水千山的豪情万丈和一抬头满天星辉的款款深情。

那些记忆留存在你的文字《对面的山影》中："对面是关山的影子，天气阴沉，黄昏中山的影子居然层次分明，最远处的山影颜色淡淡的，接近于灰白色，镜头依次拉近，山的颜色由淡到浓，层层叠叠的山影形成一幅幅画屏，画屏上是中国水墨画的浓烟淡抹，留白处让人平添许多想象。

"从你坐的位子看过去,关山高不可攀,山顶在铁灰色的云层中,如鲁迅文字中'铁的兽脊'。许多年前的夏天你和你的几位学生有一次徒步关山的经历,从辉县枣树沟出发,一路拔高一千四百多米,晚上住宿青石爽农家,夜的星光在关山山影中闪烁。你没有想到许多年后秋天的一个黄昏,你会坐在关山脚下一家农家菜馆前,用闲适的目光打量对面关山的山影,暮色中浓浓淡淡的山影,写意般留存着那次徒步关山的记忆。

"你们背着重重的行囊,穿过密林,在碎石山道上,在杂草和灌木丛中,雨后的浓雾让山里的空气变得格外潮湿。

"没有阳光,没有阳光的山道上,只有你们几个人的脚步声。'空山不见人,但闻人语响,返景入深林,复照青苔上'(唐·王维《鹿柴》),古典的空幽和静谧,在行走和穿越中。

"你靠在白色的椅背上,你看不清对面大山里斑驳的色彩,听不见大山里的鸟鸣和虫鸣,但你能感觉到那次徒步的劳累和劳累之后身心的放松,三十多公里的山路让你透支了体力。你们爬到了山顶,爬到山顶上的时候阳光冲开了浓雾,群山的影子从浓雾中慢慢显现出来,虽然还不是太清晰,朦胧的轮廓,朦胧轮廓中暗含的表情,在你和山的对视中,渐渐清晰起来,那一座座拔地而起的山峰,挺拔、峻峭、孤傲,刀砍斧削的力度,显示着关山的力量。"

熟悉的方言把你从回忆中拉回来,新乡的几位朋友逗留的时间太短,匆忙间你们在去菏泽学院的路上,学院的几位朋友等你们过去,其中有一位你非常尊敬的老大哥,好多年都没有见面了,很期待。

雨后的小城空气焕然一新,车窗外的绿植被雨水洗得干干净净，紫叶李花粉白色的花朵簇拥成一团团云朵，一株桃树在公园的树丛中，绽放为一个粉红色的梦。

好长时间都没来菏泽学院了，远远看过去，学院林立的高楼早已取代了三十多年前师专红墙黑瓦的小楼，三十多年前你行走在师专红砖铺的甬道上，去看望一位朋友，模糊的细节，就像是在梦中。

记忆的屏幕上覆盖了一块毛玻璃，影影绰绰中还有许多年前夏天的一个夜晚，几位朋友约你在学院附近的一个小餐馆就餐，好像是重庆鸡公煲，喝德国黑啤酒，吃炒鸡，从窗户看出去是学院高楼上的灯火，马路上是熙熙攘攘的学生，女孩子穿着短裙，逼人的青春，衬托出你酒后的衰老。

雨后的菏泽学院树木葱茏，学院的几位朋友把会面的地方安排在科技楼的一间会议室。都是同行，交流起来没有障碍，期待中，是再度相逢。

午餐安排在大学路上的一家小餐馆，很有特色的小餐馆。

菜肴有地锅鸡、红烧鲤鱼、丸子汤、羊肉菌菇汤，还有几样时蔬。羊肉菌菇汤应该是小餐馆的独创，喝起来味道别具一格。主食有鸡蛋饼、水饺和清汤面。鸡蛋饼是小餐馆的特色，水饺一荤一素，口感都不错。

没有喝酒，举起一杯白开水碰杯的时候碰出来的同样是一见如故的情感和久别重逢的喜悦。

走出小餐馆，春之雨依然淅淅沥沥，连绵不绝。

摇摇晃晃的春天

春天就这样来了,孤独的鸟鸣,早晨六点左右的光景,在窗外,穿透你梦的边缘。春天的饰品,孤独而精致。

你在声音中,春天的声音,一些花朵盛开的声音,汹涌,澎湃,如冰块消融后湍急的河水,让你感觉到季节的更替强壮有力。

那些丁香花,还在好多年前的春天开放,细细碎碎淡紫色的花朵,温润如一首小令,让人回味无穷。

那些年的春天你还有写诗的冲动:

  一抬头看见柳树
  满眼的绿
  还有苍茫

  吹面的风
  还有寒意
  有些人穿着冬装

有些人已经换上了单衣

你从柳树下走过
手里没有拉着风筝
你不想成为丰子恺漫画中
心事重重的中年人
　　——《一抬头看见柳树》

你在一棵香椿树下挖坑
掩埋一只死去的麻雀
你在鸢尾花丛中
发现了它的尸体

在阳光明媚的春天里
一只麻雀的死亡
不是一件小事
挖土的铁锹触到了树根
一种尖锐的疼

楼上有一间房子里
有人在弹奏钢琴
叮叮咚咚
是春天的声音
　　——《春天的正午》

年末的聚会
　　在喝酒的间隙
　　让一些话题躺在舌尖上
　　让岁末的时光在灯光下跳舞

　　万丈红尘
　　有一些豪气
　　还有三分愁苦和七分寂寞
　　你无法未卜先知

　　手拍栏杆
　　拍出许多浊气
　　挑灯看剑
　　看到了英雄迟暮

　　有所思
　　思无邪
　　岁月静好
　　唯念君安

　　这些诗句伴着摇摇晃晃的春天，恍惚的情感，在许多年后的春风里慢慢稀释。
　　再也没有写诗的冲动，庸俗而油腻的中年生活，再也无法感知春天稍纵即逝的淡淡感伤。
　　许多年前春天的一个黄昏，你站在一个酒店门口等一位朋友。酒店门口是汹涌的车流和人流，一条喧嚣的河流，流淌中的撞击，宛如你身后酒店院子里假山上流水的声音。

朋友来了，提着红酒，一脸的笑意，久违的表情，如春天。

你跟在朋友身后，酒店楼梯的台阶很粗糙，长长的走廊里，有一些盆栽植物，让你感觉这个春天夜晚的暖意和绿色中沉淀的忧伤。

酒店的房间很大，低调的奢华，这样的房间适合聚会，适合把春天的妩媚和优雅轻轻安放。

在明亮柔和的灯光下，朋友们聚在一起，相逢的瞬间让人恍惚。

你坐在主陪的位子，和你刚刚接到的那位朋友隔着一个人，还隔着还算可口的菜肴和酒杯。白酒已经满上，啤酒冒着好看的白色泡沫，琥珀色的红酒，沉淀着典雅和高贵。

你举杯，一些东西在体内燃烧。春天的夜晚最适合相聚，和朋友们聚在一起，就有了居家的感觉。

朋友们也举起酒杯，琥珀色的红酒，金黄色的啤酒和透明的白酒，几杯酒下肚，大家不再拘谨，酒精让脸慢慢红起来，你感觉一种逼人的东西，一瞬间，从高处坠落。

其实你只是静静地坐在那里，举杯，不可救药。春天让你无可救药。春天的黄昏有花的香味：杏花、桃花、玉兰花、梨花，弥漫的香味把人的嗅觉淹没。

柔柔的香味是和坚硬相对立的，譬如许多年后你上班路过的那个涵洞，涵洞上方是铁轨。

灰扑扑的涵洞，钢筋水泥铸就的颜色，黑黄相间的限高杆，冰冷的铁轨，每一次过涵洞都有一种被淹没被覆盖的感觉。

通往涵洞的公路两边种着紫荆树和木瓜海棠树，春分季节过后，两种树上的花竞相绽放，让你感觉到的是怒放的生命。紫荆花红紫色的花束和木瓜海棠粉白色的花朵，铺天盖地，汹涌澎湃。

你开着车通过春天花的河流。早已过了飙车的年龄，路过涵洞的时候你轻轻踩着刹车，有时候会和涵洞上方铁轨上的一列火车慢慢交叉而过。

涵洞下方的公路和涵洞上方的铁道十字交叉，你和涵洞上方行驶的火车从对视到失之交臂。慢慢开走的火车把春天的一些东西带走了，你从车的后视镜看见那列火车最后一节车厢消失的瞬间，心突然空了许多。

坚硬和柔软相碰撞的感觉，摇摇晃晃的春天的感觉，让你想起日本道元禅师的一首和歌："春花秋月杜鹃夏，冬雪皑皑寒意加。"雪的美，月的美，四季的美，寻常的语句，寻常的情感，却让人无法忘怀。

人间四月

四月，是个美好的季节吗？林徽因在她的那首小诗《你是人间四月天》中喃喃自语："你是一树一树的花开，是燕在梁间呢喃，——你是爱，是暖，是希望，你是人间四月天！"

有时候你会在一些朗诵会上扮演评委的角色，好多朗诵者会选择林徽因的这首小诗作为朗诵的模本，朗诵者的嗓音和这首小诗并没有打动你，你甚至对这样的朗诵场景有一种疏离感，从小诗想到林徽因，想到徐志摩，想到台湾的那部言情剧《人间四月天》，想到张爱玲写的《太太万岁》，民国期间的情感纠葛，宛如一部黑白无声电影，但你不是台下唯一的观众。

打动你的是"人间四月天"这个美好的语句，寓意着"姹紫嫣红、草长莺飞"，寓意着"美景、美食、美好的情感"，寓意着"现世安稳、岁月静好"，寓意着你和你的学生一次次长长的远足，在太行山茂密的树林中，在崎岖的山道上，在夜晚星空下的农家小院，举杯，一杯敬明月，一杯敬过往，但没有歌手毛不易的"消愁"。

和学生一次暮春时节的远足，在去郭亮村的山路上，一场春雨沐浴过的山峰上有了翠绿的色彩，黄灿灿的连翘花点缀在翠绿中，让阴沉的天色有了些许亮光。有时候还能看见一两株桃树，粉艳艳的花朵开得正热闹，"人间四月芳菲尽，山寺桃花始盛开"，山高地深，时节绝晚，海拔1700米的山峰，让你感觉到的是早春的气息。

唐代诗人白居易的《大林寺桃花》写道："人间四月芳菲尽，山寺桃花始盛开。长恨春归无觅处，不知转入此中来。"短短的四句诗，从内容到语言都浅显明白，只不过是把"山高地深，时节绝晚""与平地聚落不同"的景物节候，做了一番记述和描写，许多小学生古典诗词诵读选本大都选有这首小诗。但细读之，就会品味出这首小诗独特的寓意。

诗的开首"人间四月芳菲尽，山寺桃花始盛开"两句，写诗人登山时已届孟夏，正属大地春归、芳菲落尽之时，诗人不期在高山古寺之中，遇上一片始盛的桃花。"长恨春归无觅处，不知转入此中来"，诗人登临之前为春光的匆匆不驻而怨恨，而恼怒，而失望，转为看见山寺桃花盛开的惊异和欣喜，原来春并未归去，只不过像孩子跟人捉迷藏一样，偷偷地躲到另外一个地方罢了。

这让人很容易想起人生的得失问题，一个人的得与失是守恒的，在一个地方失去了一些，就一定会在另外一个地方找回来一些，正如《圣经》里说的："当上帝关了这扇门，一定会为你打开另外一扇门。"

小诗诗题中的"大林寺"在庐山大林峰，相传为晋代僧人昙诜（昙诜幼小出家，为庐山慧远弟子。他"勤修敬业，颇通外学，善讲解"）所建，为中国佛教圣地之一。白居易写这首小诗的时候，是在江州司马的任上。唐贞元年间进士出身的白居易，曾授秘书省校书郎，再官至左拾遗，可谓春风得意。谁知几年的官宦生涯中，因其直谏不讳，冒犯权贵，被贬为江州司马。

江州当时被看成是"蛮瘴之地"，江州司马虽然名义上是刺史的佐史，实际上是一种闲散职务。被贬的次年（元和十一年），他送客湓浦口，遇到琵琶女，写下了长诗《琵琶行》。

同一时期写的两首诗虽然在内容和形式上有较大区别，一是写人，一是写景，一是长篇，一是短章，但诗人在诗歌里寄寓的情感却是相通的，《琵琶行》中"同是天涯沦落人"的沧桑感慨，自然地融入《大林寺桃花》小诗中，使这首记游诗蒙上了逆旅沧桑的隐喻色彩。

二十多年前你在小县城的一所中学教书的时候，给你的学生讲授过《琵琶行》这首诗，你最喜欢长诗前的小序："元和十年，予左迁九江郡司马。明年秋，送客湓浦口，闻舟中夜弹琵琶者，听其音，铮铮然有京都声。问其人，本长安倡女，尝学琵琶于穆、曹二善才，年长色衰，委身为贾人妇。遂命酒，使快弹数曲。曲罢悯然，自叙少小时欢乐事，今漂沦憔悴，转徙于江湖间。予出官二年，恬然自安，感斯人言，是夕始觉有迁谪意。因为长句，歌以赠之，凡六百一十六言，命曰《琵琶行》。"

二十多年后重读这段文字，在四月明媚的春光中，却心有戚戚然。

胜日寻芳

许多年后你一定会想起这个春日,你和你的几位学生去黄河滩区一个叫"程坡"的小村庄,祭奠一位学生去世三年的母亲。

熟悉的道路,从菏泽出发,途经马岭岗、王浩屯、大黄集、庄寨、马头、三春,在106国道上一个叫"祥符营"的小村庄左转上黄河大堤,然后右转,慢慢阅读黄河堤岸上春天的景致。

学生刘世忠开车,你让他把车速放慢,不想放过河堤两边任何一处风景。

河堤的西面是杨树和柳树林,几场春雨过后,树林郁郁葱葱,羊群在树林中的绿草地上吃草,牧羊的老人靠在一棵大树下,阳光下,老人一脸闲适,春天早晨的太阳光线柔和,溢满田园情趣。

河堤的东边是一块接着一块的苗圃,紫叶李粉红色的花朵在怒放,燃烧的感觉,在湛蓝的天空下;大块的木瓜海棠树,粉白色的花朵点缀在绿叶中间,浓浓的香气弥漫;还有樱花林、紫荆林、梨树林,红白相间的花朵,春天绚丽的颜色,定格为一幅幅油画的斑驳绚烂。

黄河在遥远处，还有麦田，厚厚的绿，充满拔节的力量。

几只喜鹊和野鸽子从车窗外飞过，轻盈的动作和欢快的叫声，春天的喜悦在风中流淌。

你们要去的程坡村在黄河滩区的深处，隶属焦园乡。

绿绿的麦田在乡村小路的两边，还不到清明节气，充沛的雨水让麦子长得很快，摇曳的春风中，有麦子拔节的声音。

滩区里有好多水塘，麦田旁的沟渠和水塘边，是大片大片的油菜花，黄灿灿的色彩，是凡·高向日葵的色彩，没有秋日的阴郁，只有春日的明丽，让人想起遥远的江南水乡。

按黄河滩区的习俗，老人的三年祭奠，属于半喜半忧，雇的响器班吹奏的乐曲有冬日的阴沉，也有春天的欢快。

在村头和另一波学生还有几位朋友聚在一起后，一同去灵棚祭奠老人。

阳光真好，春天的阳光，有油菜花的色彩和亮度。小村的柏油路和土路混杂在一起，连接着一个个高高的黄土堆砌的屋台。孩子们在屋台下面的黄泥小路上跑来跑去，享受他们独有的春天的快乐。那是你儿时经历过的场景，村里每发生一件红白事，都会给孩子们带来莫名的快乐。小村的生活太单调，红白事是小村的调味品。

中午的聚餐还要等一会儿，你和你的学生、朋友从热闹的人群中挤出来，走到村头的柏油马路上。

新修的柏油马路，东面是老旧的村庄，年代久远的房舍和院落写着滩区厚重的历史。西面高高的村台上，一排排小楼拔地而起，是黄河滩区迁建工程，不久的将来，滩区居民都会搬进新居，告别那些旧居，滩区的历史将重新续写喜悦和欢歌。

你只想走进小村的记忆里，领着你的学生重新踏上小村的黄泥土路。

每一家红砖黑瓦的平房都有年代感了，屋台上的院落很大，堆放着农具、柴草垛和杂物。

屋台上种着一两株桃树，桃花开得正艳，让你想起你在《残雪》里写的一段文字："'残雪消融，溪流淙淙'，日本民歌的旋律，让你想起不远处的春天，想起电视剧《装台》里的秦腔剧'人面桃花'，舞台的背景是大朵大朵鲜艳的桃花。'去年今日此门中，人面桃花相映红'，秦腔的婉转低扬中，是残雪消融后流水的惆怅。"

屋台后面的土坡上，长满野菜：荠荠菜、茵陈、车前子、苦菜、面条菜，肥硕的土地里长出来的野菜郁郁葱葱，细碎的白色小花和黄色紫色小花，星星点点，装点着小村的春天。

顺着村道走进田野，麦子、蒜苗、小葱、油菜花，小小的水塘一个挨着一个，水塘里有此起彼伏的蛙声。

真的是蛙声。印象中蛙声一般在夜晚，特别是有月亮的夏夜，一片蛙声让小村的夜晚变得热闹非凡。

白天的蛙鸣同样让人顿生"遁入田园"欢快之感。田野里有好闻的粪土味道，有油菜花和野花野草的香味，有水塘里鱼虾的咸腥味，这是村庄独有的味道，每一种味道里都浸润着浓浓的乡愁，没有在农村生活过的人很难读懂这种乡愁。"未老莫还乡，还乡须断肠。"

从小村转出来，又到了村西面新修的柏油马路上。回望村庄，回望簇拥着村庄的树木、水塘、麦田和土坡上黄灿灿的油菜花，你疑心是到了烟雨迷蒙的江南水乡。

午餐时间下午一点多了，农村的红白事有村规民约，酒水和菜品都有相应的规定。本着节俭的原则，菜肴不算太多，但味道非常好。红烧猪肘、烧鸡、红烧鲤鱼、炒牛肉、扣肉蒸碗、酥肉蒸碗、凉拌猪杂、凉拌藕、水煮花生、蒸野菜，每一道菜肴都是农村焗匠调制出来的味道，浓浓的烟火味，很接地气。

因为是半喜半忧，可以饮酒，和学生还有多日未见的朋友们，就有了举杯的冲动。

每一杯酒里就有了油菜花的味道、苦苦菜的味道、车前子的味道；有了田野里风的味道、泥土的味道、水汽的味道；有了狗吠鸡叫的味道、炊烟袅袅的味道、人面桃花相映红的味道。这些味道沉润在酒杯里，等闲识得东风面，万紫千红总是春。

雨　水

"雨水"那天没有下雨,就像"大雪"那天没有下雪一样。"东风解冻,散而为雨"的场景只存在于想象中。

天气晴朗,没有一丝风,你和家人开车去一个小县城的动物园。动物园有一个响亮的名字:白虎山动物园。动物园主推的动物就是老虎。

通往动物园的路是一条新修的公路,路面崭新,泛着清朗的深蓝色,一条蓝色的河流。

"深深的海洋,你为何不平静,不平静就像我爱人,那一颗动荡的心。"南斯拉夫的一首民谣。动听的歌曲是不分国籍的,就像那首《可可托海的牧羊人》:"心上人我在可可托海等你,他们说你嫁到了伊犁,是不是因为那里有美丽的那拉提,还是那里的杏花,才能酿出你要的甜蜜。"网络上这首歌的各种翻唱版,每一版都唱得情真意切。

失去的总让人怀想和追忆,"追忆似水年华",回忆就像这条通往动物园的蓝色公路,路两边的风景一掠而过。

公路两边没有酿出甜蜜的杏花,田野里的麦苗已经返青,还有大蒜的幼苗，绿色让田野变得湿润起来，生动起来，就像丰子恺画中的柳树，春风一吹，婀娜多姿。

路两边的绿植是黄金槐。还没有发芽的黄金槐在"雨水"节气依然楚楚动人：黑灰色的树干上，伸出金黄色的枝条，蓝天下的金黄色枝条流光溢彩，富丽堂皇。

动物园建在起伏的小山包上，小山包的名字就是动物园的名字。

站在小山包上往西南方向看过去，可以看见那座更高一点的山头。"金山"，很好听的名字，有一年初夏的一个晚上和几位朋友去爬这座山，那是一个有月亮的晚上，山上的月亮离你很近，也很温柔，照亮了山坡上的野牡丹。

那是一个让人难忘的夜晚，山上的古寺在月光下显得神秘而庄严。

那应该也是一个有故事的夜晚，值得人追忆和怀想，野牡丹在夜晚的风中摇曳出白天不一样的风情。

山包上的动物园设施很简陋，但还是招揽了许多游客。园里的动物有七十多个品种，五百六十多只，分为二十多个园区。

老虎和狮子圈养在大大小小的铁笼子里，有几只白虎躺在木架子上睡觉，有一只高大威猛的老虎被单独关在一个笼子里，它不停地在笼子里踱步，气势恢宏，让你想起王朔的小说《动物凶猛》。

小说写的当然不是动物，而是特殊年代的一群疯孩子，后来姜文把它拍成一部电影，名字是《阳光灿烂的日子》，电影风格有《美国往事》的影子。

"在桂林/小小的动物园里/我见到一只老虎/我挤在叽叽喳喳

的人群中／隔着两道铁栅栏／向笼里的老虎／张望了许久许久／但一直没有瞧见／老虎斑斓的面孔／和火焰似的眼睛"（牛汉《华南虎》）。

你也站在铁栅栏旁边观望，老虎斑斓的面孔和火焰似的眼睛同样只存在于想象中。

动物园是属于孩子们的，那头瘸腿的大象和几只埋头吃草的羊驼，你从它们的眼里看到的是无边的孤独。

斑 马

你很难界定春天麦田的颜色,如果是晴朗的天气,阳光充足,远远看过去,麦田的颜色不是纯绿色的,阳光仿佛给麦田镶上了好看的金边,有时候金边是滚动的,金边滚过去的时候,麦田的纯绿色才显露出来。

好多时候你是开着车在乡间的公路上去感觉麦田的颜色,车窗外一掠而过的树木,麦田是无边无际的背景。没有阳光的春天,麦田的绿变得灰暗起来,你只有踏上田埂,慢慢弯下腰来,一垄垄麦子深绿色的面孔会和你默默对视。这是春天的深绿色,蓬勃、生动,一场接着一场的春雨过后,这种绿就会野蛮生长。

春天的风吹面不寒,因为路边的杨柳依依。这样的季节适合出行,适合在春天的田野上漫无目的游走,适合在深绿色的麦田中采摘野菜,让人想到古老《诗经》中反复出现的画面和质感。

"采薇采薇,薇亦作止。曰归曰归,岁亦莫止。"一唱三叹中,风吹过,云涌过,鸟鸣过。

你在《雨水》那篇文字中写道:"'雨水'那天没有下雨,就像'大雪'那天没有下雪一样。'东风解冻,散而为雨'的场景只存在于想象中。

"天气晴朗,没有一丝风,你和家人开车去一个小县城的动物园,动物园有一个响亮的名字:白虎山动物园。"

你接着写道:"动物园是属于孩子们的,那头瘸腿的大象和几只埋头吃草的羊驼,你从它们的眼里看到的是无边的孤独。"

你知道这种孤独是你当时的心境,就像庄子和惠子关于"鱼之乐"的对话,快乐是庄子当时的心境。

站在动物园门口,看见东北方向的一个村庄上空在放烟火。

年还没有过完,白日烟火在晴朗的天空下,在春天的风中,炫目而喜庆。

烟火是在一个屋顶上放的,五彩的烟火在大白天也能看见,在空中散开蓝色和红色,但更多的是白亮的颜色,闪烁而璀璨,夹带着噼噼啪啪的响声。

北野武的电影《花火》中的画面一闪而过,还有廖凡和桂纶镁主演的电影《白日焰火》,幻灭的美感,稍纵即逝。

那个燃放烟火的小村是石头村吗?你知道石头村也有自己的名字,叫前王庄,隶属巨野县核桃园镇。

好多年前的冬天你去过这个小村,村庄的西面有一座山,就是白虎山。

那时候还没有在山上建动物园,你和几位朋友爬到了山顶,山不高,中间的石头已被村民们挖空,只剩下四周的石壁。挖空处涌出的泉水汇成了一个狭长的人工湖,水质清澈,颜色碧蓝,在冬天的阳光下,宝石般璀璨夺目。

村庄南面的那座山叫青龙山,挖空的山体留下一些怪石,有一块像极了菩萨,柔软的线条,流畅的造型,巧夺天工。村庄南面更遥远的地方是金山，山的形状像只乌龟。村庄的北面是凤凰山。四座山的名字暗合了古代七大星区的"四象"。

石头村就在这四座山的簇拥中，度过了几百年的光阴。

你和几位朋友走进这座小村，从村庄的东面，在冬日晌午温暖的阳光下，在石砌的逼仄的村道上。

村庄东大门的遗址，一堵石墙，厚重的石块上，残留着村庄的一些记忆。

靠近石墙的一块石碑上，有介绍村庄的文字："前王庄民居建筑群位于巨野县核桃园镇前王庄村西南部，曾被叫作'石头寨'，是一处清至民国时期的古建筑群。据本村王氏家谱记载，前王庄自明洪武十三年迁此建庄，繁衍至今。"

许多年前冬天的记忆闪电般复苏之后，你审视的目光又回到了春天的动物园。

那是一个斑马园，空荡荡的大园子里只有两只斑马，一只在房舍里吃草，一只站在房舍的外面，紧靠着墙壁，一动不动。

阳光很温和，这是春天的阳光，房舍的墙壁上画着一只斑马，黑白相间的线条，两扇蓝色的门挡住了墙上斑马的肚子。站着的斑马是画在墙上斑马的浓缩版，它紧靠着墙壁，紧靠着墙上的斑马，孤独而忧伤。

　　斑马，斑马，你不要睡着啦
　　再给我看看你受伤的尾巴
　　我不想去触碰你伤口的疤
　　我只想掀起你的头发
　　斑马，斑马，你回到了你的家

可我浪费着我寒冷的年华
你的城市没有一扇门为我打开啊
我终究还要回到路上

斑马，斑马，你来自南方的红色啊
是否也是个动人的故事啊
……

宋冬野的歌《斑马斑马》讲述的是一个爱的故事，繁华而现实的大都市，一位流浪歌手和一位受过伤害的姑娘，内心的渴望和现实中的一无所有，漂泊和回望中的温情……一首歌和眼前孤独的斑马，构成了这个刚刚来到的春天独有的气息。

游乐场

在去游乐场之前,你和家人先去了飞机场。

第二天就是谷雨,春天的最后一个节气,还没有好好享受春天的时光,夏天就来了。那些花朵,那些亮了一个春天的花朵,在慢慢枯萎,给春天画上句点。

天气阴沉,天空饱含雨意。通往机场的公路刚修不久,路两边的空地上有一些民工在种植绿化树,空地上是隆起的土堆,种上绿化树的土堆给人的感觉是缓缓的山丘。"越过山丘,无人等候",李宗盛的歌词让人想起生活的不易和人生的无奈。土堆上有几棵樱花树,枝条上还有稀稀疏疏的粉色花朵,晚开的樱花在暗淡的天色下像极了绝望的微笑。

机场还没有建好,没有建好的机场在路的尽头,临时搭建的铁门把正在修建的机场关在了里面。

大门外有高高的土堆,好多人站在土堆上越过铁门遥望机场中的建筑物,高高的候机楼主体已经完工,候机楼的另外一面应该是平整的跑道,候机楼挡住了人们的视线,站在高高的土堆上也看不见平整的跑道,这让站在高土堆上遥望的人有点沮丧。一些孩子在土堆上跑来跑去，手里拿着花花绿绿的风车，如果土堆旁边有几棵拖着长长枝条的柳树，应该让你看见许多年前丰子恺笔下的画面。

你爬上高高的土堆，看见了土堆南面的一大片油菜花地，真的是一大片，金灿灿的油菜花还在绽放，一些人在油菜花地里拍照，享受春天最后的馈赠。

你在《油菜花》那篇文字中写道："北方的春意总是在油菜花的绽放中渐深渐浓，'红杏枝头春意闹'的春意还是浅浅的春意，在春寒料峭乍暖还寒中，桃花雪还会不期而至，倒春寒的凄风苦雨还会让人们脱去刚刚换上的春装，绽放的一些花朵在寒冷中会渐渐枯萎。但油菜花开了，绽放的油菜花让春意变得越来越浓，金黄色的光芒，照亮了漫长冬日的暗淡。

"大片油菜花金色的光芒不光照亮了漫长冬日的暗淡，同时也照亮了暮春时节的黯淡。"

在大片的油菜花里穿行，让人有一种不真实的感觉，让你想起许多年前去过的草原，八月份的草原上开着的黄灿灿的油菜花，耀眼的金黄色让人眩晕。

离开油菜花地，离开飞机场，开车去游乐场。游乐场在一个刚刚建好的牡丹园子里，离飞机场不到六公里，在途经飞机场的路上。

你调转车头，在两边土堆隆起的公路上往回赶，刚开园的牡丹园门口飘着两个大气球，地上铺着劣质的红地毯。门口两边的路上停满了车辆，卖零食和劣质玩具的小摊点一个挨着一个，每个景区门口都有的场景，花花绿绿，热热闹闹。

牡丹园子里的牡丹都开了，上个周末来的时候好多牡丹都没有开,新建的园子里还是黄泥路面,主干道上铺了一层绿色的塑料布,上面有尘土,没有多少花朵的大园子显得空落落的,远没有大门口热闹。

但这次来牡丹花都开了,你想用"游人如织"这个词形容一下园子里的热闹。和你生活的小城北面的那个牡丹园相比,这个新开的牡丹园老牡丹比较多,好多都是百年以上的花龄。老牡丹枝干粗壮,花朵硕大艳丽,有的一株老牡丹开出三种花色。一株挨着一株的牡丹花绽放的场景,远远看过去,让你想起"云蒸霞蔚"这个词语。

游乐场在牡丹园的西南角,充气的塑料城堡花花绿绿,上面有小猪佩奇和喜羊羊的头像。一些孩子在城堡里玩耍,钻山洞、滑滑梯。小火车在轨道上爬行,每节车厢里都坐着一个大人和一个孩子,缓缓爬行的小火车在下坡的时候会突然加速,让坐车的孩子们兴奋一下。

你手里拿着一架蓝色的纸风车,站在游乐场的一角,感觉小火车慢慢爬行的节奏。游乐场里比牡丹园里热闹,你身后不远处就是盛开的牡丹花,游乐场里的喧嚣遮盖了花开的声音。套圈、打靶、射箭、棉花糖、臭豆腐、烤串和面筋,劣质的塑料玩具、印制粗糙的图书,游乐场该有的元素似乎一样不缺,但你知道这些元素是低水准的,甚至让人感觉到寒酸,和那些大的游乐场有天壤之别。没有高高的摩天轮,没有呼啸而过的过山车,没有海盗船,没有卡丁车,没有健壮的马匹,没有魔鬼城堡……有的只是孩子们单纯的快乐,就像你手里拿着的那架蓝色的纸风车,只要有风,它就不停地转动。

有歌好好听

有些歌,是需要好好听的,"岁月如歌",听歌,何尝不是聆听生命流逝的声音,记忆河流中的点点滴滴,让回望的目光百感交集。

这让你想起吴伯箫《歌声》里的一段文字:"感人的歌声留给人的记忆是长远的。无论哪一首激动人心的歌,最初在哪里听过,哪里的情景就会深深地留在记忆里。环境,天气,人物,色彩,甚至连听歌时的感触,都会烙印在记忆的深处,像在记忆里摄下了声音的影片一样。那影片纯粹是用声音绘制的,声音绘制色彩,声音绘制形象,声音绘制感情。只要在什么时候再听到那种歌声,那声音的影片便一幕幕放映起来。"和这段朴素的文字邂逅的时候,你在一个小县城的中学教书。语文课本里好像有这篇文字,除了这篇文字,好像还有吴伯箫的《记一辆纺车》《难老泉》。

你站在那个简陋的讲台上给你的学生讲述这些文字的时候还是一副年轻的模样,留着长长的头发,教书的空隙间读诗和写诗。后来你出的一本书的名字就是《教过书的人》,记录了那段教书的日子,情感的真实遮蔽了这本书文字的浅陋。除了读诗和写诗，空余的时间就是听歌，用的是燕舞牌收录机、卡带。

那时候你喜欢张蔷的歌曲《一阵恼人的秋风》《走过咖啡屋》《好好爱我》，喜欢张蔷嗓音中的那种穿透力，那是让人的心灵战栗的穿透力。当然还喜欢那位叫王杰的歌手，他的一些歌你还会哼唱，《回家》《一场游戏一场梦》《安妮》，特别是那首《安妮》，有歌手自身的经历和体验，那种失去后的感伤，那种发自灵魂深处的呼唤，确实楚楚动人。

有一年几位朋友相约去商丘游玩，晚上练地摊，商丘的烤串都是大串，味道不错，记忆中是先喝白酒，后来又换了啤酒，喝酒的气氛好得让人伤感，好得有许多离别的感觉，好得很快让人有了醉意，好得喝完酒又去了歌厅，那些年还有去歌厅唱歌的热情。

在歌厅里你唱了王杰的《安妮》，居然唱得很动感情，唱到最后居然有了流泪的感觉。后来想想，那首歌是一种离别的仪式吗？不然，不会徒生感伤。

让人徒生伤感的歌曲伴着你的一些日子，后来慢慢褪去了最初鲜丽的颜色和质感，但另外一些歌在另外的一些日子等着你，刘若英的《后来》就是其中的一首。

有一次你在绿皮火车上，听一位歌手用日语演唱这首《后来》，车窗外是冬日的景象，萧瑟的原野和同样萧瑟的村落，因为有《后来》，心里才生出了一丝暖意。

还有蔡琴的《你的眼神》《恰是你的温柔》，充满磁性的女中音，一场致命的覆盖。你喜欢这样的覆盖，几十年的坎坷挫折，把一位女歌手历练得宠辱不惊，听她的歌其实也在听她别样的人生。

中年以后听李宗盛的《山丘》，"越过山丘，无人等候"，中年以后听的一些歌仿佛都在一次短暂的路途中完成。

那是好多年前的春天，和几位朋友开车去郊外，东西走向的柏油路两边，白杨树一棵挨着一棵。笔直的树干，发出嫩芽的枝条，远远望去，是一幅简洁的水墨画，有时又像俄罗斯的风景油画。

路两边的二月兰开了，忧郁的蓝色，沉淀在俄罗斯风景油画中。你们在画面中穿行，在想象和默契中穿行，在梦一样迷离中穿行。

车载音乐正播放《想你的夜》："分手那天/我看着你走远/所有承诺化成了句点/独自守在空荡的房间/爱与痛在我心里纠缠/我们的爱走到了今天/是不是我太自私了一点/如果爱可以重来/我会为你放弃一切……"听这首歌的时候你还不知道歌的名字，后来你才知道了这首歌的名字。

之后是《洋葱》："如果你愿意一层一层一层地剥开我的心/你会发现/你会讶异/你是我/最压抑/最深处的秘密/如果你愿意一层一层一层地剥开我的心/你会鼻酸/你会流泪/只要你能/听到我/看到我的全心全意……"把洋葱一层层剥开，剥到最后让人泪流满面。一颗洋葱承载了太多的情感，写这首歌的人一定受过伤害，他是用心去写的。

还有那首《金色的麦浪》："远处蔚蓝天空下/涌动着金色的麦浪/就在那里曾是你和我/爱过的地方/当微风带着收获的味道/吹向我脸庞/想起你轻柔的话语/曾打湿我眼眶……"远离城市喧嚣的轻柔之声，质朴，略带伤感。

后来听那首《我的好兄弟》，青春已逝，一些友情还残留在歌词里，但时间常常把残留的友情击得粉碎。

再后来听《十年》，一边享受一边泪流，这符合你当时的心境，但你没有想十年之后是什么样子，有些日子应该是一棵树，会慢慢长大，最后枝繁叶茂，这个比喻让你安心，听歌，沉浸歌曲营造的温暖感伤的氛围中。

途中路过一个小村庄，低矮的土屋，同样低矮的门楼，门楼的门都紧闭着，拐来拐去的土街上没看见一个人影。树很多，都是杨树，地上铺着一层厚厚的杨棉，灰扑扑的，像肮脏的雪。沉寂中时间慢下来了，这样的村子不适合生活太长的时间，因为你知道自己只不过是匆匆的过客，不可能融进村庄坚硬的现实里，所以对村庄的寂寞、荒凉、贫困才有了审美的情感，你们不会走入这样的生活，坚硬的孤独会把所有的情感和思想击得粉碎。你和朋友们说起你做过的一个梦：一个人在一个无人的地方，无人倾诉。落荒的惊厥让你从梦中醒来，大睁着双眼一直到天亮。

那次短暂的旅行在几首歌中完成，旅途中的好多细节都和那几首歌息息相关。想起后来一个秋天的成都之行，你喜欢成都整洁的大街和街道两旁高大的银杏树、盘根错节的榕树、花朵争艳的芙蓉树和垂着枝条的柳树。深秋的凉意让银杏树的叶子变得金黄，让你想起你生活的小城那条僻静的街道，两边的银杏树叶子一样金黄，每次路过都会有一两片金黄的叶子落在肩头，渐浓的秋意让人感伤。

你同样喜欢成都的小巷，逼仄、清净，有一种踏在青石板上的安逸和喜悦。说是小巷其实是一些窄窄的街道，小酒馆在街道的两边，路灯有些昏暗，有赵雷的歌曲《成都》里的氛围："深秋嫩绿的垂柳，亲吻着我的额头……走到玉林路的尽头，坐在小酒馆的门口。"平民化的城市当然有平民化的歌谣，卑微、挣扎的自由，最后坐在小酒馆的门口，一杯浊酒消解轻愁。

人工湖

人工湖在小县城的东南，这几年小县城的发展摒弃了老城区，一座座高楼在小县城东南的空地上拔地而起，长成了钢筋水泥的森林。人工湖在钢筋水泥森林的中间，柔软的波动，让小县城有了灵气和活力。

挖湖挖出来的泥土堆砌在湖的东南角，土堆上面建了一座塔，植上了绿树，起名栖凤山。黄昏的时候，你站在南湖宾馆二楼的阳台上，看见栖凤山上那座塔的塔尖还残留着夕阳的余晖。春天夕阳的余晖没有夏天的强烈，淡淡的柔黄，有一种抚慰人心的力量。

阳台上摆放着两张座椅和一个圆形的茶桌，可以泡上一壶茶水，靠在黑色的椅背上，一边喝茶一边观赏黄昏中湖面水波的变化。

长出新芽的芦苇和蒲草丛中，有蛙声和鸟鸣，对面博物馆红色的屋顶和同样红色的墙体，灯光亮起来，映照出了歌剧院的金碧辉煌。

芦苇丛中还残留着冬天没有散去的芦花，枯黄色的枝叶和白色的芦花，是潜伏在春天的一种隐喻。

环湖有人工修建的跑道，南湖宾馆的西面是一个大广场，和人工湖一样，广场是一个城市灵魂的安放地。好多年前小县城还没有像样的广场，去济南的泉城广场就感觉到一个城市的品位，在广场上游走时感觉到的场景，就成为以后对一个城市最真实的回忆。

你在春天的一个夜晚，游走在小县城的南湖广场上，去触摸小县城的律动。

广场上灯光交错，广场中间的音乐喷泉，伴着阵阵音乐，水流五光十色地变幻着，舞蹈、观赏的人群，有着喷泉的冲动。

露天卡拉OK是广场的绝配，居然有一位小女孩在唱一首老歌，辛晓琪的《味道》：

> 想念你的笑
> 想念你的外套
> 想念你白色袜子
> 和你身上的味道
> 我想念你的吻
> 和手指淡淡烟草味道
> 记忆中曾被爱的味道

很干净的歌词，很干净的一首歌，二十世纪九十年代，没有颓废和衰老，到这个世纪，依然是一首干净的歌，让人想起山楂树和草莓，想起可可托海和雨花石。

这是一首属于夜晚的歌，适合在湖边吟唱。湖边弥漫的水汽，是回忆里淡淡的挥之不去的感伤。你坐在离歌手不远处的一张木凳上，把握着自己的衰老和记录衰老的那些文字，几位夜跑的人穿着短衫从你身边跑过去，跑进湖边的灯光里。湖边的凉亭里，有人在拉二胡，如泣如诉的二胡声，在湖面颤动。

白天不懂夜的黑，夜晚同样不懂白天的腾挪闪转。白天的南湖掀去了夜晚的面纱，柔软的音乐和灯光在阳光下慢慢退去，恍惚的感觉，亦真亦幻。

因为是周末，因为是和好朋友们在一起，因为人工湖夜晚的灯火和干净的歌声，因为多年来对一座小县城的喜爱，红酒和白酒，"醉里挑灯看剑"。

你当然不可能"醉里挑灯看剑"，你只想走到小县城熟悉的胜利街和临城路交叉的十字街口，推开郓城书城厚重沉稳的玻璃门，走在书城高高的书架中间，一直走到书城一楼的咖啡小屋一角，坐下。桌上摆着一杯冒着淡淡香气的柠檬水，读汪曾祺的散文，读余华的《文城》，读麦家的《人生海海》……

枣曹渔村

对一座小县城的回望,就像站在露天的银幕前,银幕上的故事和场景在夜晚的星光下,让人恍惚。恍惚里有许许多多的回忆,好多情感只有在一些歌词中才能抵达。

没有歌声,你的文字取代了对一座小县城的回望,《高考悄悄来临》《有一年中考》《兰州拉面馆》《成武味道之羊肉汤》《胡同深深深几许》……你写一个小县城的文字,挟裹着一个小县城独有的味道和文亭湖水漫漶的潮湿。

"你在一个小县城,在一条不算喧闹的大街上,走进了一家门脸不大的兰州拉面馆。是上午十点左右的光景,拉面馆冷冷清清,在介于午饭和早饭之间的时间点上,你走进面馆,想喝一碗带辣椒的拉面。昨夜的酒精还在体内燃烧,小县城的几位朋友太好客,劝你喝酒的同时把他们自己也喝醉了,你能想象出他们醒来后的感觉:头昏、全身乏力,恍恍惚惚。你走进拉面馆的时候就是这种感觉,这种感觉让你对昨晚的记忆变得不那么清晰,像隔着一层毛玻璃,细节已经看不真切,模糊的情节恍如隔世。"(《兰州拉面馆》)

这是好多年前对一个小县城的记忆,那时候小县城的街道还不宽阔,还没有簇拥着湖水的楼群和绿地,没有夜晚的灯光秀和摩天轮,没有文亭湖中的网红岛和岛上栖息的鸟群。你在小县城的拉面馆喝完一碗拉面后走出来,走进明晃晃的太阳光下,走进陌生汹涌的人流。拉面馆在你身后越来越远,你感觉自己像一尾墨色的鱼,游走在小县城窄窄的街道上。

好多年后,你"透过车窗玻璃,下午五点多的阳光还很强烈,这是夏天的阳光。一路过来,小县城的高楼在拔地而起,在高楼的空隙间,还留着一些小胡同,胡同是小县城民居的一大特色。胡同深深深几许?一家家独立的小院子是构筑胡同的堡垒。如果是春天,一枝红杏出墙来,还有小院落的门楼,院子里的桃花,唐朝诗人崔护和他依旧笑春风的桃花遮隐着的惆怅,当然还有后来戴望舒的雨巷和他的油纸伞,汪曾祺和他的胡同文化,西安的虾蟆陵,南京的乌衣巷……在商品经济的大潮席卷下,总有一天胡同和胡同文化会慢慢消失,只留下一些文化符号"(《胡同深深深几许》)。

小县城的胡同文化会消失吗?你知道,在小县城加快城市建设的进程中,有一些地方和场景都会消失,譬如小县城的"枣曹渔村"。

好多年前,小县城的北面挖出了一湾清水,那时候叫蓝水湾。连接着蓝水湾还有好多鱼塘,一些鱼馆就开在鱼塘边,垂钓之后去小鱼馆吃鱼,这是好多年前对小县城的记忆。

比较有名的鱼馆除了枣曹渔村,好像还有山东渔村,都是紧挨着鱼塘开的饭店。

枣曹渔村有两个院落,几排平房,院落里有几处水塘,水塘周围种着柳树和一些花草,春天的时候柳树枝在风中柔软地摆动,让小渔村有了江南水乡的妩媚和生动。

渔村的美食是各式各样的鱼:花鲢、鲤鱼、黑鱼、白条,甚至还有黄鳝鱼。做法也多种多样,炖、蒸、煮、炸、红烧。印象中有一道菜是"红烧鱼杂",里面放了辣椒,吃起来鲜辣香,特别是里面的鱼子,口感非常好。

后来小县城发展步伐加快,在小城北面打造出一座北方水城,扩大的湖面、新建的楼群和绿地,让记忆中的许多小鱼馆都消失了,包括枣曹渔村。

好多年后你写一些长短句:

每一次下雨都会有一些期待
特别是春天的雨
淅淅沥沥
缠缠绵绵

譬如一个饭局
那位姓范的老大哥
几天前在汉中的大街上给你打电话
说是回来后一起去吃鱼

他打电话的时候夜雨还在
滴滴答答
雨中的通话有着湿漉漉的情感

你喊他跑哥

　　其实他跑步的速度

　　比不上他敏捷的思维

　　你喜欢和他聊天

　　特别是在把酒临风的时候

　　——《每一次下雨都会有一些期待》

　　长短句里提到的跑哥从汉中回来后果然约你吃鱼，在小县城风光旖旎的湖岸边，在春天还没走远杨柳依然依依的季节里，你和跑哥还有几位朋友相逢在枣曹渔村。

　　你知道湖岸边的枣曹渔村不再是许多年前的那个鱼馆，眼前的鱼馆是白墙黑瓦仿古楼房，坐落在文亭湖的北岸。坐在鱼馆的包间，从窗户看出去是水波浩渺的湖面。群鸟在天空飞翔，湖中的小岛在黄昏中若隐若现。

　　吃的还是全鱼宴：酱焖黑鱼、瓦块鱼、红烧鱼杂、干炸白条、红烧鲤鱼。配菜有：西红柿牛腩、鸽子蛋、卷煎、槐花饼、蒜蓉空心菜，还上了一大盘有机西红柿当果盘。

　　窗户外面是小县城的灯火，小县城的灯光秀让你恍惚间到了江南水乡。就像你在《人工湖》那篇文字里写的那样："因为是周末，因为是和好朋友们在一起，因为人工湖夜晚的灯火和干净的歌声，因为多年来对一座小县城的喜爱，红酒和白酒，'醉里挑灯看剑'。"

君博园

君博园坐落在鲁西南黄河岸边的一个森林公园里,每一次对这个园子的回望,都伴随着记忆潮水的波涌。

那是你和学生相遇的情分,1991年毕业的那届文科班的学生,在他们毕业二十五周年的秋天相约君博园,和老师一起相聚。一位学生在微信中说:"人生中有各种机缘巧合的相遇,而师生之情随着时间(的推移)竟也可以转换成另一种亲情。"这样的文字让你感动,让你对君博园的相聚充满了期待。

两位学生交替驾车带着你,沿着黄河大堤向君博园赶去,一路上是黄河岸边初秋的风景。夏天还没有走远,炎热还在窗外,那些堤岸上的绿树在阳光下,树影斑驳,依稀还能听见不远处黄河的涛声。

赶到君博园时天色尚早,太阳还挂在黄河堤岸的柳树上。清新的空气,黄河岸边的空气,森林公园的空气,清新,直抵人的肺腑。这样的空气和场景让人感到无比自由和舒畅。深呼吸,慢慢平息一路的颠簸。

园子的主人王文明是你的学生,比聚会的这届学生低了好几届。他为聚会做了精心准备：园子里拉上了好几条欢迎老师和师兄师姐相聚君博园的横幅，热闹的气氛上来了。还为晚上聚餐准备了烟花和篝火，丰盛的菜肴也都准备妥当。

傍晚时分，远处的一场大雨让君博园无比清凉，外地的学生陆续到来，和本地的学生相会，齐聚君博园。

夜就来了，君博园的夜晚，一个期待许久的夜晚，好多年后你都无法忘记的夜晚。

对那个夜晚的记忆无比清晰，一场大雨带来的习习凉风，吹散了夜空中的云朵，"星星点灯"，老旧的歌词同样能打动人心。

四张餐桌摆放在露天的木台子上，木台子靠着一池荷花，灯光下的荷花粉红、洁白，在田田的叶子中间，荷叶下有游鱼戏水的声音，荷塘边的大杨树上，有风的低语。

好多年后你回忆那个晚上地道的家常菜肴，回忆那个夜晚泛着温情光芒的灯火，回忆围坐在你周围的学生。他们的面孔上也有了渐渐老去的痕迹，有了许多生活的沧桑。二十多年前他们是那么年轻，对未来有许许多多美好的幻想；二十多年后的尘埃落定，他们脸上毫无沮丧之感，这让你宽慰，你也找回了年轻的自己，举起酒杯，豪气地把杯中的酒一饮而尽。

学生让你讲话，你一只手握着酒杯，一只手拿着话筒，学生注视着你，让你恍惚感觉到二十多年前的时光又回来了，你站在简陋的讲台上，手里攥着一支冰冷的粉笔，让学生热情的目光把你点燃。

你站在君博园的夜空下，给学生讲起了河流，讲起黄河和黄河的一些支流，你站在河岸边，以不同的姿势跳进河流，在河流中变成自由的鱼虾。那是自然的河流，自由、奔放，每一处都留下了绝美的风景。

你从自然的河流讲到时间的河流,讲到在时间的河流中和你的学生相遇,冥冥中的缘分,相聚中留下的也是人生中无法替代的绝美景致。

当然你还讲起"生活就像一本书"这个朴素的比喻,翻过去的书页,会有许多回忆;没有翻开的书页,还有许多未知,包括美好和壮丽。

学生在聆听,二十多年过去,你的学生还在聆听,你知道他们的内心也有许许多多的话语,他们把想说的话都注入酒杯,注入君博园静谧的夜色和深邃的星光里,注入映红了君博园夜空的篝火和绚丽的烟火里。

夜晚的君博园让人流连忘返,白天的君博园同样魅力十足。

也是一个秋天,周末和几位朋友还有家人去君博园游玩。学生文明准备了充足的酒水菜肴,还特意准备了一只青山羊。

秋天的君博园树木依然郁郁葱葱,你在许多年后写下了《君博园给你的这个秋天》那篇文章:"薄阴的天气,上午九点左右的光景,把车停在园子里,一下车,映入眼帘的是大厅前花圃里粉红色、金黄色、深红色的小花朵,没有夏日绽放的汹涌,悄然开放中,典雅的韵味,在风中摇曳。

"沿着甬道,几排高高的白杨树叶子依然翠绿,白杨树下的草坪还闪烁着春天的色彩,你在园子中穿行,在君博园给你的秋天里穿行,肩上没有行囊,轻松、自由,还有那么一点放纵。

"浅浅的河沟,河水清澈,绿草如茵。苦苦菜的花朵,淡紫色、杏黄色,在绿草丛中,星星点点。

"河沟上的攀岩设施,绳索和铁索,木板和铁圈,没有年龄的限制，攀缘过去，不仅仅是体力和勇气的挑战，还要有放松的心情和达观的情怀。

"几架水车旁，一个花圃都种着鸡冠花，一圈鸡冠花，花冠肥硕，深红色，摸上去绒绒的，如旧时代的旗袍，旧上海的气息，电影《花样年华》的气息，张曼玉的气息，矜持、内敛，还有那么一点点端庄，一点点艳丽，一点点迟暮。另一个花圃里，金花色的八月菊开得热热闹闹，这是秋天的花朵，色彩中也蕴含着收获的喜悦。"

好多年后的文字，还留存着那个秋天君博园独有的气息。

君博园的菜地里，圣女果压弯了枝头；秋葵尖尖的果实饱满充盈；四季豆、丝瓜、苦瓜、冬瓜、辣椒，色彩斑斓，让人目不暇接；还有地瓜、嫩玉米、花生和毛豆，春华秋实，满满的收获，在秋日的阳光中，远到童年的时光，远到你的小屋往事，远到记忆的最深处。

你们在君博园的菜地里采摘蔬菜和瓜果，感觉秋日的时光在诗意中流淌。

在长长的丝瓜棚下面，十几个地锅灶台一字排开，劈柴地锅，羊肉块在锅中翻滚。炖羊肉的香味开始弥漫，又炖了一锅排骨冬瓜，煮了一锅玉米地瓜和一锅花生毛豆，丰盛的食材让你们兴奋而忙碌，欢快热闹的气氛，有了过年的味道。

炖好的排骨冬瓜盛在了大盆里，还有大块的羊肉——手抓羊肉，乳白色的羊肉汤，让你想起去西北的日子，想起从兰州去张掖，想起醉人的张掖之夜，闻着花香，闻着草原夜晚独有的迷人气息，在风中，在星辉下，让人心醉。

秋日的阳光从瓜棚的缝隙间挤进来，蔬菜和稼禾散发着成熟的芬芳，蜜蜂，还有一些蝶舞，还有波涌般的虫鸣，这个秋天的正午，这个秋天，一个园子给你的秋天，让你有了生命的感动，这样的感动一直持续到许多年后的一个春天。

你和市电视台的十多位朋友利用周末休闲时间去君博园，学生文明同样早早准备好了菜肴。

谷雨季节刚过去不久，夏天还在远处，但春天的阳光已经有了热热的温度。

君博园面向东方的大门朴实而厚重，进了大门沿着许多年前的路线，重拾往昔的时光，荷塘还在，那个晚上燃放烟火的草坪还在，露天的餐桌还在，记忆中的场景被春天的阳光点燃。

一路走过去，浅浅的河沟还在，河沟上的攀岩设施，绳索和铁索，木板和铁圈，在春天的阳光下让你感觉到许多年前攀缘时的勇气和达观的情怀。

几架水车旁，许多年前种着鸡冠花的花圃被蓝色的鸢尾花取代。蓝色的鸢尾花在风中摇曳，摇曳成舒婷笔下的文字："在你的胸前/我已变成会唱歌的鸢尾花/你呼吸的轻风吹动我/在一片叮当响的月光下/用你宽宽的手掌/暂时/覆盖我吧。"（舒婷《会唱歌的鸢尾花》）

园子里的小木屋和木屋旁边的秋千，一直摇荡到许多年前秋天的丝瓜棚子下面。

十几个劈柴地锅灶台，棚子旁边还没有种下丝瓜，但葡萄绿色的藤蔓已经爬上了木棚。

一口地锅煮上春天的嫩玉米，另外一口地锅炖上鸡肉和排骨，邵东烧锅，你掌勺，其他几位小朋友有在烤炉上烤串的，有打下手的，一阵忙碌过后，两口锅里都冒出了香气，玉米的香甜,鸡肉排骨的浓香,还有烤串的辣香,春天的君博园溢满人间的烟火气。

你坐在君博园宽敞明亮的餐厅里,在和朋友举杯的空隙间,一抬头看见餐厅窗户外面高高的杨树,那不是一排杨树,而是好多排杨树,由近及远,由低到高,就像一路走来的君博园,壮硕、挺拔,充满向上生长的力量。

第二辑 夏

　　你知道一直走下去就走到了田野里，田野里有长高了的玉米和芝麻，还有铺满地面的地瓜藤蔓和西瓜藤蔓。玉米在夏天的早晨拔节，芝麻开着洁白的喇叭花节节升高，西瓜已经成熟，地瓜的果实在地下慢慢成形。虫鸣在长满庄稼的田野，田园里的欢歌，是远离尘嚣的镜像。

有一年夏天

有一年夏天，小满季节刚过去不久，正赶上周末，鄄城的朋友相约去鄄城的一个采摘园摘樱桃。

记忆中有几次摘樱桃的经历，在东明老家靠近黄河的一个小乡镇，在曹县靠近黄河故道的一个小乡镇，"红了樱桃，绿了芭蕉"，宋代词人"流光容易把人抛"的羁旅之愁，让几次摘樱桃的经历有了些许古意。

你在绿色的樱桃树林中穿行，绿叶掩映中的点点深红，透着喜庆，让初夏的时光慢了下来。

夏天的果实，饱满，浑圆，握在手心是温润的感觉。

那是记忆的感觉，你和几位朋友在去樱桃园的路上，记忆的潮水缓缓地拍打，车窗外平整的麦田泛着成熟的光芒，让人有了抚摸金色麦浪的冲动。

"远处蔚蓝的天空下，涌动着金色的麦浪"，一首有故事的城市民谣，你喜欢的旋律，低回婉转，录音机卡带划过的磁性。

路过旧城，平原小镇在夏天上午的阳光下一派祥和，记忆中的那碗辣椒面糊，在旧城的夜晚，你爬上一座二层小楼，楼梯逼厌，房间里油腻腻的四方桌子，辣椒面糊摆在桌子上，金黄的色调，细碎的辣椒像点点红星，美食的记忆，在童年的时光隧道里穿过。

樱桃园在一个名字为葵堌堆的小村，相传是齐桓公葵丘会盟之地。一千多亩的生态园区，种植着葡萄、桃子、杏子、草莓和樱桃。

樱桃果已经成熟，一棵挨着一棵的樱桃树，碧绿碧绿的叶子中间，是一串串红红黄黄的樱桃果子，红得耀眼，黄得发亮，珍珠玛瑙的镶嵌，大自然的馈赠，让靠近樱桃园的人心生欢喜。

一人提着一个小篮走进樱桃树林，初夏的风还没有多少热度，吹在脸上还很舒适，一边采摘，一边品尝樱桃果，甜甜的味道，夏天果实的味道。

采摘的快乐让人变得年轻起来，让人回到童年的时光里去。你和小伙伴偷偷溜进别人家的院子里，爬上一棵挂满黄色杏子的杏树，"你们挂在树上，安静得像一枚枚挂在树上的果实"。

樱桃园子很大很大，你第一次走进这样大的樱桃园子，还有缀满枝头的樱桃果，成熟的颜色，十分诱人。

樱桃园子里有许多鸟，它们在樱桃树的枝头跳来跳去，啄食成熟的樱桃果，欢快的叫声，让樱桃园变得无比热闹。

挨着樱桃园的是葡萄园，葡萄绿色的藤蔓上是一串串细小的葡萄，秋天在等待它们成熟的消息。秋天的等待还有一段时间，在这段时间里，桃子、杏子会相继成熟，还有西瓜和甜瓜，石榴、柿子和红枣。你在采摘樱桃的过程中想象着一波又一波的果实，时间的风吹来阵阵果香，果香让人陶醉。

让人陶醉的还有黄河大堤上的无限风光，"岸柳成行"，滔滔的黄河水泛着迷人的辉光，站在黄河堤岸上吹着初夏的风本身就是一种享受，静静地站着，不说话也是一种享受。

午餐安排在董口镇的一个特色小餐馆。许多年前的一个冬天，你曾在这个小饭馆里吃过一顿可口的午餐，你还清晰地记得那个中午的菜肴：千叶豆腐拌水煮花生、白菜拌猪皮冻、红烧猪蹄、辣炒烧鸡、油炸金蝉、芹菜豆芽肉、清炖黄河鱼、青山羊肉炖豆腐。

烧鸡是小店的招牌菜，清炖黄河鱼更是一绝。先喝鱼汤，黄河鱼独特的鲜香，在大酒店里尝不到的农家味道。还有金蝉，店主不知怎么保存的，依然保留着七八月份的新鲜。

许多年后的夏天又走进这家餐馆，小餐馆的生意依然很好，小院子里又装修了几间房屋，房间里冷气很足。

一盘烧鸡、一盘鸡杂、一盘烧牛肉、一条红烧黄河鲤鱼、一盘豆腐条、一盘芹菜炒肉、一盘水煮花生米、一盘凉拌藕，汤是鸡腰子汤和槐花汤，满桌的美食让你想起许多年前冬天的那顿午餐，但就餐的人却换了容颜。

关于麦子，你还想说些什么

每年的小满季节一过，麦子就慢慢成熟了，在芒种季节之前，是收割麦子的时间段，年年如此，今年也是如此。

那么，关于麦子，你还想说些什么？记忆中你的许多文字，都是围绕着麦子铺叙开的。

"打麦场在村子的西头，几棵大柳树点缀在平整光滑的打麦场周围，夏天南风一阵阵吹来，麦子的香味让沉睡了一个冬天和一个春天的打麦场变得生动起来。"（《打麦场》）

打麦场是小时候你和小伙伴们的乐园，你们在打麦场周围追逐嬉戏，在光洁柔软的麦秸上打滚，在麦草垛上掏出一个洞，冬天下雪的时候躲在里面看漫天飞舞的雪花，那是关于麦子最初的最温情的回忆，远离麦收季节留给大人们劳作的苦痛和酷热中的挣扎，是附加在麦子食用功能之上的精神之花，绽放着永不凋谢的脉脉温情。

你写拾麦子："一年只有一次麦收，一年只有一次在收过麦子的田地里捡拾麦子的机会，靠近麦子成熟的那些夜晚，梦中，双手攥紧的也是沉甸甸的麦穗。"（《拾麦子》）

你和小伙伴们跟在一辆拉麦子的马车后面，捡拾从马车上颠簸下来的一两株麦穗，你们奔跑着、跳跃着、欢闹着，缺吃少穿的年代也没有给你们的童年蒙上忧伤。

那遥远的麦香，你和小伙伴们结伴走进刚刚泛黄的麦田，趁着生产队长不注意，偷偷拔几穗刚刚泛黄的麦穗，背着身子揉搓起来。揉搓下来的麦粒珍珠般圆润碧绿，一把捂进嘴里，那种筋道，那种清香，清香中的回甘，愈久弥香。

你喜欢《遥远的麦香》那篇文字，它刊登在许多年前的《牡丹晚报》上，后来又转载在一些纸媒和网络平台上，出现在一些中学期中期末考试的阅读试题中，让许多你不认识的孩子在遥远的麦香中和你相逢。

还有《1983年的麦收》，那年麦收季节，你读高三，距离高考还有一个多月的时间。你和几位同学骑自行车走了四十多公里的路程，去你们班主任老师家帮他收麦子。

一整天的劳作之后，你们和老师围坐在他家的大院子里，吃白面馒头，喝加了糖的绿豆粥，菜是凉拌黄瓜。

老师家在黄河滩区，离黄河不远，如果不是天太晚，真想去看看黄河。但疲惫击垮了你们，躺在床上，窗外是漫天的星辉，乡村夜晚独有的宁静让你们早早进入梦乡。梦中，有黄河滔滔的流水声响彻在1983年麦收季节的夜空中。

这些关于麦子的文字，像交响曲中的呈示部，反复在你的生活中呈现，不间断的金黄色的吟哦，低回婉转，让你欲罢不能。

那么，关于麦子，你像一位盲者，在一个人的世界里自说自话，自得其乐。

你用手抚摸那些粗粝的麦茬，那是在曹县普连集镇一个叫三官庙的小乡村,你蹲在小乡村一块麦田的地头,蹲在夏天正午的阳光下,蹲在麦子土黄色的光芒里,感觉沉甸甸的麦穗带给人的喜悦。

麦田已经收割了一小片,那是收割机的杰作,粗粝的麦茬地两边,是整整齐齐站立的麦子。麦田的尽头是一排高大的杨树,隆起的绿色风景,衬托出麦田的无边无际。

麦田中间的黄土路上是厚厚的黄色尘土,风一吹过,黄沙弥漫,弥漫的黄沙是风的形状。

在你生活的小城,到处是钢筋水泥的丛林,在那些光滑的水泥和柏油路面上,你看不见风的形状,只有在摇摆的树枝上,风之手在轻轻摇晃。

黄土路上风走来走去,风的颜色是黄土的颜色,是成熟麦子的颜色,风在麦田中行走,麦浪在翻滚。

风不在麦田中行走的时候,麦田是平静的。站立的麦子麦穗挺立,麦芒护着饱满的麦粒。你用刚刚抚摸过麦茬的手去抚摸麦穗,感觉到的同样是尖锐的粗粝。几台红色的收割机在不远处的麦田里收割成熟的麦子,记忆中麦收季节的种种艰辛早就变成如烟的往事,你站在一个小乡村一块麦田的地头,感觉今年的麦收季节在一点点远去。

高温三十八度

麦收那几天，气温一直走高，终于到了三十八度高温，正午走在强烈的阳光下，热浪滚滚，让人无法逃遁。

往年的这几天正赶上高考，你通常会在一个小县城的宾馆住上几天。

收麦子的事情离你很远，在去那些小县城的路途中会看见土黄色的麦田在阳光下翻滚的场景。过上几天忙完高考返程的时候，马路两边的麦田只剩下粗粝的麦茬，那份荒芜，让你的心变得灰暗起来。

疫情推迟了高考，你没有去小县城，但依然没有摆脱住宾馆的生活。

"她站在房间的窗口，看着拉萨傍晚的风景，内心茫然。天空已从浅蓝变成靛青色，那么透亮，好像靛青色的另一边就是天国。"（艾伟《敦煌》）你在一个封闭基地的房间里读艾伟的小说《敦煌》，小说写了爱的穷途末路和爱的柳暗花明。你喜欢艾伟小说的叙述方式，喜欢他的《风和日丽》，散文的笔触，直抵人的内心。

室外高温笼罩，室内冷气很足。你和小说中的人物"小项"那样，也站在窗口，但窗外的景色不是拉萨傍晚的天空，而是你生活的小城傍晚的天空。天空一碧如洗，几只鸟从天空掠过，消失在遥远的楼群中。

基地里的建筑大都是仿古的风格，灰墙青瓦，让你想起遥远的汉朝。

白玉兰、银杏树、白蜡树和苹果树，院落里的绿化树起起伏伏，树冠上有硕大的鸟窝。

晚上睡眠不好，鸟窝里的喜鹊一大早就在外面呼朋引伴。

早起，走出基地，沿着刚修好的马路快走。一大早就热得人喘不过气来。但早起的人不少，他们也沿着刚修好的马路快走。

马路边是成片的废墟，那是消失很久的村庄，废墟上长满了荒草，在新的楼群没有拔地而起的时候，废墟上的荒草还要生长一段时间。路边还残留着一座石碑，石碑上刻着"前马庄"三个字，一个村庄只留下这三个字，断壁残垣的废墟上，一个村庄的记忆在高温下蒸发了，你路过石碑的时候有一些感慨。

新修的人行道很平整，踏上去很舒服。绿化带上是成排的槐树，不久前还开着一串串红色的槐花，开白色花朵的槐树在你遥远的故乡，在故乡四月的风里，春天随着槐花的香味慢慢走远，夏天就来了，故乡的夏天有清凉的河水洗涤炎热。

新建的儿童福利院紧靠着马路，距离福利院不远处是荣军医院，还有一处敬老院，很安静的一些场所。

院子里不见任何人的身影，只有院子里的花木在悄悄生长。

靠近儿童福利院一栋楼的拐角处，几棵蜀葵开着暗红的花朵，让你想起老家那些寂寞的院落。

感觉不到麦收的气息,《新闻联播》里有麦收的消息,收割机从整齐的麦田里驶过,像一把红色的理发推子,一遍过去,露出的是整齐的麦茬,近乎虐人的麦收记忆早已远去。

路边还有几株枇杷树,枇杷果刚进夏天就成熟了,还没有享受三十八度的高温就零落了,那些黄色的句点,只有到明年才会再次呈现。

芦庄小学也在路边,没有孩子的校园是静悄悄的空间,低矮的教学楼,狭窄的院落,但处处透出来的是整洁干净。

去年你第一次踏进这所校园的时候就感觉到了校园的局促,学校的当家人却很乐观,校园的规划在不远的将来,新的教学楼和新的运动场,那是学校的未来,路边的废墟上有一小块划拨给了学校,带给人许多希望。

你喜欢这些小学校,喜欢学校的安静时光。你和小说家艾伟一样,也写过一篇名字为《风和日丽》的文字,你写的不是艾伟小说里的缠绵悱恻,你写的是校园的风和日丽:"抬头是学校大门上面'牡丹区第二实验小学'九个醒目的大字,回首是如茵的操场、挺拔的绿树、宽敞明亮的教学大楼,秋日的阳光下,一个全新的空间,一个全新的世界。"这篇文字刊登在 2017 年秋天的《牡丹晚报》上面,久违的墨香,在高温天迎面扑来。

天气预报说高温还要持续几天,你知道麦收需要高温天气,你站在楼上一个房间的窗口,看不见麦田,看见的是傍晚高温笼罩下的楼群。远处的天边还有落日留下的余晖,你久久凝视着远方,好像就此可以看到自己的去处。

荷　塘

有一年夏天,在一个封闭的基地工作了几个月,那是一小段属于你的自由时光。

早晨,你在基地的大院子里散步,百日红开了。百日红有几种颜色,紫色、白色和粉红色,细碎的花朵色彩艳丽,让你想起许多年前你去过的西双版纳的孟勒大街。

孟勒大街中间有一道绿化带,种着热带植物,大街两边也是热带植物。因为是雨季,热带植物显得郁郁葱葱,油棕、旅人蕉、椰子树和百日红,壮硕的枝叶,注满生长的力量。你站在一棵百日红的下面,树下是紫色的落英,一抬头满树繁花,紫色的绽放同样肥硕。在你生活的北方小城,百日红的花朵细碎,枝叶孱弱,在百日红花朵孱弱和肥硕之间,你完成了从北方到南方的旅程。

但你还在你的北方,北方夏天的天空有时候湛蓝高远,有时候阴云密布。你在一个阴云密布的早晨散步,基地灰墙青瓦的建筑物显得更加黯淡,而百日红花朵艳丽的色彩突兀醒目。"夜上海、夜上海",如果一袭黑衣走过,让人产生的是一种虚空的快感。

　　大院子的东南角用蓝色的围挡隔开了，正在往人工挖好的坑塘里面注水，坑塘边的甬道弯弯曲曲，绿草地和绽放着红色花朵的月季，给一汪清水的坑塘平添了些许妩媚。

　　坑塘中间是一座亭子，通往亭子的回廊有柔美的曲线。坑塘的东面是一座假山，叠起来的石块错落有致，水从假山顶上流下，溅起的浪花有山间小溪流淌过的叮咚声。假山石上还没有绿意，绿意在注满水的坑塘里，一株株荷花的叶子有的浮在水面上，有的已经亭亭玉立。

　　荷塘在蓝色的围挡里，让你一个人独享这方风景。

　　荷花是新种在水塘里的，新的生命还很孱弱，还需要一段时间的生长才能强筋壮骨，但绿色的荷叶上已经写满了生机，写满了生命初醒时的慵懒和娇嗔，写满了盈盈一水间的灵动和妩媚，写满了阴雨天空下的淡淡忧愁。

　　这是你的荷塘，因为只有你一个人，你便有了独自拥有的感觉。

　　虽然是夏天，但阴郁的天空和凉爽的风让你感觉到了秋天的味道。荷塘里没有秋天的残花败叶，满荷塘的新绿让你想起遥远的江南，"江南可采莲，莲叶何田田"，汉代民歌的韵律是荷塘里浅浅的波纹，荡涤出时间的千转百媚。莲叶间没有游鱼的嬉戏，只有几只燕子从水面上掠过，荡开去的涟漪仿佛是游鱼留下的波痕。

　　你喜欢清新的荷塘，喜欢慢慢的成长和成长过程中的活力。你在荷塘边漫步，一个人和荷塘对话，内心一片安宁。

　　"这几天心里颇不宁静。今晚在院子里坐着乘凉，忽然想起日日走过的荷塘,在这满月的光里,总该另有一番样子吧。……沿着荷塘,是一条曲折的小煤屑路。这是一条幽僻的路;白天也少人走,夜晚更加寂寞。"这是朱自清的荷塘,带着一颗不宁静的心走进来,走进一个自由的世界,"像今晚上,一个人在这苍茫的月下,什么都可以想,什么都可以不想,便觉是个自由的人。白天里一定要做的事,一定要说的话,现在都可不理。这是独处的妙处,我且受用这无边的荷香月色好了。"

朱自清的荷塘挟裹着旧时文人的从容和优雅,和青色的一袭长衫相配,和扬起在风中长长的头发相配,和独善其身远离尘嚣相配,和古典的意境和款款的深情相配,和水墨画中浸润的缥缈空灵相配。那婷婷舞女的裙和刚出浴的美人,那渺茫歌声和缕缕清香,好多年前你站在一所中学的讲台上,给你的学生讲《荷塘月色》中"通感"的修辞方式,许多年后朱自清的荷塘和你短暂拥有的荷塘在一个夏天的早晨重逢,诸多感慨,最后都丢失在时间的风中。

八层楼窗外的楼群

你坐在八层楼的一个房间里,透过玻璃窗望出去,窗外是灰色的楼群。

终于能安静地坐下来打量窗外的楼群,终于从匆忙的生活中静下心来,打量窗外的风景。窗外高低错落的一座座楼房,只是高矮不同,模样都差不多,四四方方的墙体和楼顶,灰扑扑的色调,看久了让人心生倦意。

"在钢筋水泥的丛林中,在呼来唤去的生涯里,计算着梦想和现实之间的差距。"很久远的歌词,有歌手赵传嗓音里的孤独。孤独在楼群里,沿着一栋一栋的高楼走过去,走很长时间也走不出钢筋水泥的丛林,孤独像是一只困兽,孤独的行走把目光拉到很远的地方,让你看见楼群中间的那条河流,宽阔的水面在夏天下午的阳光下,跳跃着粼粼波光。

天气最热的时候有一些人会跳进河里游泳,有的人会游得很远很远,远得再也无法上岸。

水面上有楼群的倒影,有岸边绿树和一些花朵的倒影,花朵有蔷薇、月季、海棠,当然还有樱花,粉白色的花瓣零落在河水中,让河水沉淀着凄美。

当然,你在八楼的窗户边看不见这些景象,有时候你开车路过河边的高架桥,会把目光投向车窗外,车窗外的风景慢慢留在了你的记忆中。

你安静地坐着,楼群中间的马路上有一些车辆在慢慢爬行,还有一些行人。高楼下的车辆和行人看上去体积很小,速度像是爬行。没有声音,高度和距离消解了声音,你好像在看一部遥远时代的默片,影片的背景是两排高大的绿化树。

沿着绿化树走过一段马路,马路边应该有一家回民餐馆,你熟悉马路边的那家回民餐馆,春天的一个傍晚你和几位朋友去那家餐馆就餐,住在餐馆附近的一位朋友提前预订了房间。

你记不清那家餐馆的名字,好像最后是一个"斋"字。年龄让记忆的屏幕变得模糊起来,但你记住了靠近餐馆时的感觉,餐馆的门脸是白色的,门头是黛色的,搭配在一起很素净,让你眼前一亮。

餐馆的房间很干净,白色的墙壁上,有一小幅风景画,黛色的远山和远山下的湖面,一叶扁舟,让你想起孔子的那句"道不行,乘桴浮于海"。

你不会"乘桴浮于海",你没有孔子的旷达和勇气,你安静地坐在餐桌边,等待着美味佳肴,回民餐馆的美食让你疲惫的身心有了安放的地方。

记忆深刻的是最后上的那道红烧羊头肉,一个完整的羊头盛在托盘里,骨肉还没有分离,服务生熟练地拆开了羊头,羊头肉堆放在托盘的一边,羊头骨又恢复了羊头的形状,一件杰出的艺术品,让你想起隐藏在民间的各位高手。你曾经在一辆南行的火车上，看见一个吃螃蟹的上海男人。他把螃蟹里的肉吃完后，又用空壳恢复了螃蟹的形状，没有足够的耐心和技巧很难做到。

你坐在八楼的窗户旁，你知道那家回民餐馆就坐落在高楼群中，还有那个春天的傍晚，这样的场景还没有走得太远，就像刚刚进入的夏天和春天花朵的距离，你还能呼吸到那个春天傍晚回民餐馆的味道。这样的回味让八楼窗外的风景变得生动起来，就像天空中飞过的鸟群，让你感觉到眩晕的快感。

夏日的私语

昨夜很晚才入睡，想起许多年前的一个梦境：薰衣草园子的色彩，紫色、紫红色，忧郁的浪花，忧郁的眼睛，在黄河岸边，夏天柳树的绿色，天空的蓝色，阳光透明，白色的沙滩椅干干净净，蓝白相间的遮阳伞干干净净，一个人骑着自行车，黄色的遮阳棚，草绿色的车身，从百花园中穿过，穿过风和花香。

那是夏天的一个梦境，你喜欢这样的夏天，从梦中醒过来依然喜欢。你打开手机，夜色在窗外，安安静静夏天的夜晚，像一条白色裙子那样安静，让你想起村上春树的《挪威的森林》。

早起，拉开窗帘，天是阴沉的，你喜欢夏天阴沉的感觉，喜欢雨点敲打在对面屋顶黑色的瓦上的感觉，点点滴滴的敲打，是江南的声音，雨打芭蕉的浓浓诗意，是烟雨江南挥之不去的印记。

从楼梯走下去，四层楼梯，安静的四层，昨天午后两位安装工躺在楼梯水泥地面上小憩，你看不见他们的面孔，他们用胳膊遮住了面孔，黧黑的手和黧黑的裸露的脚踝，布满尘灰的工装，你看见他们的睡眠在冰冷的水泥地面上铺展开来，写满疲惫和对生活的无奈。

你走在早晨的楼梯上，走过两位安装工昨天午后躺过的水泥地面，推开楼道的玻璃门，走到阴沉的天空下，蝉鸣在高高的银杏树冠上，一声高过一声。

生活不易，你应该知足，心中存在的念想让你知足。院子里空无一人，院子外面的武汉路上有许多晨跑的人，穿着运动装，让你分不清他们的年龄。

沿着武汉路往南走，穿过钱塘江路，路过一个加油站，就到了沙窝社区的文化娱乐广场。

广场上堆放着一些石磨和碾子，农耕时代的痕迹，在广场的一隅悄悄展示着昔日的荣光。《光辉岁月》，很好听的一首粤语歌曲，有着岁月留下的痕迹，有着回望的无奈和再也回不去的遗憾。用手轻轻抚摸，岁月留下的粗粝，让人感觉夏天早晨的无比柔软。

广场上的篮球场和各类健身器材是现代社会往农村社区推进的缩影。早起活动的居民，刚刚从土地上解放出来，放下锄头的手在健身器材上找感觉。广场上高大的杨树有了年代，是沙窝社区历史的见证。

社区的街道很安静，东北角是沙窝小学，一栋两层小楼，操场上长满青草，农村小学的模样。这几年城区的学校你几乎走遍了，唯独漏下了沙窝小学。这个夏天的早晨让你弥补了遗憾，你站在小学大门外面，和安静的校园对视，和操场上郁郁葱葱的青草对视，和静静立着的篮球架对视，和孩子们曾经的欢笑对视。然后你走开，走进社区的安静里去。

社区道路的命名用的是社会主义核心价值观的内容，"富强路""和谐路",你想还应该有"文明路"。路两边的屋舍大都是平房,四四方方的院落,大门两侧是绿化树和果树。苹果已经挂在枝头,像模像样了。枣树和山楂树枝头果实累累,富足的象征,令人倍感亲切。绿化树有侧柏、女贞和百日红。百日红的花朵有紫色的、粉红色的和白色的,在绿树丛中分外耀眼。有一户的门口用铁栅栏围着,栅栏里养着几只鸡和两只大白鹅,你路过的时候鸡聚集在墙边睡觉,两只鹅扑棱着翅膀对着你叫,鹅的主人出来了,一位农村大娘,手里捧着一只大碗,走到当街吃早饭,久违的场景,在儿时的记忆中。

村庄南面有几片菜园,种着辣椒、豆角、茄子、大葱和黄瓜,田野的味道出来了,土腥味里夹杂着粪味,还有青草味。

同样是久违的味道,许多年前你去定陶张湾,初夏的一场雨后,长满庄稼的田野里散发出来的就是这些味道。你打开车窗,让田野独特的味道涌进来,闭上眼睛,你挎着竹篮,竹篮里装满青草,在老家的黄泥小道上,伴着夕阳的余晖,在不远的院落里传来羊的叫声,还有狗的叫声。

你知道一直走下去就走到了田野里,田野里有长高了的玉米和芝麻,还有铺满地面的地瓜藤蔓和西瓜藤蔓。玉米在夏天的早晨拔节,芝麻开着洁白的喇叭花节节升高,西瓜已经成熟,地瓜的果实在地下慢慢成形。虫鸣在长满庄稼的田野,田园里的欢歌,是远离尘嚣的镜像。

你看见了彩虹

一夜的雨,雨在窗外,夜雨的时光适合写一封长长的信,就像许多许多年前,你在那所大学二楼的一间教室里,窗外是一片丁香树,丁香树上淡紫色的花朵,细细碎碎的花朵,就像大学生活密密麻麻的日子,透着淡淡的芬芳。

你写信,给一些同学和朋友,他们中间有一些写诗歌的人,你们交流,他们邮寄给你一些油印的刊物,上面有淡淡的墨香和歪歪扭扭的字体,有青春期的冲动和假装的无可奈何,有远方淡淡的诗意。那时候会在一些期刊上发一些小诗,《飞天》上有你的一首小诗,好像是《雨巷》,黝黑的夜晚,雨在滴落,湿漉漉的晚上,就像昨夜,一个人,聆听雨滴敲打对面窗户的声音。

窗外是翻滚的乌云,早晨的天光依然暗淡,不远处林立的高楼,它们还在往上生长,高高的塔吊在帮助它们生长。它们在雨中生长的表情,湿漉漉的表情,肃穆的表情,宣纸上的墨迹在慢慢洇开。

雨还没有停下来,但比起夜晚小了许多。你走下四层楼梯,推开厚厚的玻璃门,走进淅淅沥沥的细雨里。

院子里的绿化树上没有蝉鸣,雨水封住了它们的嘴巴,让你想起秋天和柳永,想起他的"寒蝉凄切,对长亭晚,骤雨初歇"。

没有"杨柳岸",也没有"晓风残月"。昨夜的酒精还在体内燃烧,在那个名字为"富春水饺馆"的小酒馆,逼仄的楼梯,房间里却是灯火辉煌。灯光让围着圆桌而坐的一群人脸上有了光,柔和的光,虚幻而美好。

你喜欢灯光下这样的虚幻和美好,喜欢灯光照在餐桌上,餐桌上的菜肴让人垂涎欲滴。

十多样菜肴摆放在餐桌上,红烧大肠、糖醋里脊、板鸭、小炒肉、爆炒柴鸡、红烧刀鱼、洋葱拌木耳、丸子汤、海鲜汤,素的荤的水饺,白酒和红酒,举杯,为家常的菜肴和相聚的缘分干杯。

这个小酒馆有好几年的历史了,原来在人民路上,近几年才搬到武汉路和长江路的交叉路口。好多年前人民路路边的小酒馆,大厅里有几个玻璃缸,养着一些海鱼和海虾,蓝色的门脸,在夏天的阳光下,有大海的波光。

回忆里纠缠不清的小酒馆,没有成都街头的浪漫。你走在细雨中,东边的天光亮起来了,云层很薄,有夏天太阳的面孔,而西面的天空依然乌云笼罩。

"东边日出西边雨",刘禹锡的《竹枝词》,缥缈的歌声,在朱自清远处的高楼上,在雨中飘过来。

你转过身,看见西面天空中的一道彩虹,它悄无声息地挂在天上,久违的风景,镶嵌在记忆的屏幕上。

真的是彩虹,好多年前的老家,也是"东边日出西边雨",彩虹在老家的天空,天空下面的黄沙地,种着西瓜、大豆、花生和芝麻。

彩虹在天上，彩虹没有声音只有表情，你迎着它，你走过去，它一头挂在一个孤零零的树枝上，一头挂在往上生长的高楼中，阳光照过来，阳光让楼群亮起来，但阳光无法遮蔽彩虹的炫美。一团乌云挡住了太阳光，雨过来了，大的雨点，让你看见地上的落英缤纷。

那是百日红的落英，淡紫色、银白色、淡粉色，紫薇的落英缤纷。水洼里，旧上海的灯红酒绿，旧上海的纸醉金迷，那些气息，在时间的深处，扼腕叹息。

地上的落英和天上的彩虹交相辉映。院子里的苹果树上，圆润的果子上挂满水珠。还有海棠果和石榴果，红红的果皮上，同样挂着水珠。因为天上有彩虹，让这个早晨显得不同寻常。

许多年前的彩虹，稍纵即逝，和眼前的彩虹一样。美好的时光，美好的等待，总是消失得太快。就像小时候等待过年一样，年一步步走近，每近一步都让幼小的心加快跳动。从腊八到正月十五，每一天都过得有滋有味，每一天消失之后留下的都是空落落的感觉。

站在土街上，冬天的风吹过来，风里有爆竹红红的碎片，有被扯下春联的红红的碎片，有水果糖纸花花绿绿的碎片。它们在老家的土街上盘旋，幻化为一道美丽的彩虹。

彩虹在天上，在地上，也在你的睡梦中。

雨　夜

晚上七点左右的时间,你站在一个小酒馆的门口,等你的几位学生。

小酒馆在中山路上。在你生活的小城,中山路是美食的聚集地,前几年你有一篇写中山路的文字,中山路"从东往西,叫得出名字的饭店就有几十家,除了志刚手擀面、滕州手擀面、四季小厨、土菜馆、家乡鹅、蓝海至尊海鲜酒店、城南小镇、郭家驴肉、鸽子楼、流水席、小城印象、石锅鱼、单县大炖羊肉、闲庭居等规模大点的饭店,还有许多特色小店,印象较深的一是砂锅居小店,二是富春水饺馆"(《中山路》)。

一晃几年过去,一些饭店关门了,另外一些饭店又陆续开张。特别是中山路和牡丹路打通后,越来越多的特色饭店在中山路开张:岁月流年、中山人家、沙海涮羊肉、顺水鱼馆、吴记传统驴肉馆……中山路成了小城的美食一条街,热闹的夜生活,美食是灵魂。

雨一直在下,从昨天开始,下了两天,夜晚也没有停下来的意思。你站在小酒馆门口,酒店的招牌灯很亮,灯光照在你撑起的黑色雨伞上，有水滴从伞上滴落，水洼里是灯光光怪陆离的影子。

这个夏天，麦收刚结束，就下了一场雨，小城的新闻上说是人工降雨。这场雨刚结束没几天，又下了第二场雨。你站在这个夏天第二场的夜雨里，等你的几个学生。一个学生从郑州来，其他几个学生赶过来陪，他们都在路上，夜雨让小城的街道变得十分拥堵，小车在蜗行。

郑州来的学生是你喜欢的一个，二十多年过去，懂得吃苦的他在郑州站稳了脚跟。他经营的两个文字平台人气爆棚，每天深夜，还有许多喜欢文字的老师在平台的微信群里交流。有时候你从睡梦中醒来，手机里的微信消息也没有停下来，你阅读那些文字，阅读各种各样的生活，不同的文字丰盈了你梦醒后的夜晚，你在暗夜中轻轻拉开窗帘，看见窗外月光辽阔，感觉生活还有意义。

生活当然还有意义，你的几位学生陆续赶过来，夜雨打湿了他们的头发，你们坐在灯光很亮的房间里，学生们的目光里有许多对老师的热情，这让你感觉你的人生还不算太失败。

你的微信圈里有许多学生的消息，他们有的在国外，有的在遥远的城市，但他们在微信圈里传递给你的许多信息，让你感觉离他们很近。他们在你写的一些文字后面点赞点评，让你知道他们在阅读你的文字。你的文字里有和他们在一起的记忆，《复读生》《录音机》《昨日重现》《文学社》《教过书的人》《写过诗的人》……在那个小县城的中学，有太多的记忆，和你的学生们聚在一起，那所中学是绕不过去的记忆。

小酒馆的招牌菜是驴肉，驴板肠和驴肉的拼盘摆放在桌子的中间。荆芥拌酥瓜，一道爽口的下酒菜，你教书的那个小县城的一道特色凉拌菜，慢慢走进你现在生活的小城，让曾经的记忆复苏，让和这道菜一起度过的时光熠熠生辉。黄焖鸡和蒸排骨，瓦块鱼和蒸咸鱼，水煮花生米和大拌菜，雨夜的小酒馆，特色的菜肴让你有了喝酒的冲动。

学生带来的酒水，白酒和红酒，品相都很好。白酒的香味在酒杯里沉淀，你在雨夜中举起酒杯，学生和你碰杯时目光里充满了谦恭。他们的年龄虽然参差不齐，有的不到四十岁，有的五十岁露头，但他们都还保留着多年前对老师的谦恭，一口酒下肚，暖意一点点在心中荡开，许多年前教书的日子又向你走过来，你站在时间的风中，留长的头发在风中扬起，曾经的青春耐不住时间的打磨，衰老越来越近。

你不想在学生面前流露出你的衰老，你放下酒杯拿起筷子，小酒馆的驴肉和驴板肠口感很好，让你想起郓城黄安镇的驴肉小店：驴肉店老板从锅台上端来一盆煮好的驴肉，掀开厚厚的盖布，驴肉还冒着热气，浓浓的香气迎面扑来，让人口舌生津。

小酒馆菜肴的味道都不错，微微的醉意，离不开写文字的话题。你的学生中有许多喜欢写文字的，他们大都在一些学校教书，在教书的空隙间写他们喜欢的生活和感悟。他们在写文字的同时也喜欢读你写的文字，在和你的文字比对中找到过去的那些时光，这让你和你的许多学生在离开那所中学后一直没有失去联系，就像这个雨夜，你和你的几位学生聚在一起，重拾当年的生活，有许许多多聊不完的话题。

你知道你的学生和你一样，在生活中有许多不如意，但生活还要继续，在继续的生活中文字是最好的黏合剂。你说你喜欢写一些美食的文字，你喜欢有故事的美食，美食的味道和香气在一些故事里沉沉浮浮，迷醉了你的情感，写美食的文字也是生活最好的黏合剂。

　　夜雨还在小酒馆的窗外淅淅沥沥，这样的雨夜适合举杯和回忆，一杯敬过往，一杯敬当下。

第三辑　秋

秋天，特别是深秋，一棵树的死亡不会引起人们太多的注意。一场秋雨一场寒，还等不到深秋，柳树、杨树、香椿树、槐树的叶子就已经落完了。那棵死去的柳树，或者是杨树、香椿树、槐树，它的叶子和活着的树的叶子一起落下来，一起零落在深秋寒冷的风中，让你无法辨别哪一棵树活着，哪一棵树已经死去。只有经过漫长寒冷的冬季，经过冰消雪融，经过枯木逢春，你才能辨别出哪棵树活着，哪棵树已经走完了它生命的旅程。

秋天来的雨

早晨六点钟，你打开房门，楼梯间的声控灯亮了，黄色的光线让霜降前的早晨有了些许暖意。

走出楼梯间，阴雨的天空，光线灰暗，零零星星的雨点，雨一直在下，从昨天晚上开始，下了一夜，一直没有停下来的意思。

昨天晚上的秋雨中，你站在中山路一个小酒馆的门口等待几位朋友，酒店的招牌灯很亮，灯光照在你撑起的暗花色雨伞上，有水滴从伞上滴落，水洼里是灯光光怪陆离的影子。

熟悉的场景，只不过是从夏天转换到了秋天。那个夏天的晚上，你也是站在这个小酒店的门口，等你的几位学生。那天你撑起的是一把黑色的雨伞，酒店的招牌灯很亮，灯光照在你撑起的黑色雨伞上，同样有水滴从伞上滴落，水洼里是灯光光怪陆离的影子。

就像秋天的这个晚上，同样的雨夜，同一个小酒馆，有点寒意的天气也遮盖不住朋友相聚的热闹。

同样丰盛的菜肴：驴肉拼盘、油炸小鲫鱼、蒸肘子、油炸肉丸子、水煮花生、凉拌黄瓜剔骨肉、槐花汤……啤酒和白酒，在秋天的雨夜举杯，窗外是连绵不绝的秋雨声。

雨一直在下，你撑一把伞走在早晨的秋雨中。天气有寒露季节的冰凉，草丛中虫子的叫声变得越来越微弱，你知道用不了多久，寒冷会让它们紧紧闭上嘴巴。

小区里的路灯已经熄灭，灰暗的天空和灰暗的光线让秋天的雨滴变得无比安静，你在安静的雨滴中，脚步也变得轻快起来，包括心情。

小区里有一片小树林，你喜欢在小树林的甬道上散步，小树林里有好多树种：香椿树、泡桐树、女贞树、紫叶李树、枣树、柿子树，中间还夹杂着一棵桂花树。你闻到了桂花的香味，在秋天潮湿的早晨，桂花的香味很浓很浓，桂花树上那些细细碎碎的黄色花朵，在秋天暗淡的早晨是一抹让人心动的暖色调。

你在桂花飘香的树林中听见了虫子的鸣叫，微弱的声音游丝般纤细。十多天前的那些夜晚，中秋的月光还很明亮，虫子在草丛中的合唱还很有气势，高一声低一声，清脆的声音把月光擦洗得无比干净明亮。

你在月光下徘徊，街上的路灯和商铺的霓虹灯距离小树林很远，月光从树的缝隙间洒下来，月光下的小草看起来干净而柔软。

但月光早已远去，虫子的合唱已经谢幕，秋雨中飘落下来的叶子盖住了慢慢枯黄的草丛。你踩在落叶上，因为潮湿，没有沙沙作响的声音，潮湿是落叶的消声器，沉默的脚步如誓言，誓言无声。

霜降还没有来临，深秋的肃杀之气还没有让人彻骨，浓浓的桂花香气在早晨潮湿的空气中弥漫，让你想起许多年前深秋的贵州之行。

在贵阳黔灵山公园，一排排桂花树散发出浓郁的芬芳，让你想起"金桂飘香"这个金碧辉煌的词语。黔灵山公园的小山上有许多猴子，成群的猴子在山上的树林中呼朋引伴、呼啸山林，但它们也有群居的规则，新猴王会把老猴王赶出族群，老猴王会在孤独中度过余生。

在进山口的护栏上，你看见一只孤独的老猴王，它一动不动地坐在护栏上，对过往的游客无动于衷。

桂花的香味把遥远的时空拉近的同时，让人感觉到的是岁月催人老的无情。

突然想起上大学时读郁达夫的小说《迟桂花》，文中郁达夫的朋友翁则生和他的新婚妻子是两朵迟开的桂花，却喜得圆满，而翁则生的妹妹则是一株让人颇生怜爱的单桂，被婆家赶出来后开在娘家的山中，独自芬芳。郁达夫在与她同游的过程中很自然地产生遐想，但在深山一隅之中逢桂花万簇，作者内心滑过最细腻的抚慰，最终欲望被这株不受世俗污染的单纯的桂花净化了，内心深处喷涌出更深沉无邪的爱。这曲折的情感游历百转千回，全因为这些开在身边的柔软温润香气袭人的迟桂花。

在秋天的雨中，郁达夫二十世纪三十年代写的这篇文字，隔着久远的时空依然散发出桂花的香味，好的文字如老酒，时间越长，味道越醇厚。

木之瓜

你在《姜之味》那篇文字中写道:"你……不厌其烦地叙述小时候的饥饿和馋,那时候,一块黄灿灿的生姜也是你解馋的绝好食物。把姜洗干净切片放在蒜臼里捣碎,加上盐和几滴香油,蘸着窝头吃,那是蒜汁无法取代的味道。讲究点的还可以加上葱段捣碎,姜的辛辣和葱的甜辣融合在一起,拓展出一种全新的味道,让你在奇幻的味道中慢慢迷失。……许多年后生活慢慢变得好起来,姜在生活中扮演着越来越重要的角色。做鱼的时候,不管是清蒸还是红烧,姜是必不可少的,清蒸切丝,红烧切片。炖鱼的时候、炖鸡的时候、炖鹅炖鸭的时候、炖羊肉狗肉猪肉的时候,干脆扔进几块洗干净的生姜,那种做菜时的大手笔,只有生姜才能胜任。"

你前前后后还写了《蒜之味》《葱之味》《鱼之鲜》,你喜欢用"×之×"这样的词句结构,你觉得这种形式更有意味,它构成了你文字的美感,让记忆和现实交替在你的文字中呈现,让你的叙述变得从容不迫。

你写《木之瓜》,宛如你写《葱之味》《姜之味》《蒜之味》

《鱼之鲜》，从记忆深处切入，让记忆和现实交替呈现在你的文字中，让你不再是孤独的舞者，去面对层层黑幕，因为冬天的夜色浓厚。

"木之瓜"，悬挂的美感，在古老的《诗经》里："投我以木瓜，报之以琼琚。匪报也，永以为好也！"（《诗经·国风·卫风·木瓜》）跌宕有致的韵味，在古老《诗经》的一唱三叹中，"木之瓜"向你走来。

那是许多年前的一个深秋，你在一所小学校邂逅了木瓜。木瓜悬挂在木瓜树的枝条上，深秋斑斓的木瓜树叶，衬托出木瓜的圆润和光泽，轻轻靠近木瓜，浓浓的香味，让人微醉。

那个深秋，你拥有了两枚木瓜果，一枚放在办公室的办公桌上，一枚放在卧室的床头，馥郁的木瓜香味，浸润了深秋季节和大半个冬天，直到木瓜的颜色由金黄变成黑褐色，你才恋恋不舍和木瓜果作别。

北方的寒冷居然能养育出如此娇嫩的佳木，并结出芬芳馥郁的佳果，每一年木瓜成熟的深秋季节，总会留给人一种期盼，拥有几枚木瓜果似乎成为深秋季节的美好隐喻。

那之后的之后，一个冬天的黄昏，朋友给你送来了一株木瓜树苗和一株枣树苗，你把两株树苗种在了车库门前的空地上。到了春天，两株树苗都吐出了新芽，大半年后，小树长得像模像样，希冀中来年的秋天就可以看见木瓜果和红红的枣子了。

但木瓜树死在了第二年的春天，你在死去的这棵木瓜树的旧址上种上了一株香椿树，以此来遮盖木瓜树死去后的感伤，和木瓜树一起种下的枣树现如今已亭亭如盖矣。

你在键盘上敲击这些文字的时候，冬天下午的阳光照进室内，照在你的案头摆放的两枚木瓜果上，金黄色的静默，是塞尚笔下的静物画，你坐在画面的一旁，看见画面中凝固的时间和场景。

不久前，你见朋友回家途中，路过王浩屯，想起春天王浩屯一位朋友的相约，让你秋天来王浩屯的木瓜园观赏木瓜，他说木瓜园规模很大，是菏泽最大的木瓜研究基地。已经错过了秋天，不知木瓜树上是否还悬挂着木瓜果？

接通电话，朋友很意外，更多的是惊喜。朋友开车带着你们去木瓜园，乡间小路两旁，是青青的麦田，落完叶子的杨树，站立成一种温暖的姿势，等待春天满树的柔黄嫩绿。

朋友和经营木瓜基地的老板很熟，打开木栅栏大门，走进木瓜园，走进春天的期待、夏天的期待和秋天的期待，满园的色彩斑斓让你猝不及防。

一眼看不到尽头的木瓜园，一排排木瓜树，每棵树都挨得很近，枝叶交错间，透出晴朗的天空。

木瓜树还没有落完叶子，挂在树枝上的叶子绿黄相间，几枚金黄色的果子掩映在绿黄相间的叶子中间，让人感觉秋天还没有走远，一切看上去还在秋里，树叶还在等待一场风，等待一场冬雨让它们褪去色彩的斑斓。

木瓜树林里最美的风景是在脚底下，色彩斑斓的落叶覆盖着地面，厚厚的精美的地毯。从树上坠落的木瓜果一个挨着一个，在厚厚的落叶上沉睡。

踩着厚厚的落叶在木瓜树林中穿行，惊醒了沉睡的木瓜果，它们在你的脚下滚来滚去，让你禁不住弯下腰去，捡拾一个个圆润金黄的木瓜果，多么富足的木瓜树林，多么富足的冬天，躺在地上的木瓜果每一枚都很精美，每一枚都散发着浓浓的香味。

你在香气弥漫的木瓜树林中穿行，树上的果子在蓝色的天空下泛着好看的光芒，让你唾手可得。

偌大的木瓜树林，只有你们几个人踩着落叶的声音。"世外桃源"，一只野兔在远处奔跑的声音，惊飞了树林中的鸟群，暂时打破了树林的宁静。野兔跑得很快，像一阵风，一瞬间就消失在木瓜树林深处。

木瓜树林中有几棵银杏树，高大粗壮的树干上，是满树金黄色的叶子，让你想起没有走得太远的秋天。

后来和园子的主人交谈，知道木瓜的种种用途：可入药，可酿酒，可造茶。园子里就有酿酒和造茶的车间，因为时间关系没有去看，带着遗憾和满身的木瓜香味离开了木瓜园。

2路公交车无法承受之轻

15路公交车的站牌在医专的西门,你从医专综合楼六楼下来的时候,是下午五点钟的光景,深秋的阳光已经没有热度,校园里的绿植叶子在慢慢变黄。想起第二天就是霜降季节,"霜降杀百草",叶落果更红。

综合楼前的广场上热闹起来了,从课堂里解放出来的学生在广场上释放年轻的能量,音乐、舞蹈、欢快的旋律中,有推销商品的吆喝声。

你从广场中间穿过,热闹的场景让你感觉到陌生。你的大学生活在遥远的时空里,那个安静古朴的校园,有高高的法桐树、核桃树和松树,黄昏中,有伟人雕像的广场上,是许多抱着书本匆匆走过的背影。

那时候没有音乐的喧嚣,读诗和写诗是一种时尚。学校的图书楼保持着开放的状态,到图书馆读读书同样是一种时尚。图书楼是仿古建筑,楼顶的琉璃瓦在翘起的飞檐上,在阳光的照耀下有古代宫殿的金碧辉煌。

你从广场的喧嚣声中逃离,去医专西门搭乘15路公交车。

好久都没有坐过公交车了，到大学的校园门口去乘坐公交车，让你重温了几十年前的大学生活，大学门口的文化东路，18路公交车，车内拥挤的人群，从省城的大街上一路晃过去，曾经熟悉的街景，上世纪的黑白影片，在时光的斑驳中。

没有等来15路公交车，2路公交车就来了，终点站是火车站，和你几十年前乘坐的18路公交车一样，终点站也是火车站，坐上去就有一种去远方的冲动。

车上没有几个人，靠窗的座位，可以自由观赏路边的风景。车子启动，从牡丹北路往南，右转到大学路，下一站是学院站。

远远看过去，学院林立的高楼早已取代了三十多年前师专红墙黑瓦的小楼。三十多年前你行走在师专红砖铺的甬道上，去看望一位朋友，模糊的细节，就像是在梦中。

你在《忽而端午》那篇文字中写到过那个晚上的场景和心情："你站在小酒馆二楼的窗户旁看窗外的人流和车辆，夏日的黄昏有太多的喧嚣，你约的几位朋友还在路上。你想象着朋友们开车过来的样子，一丝暖意在心里慢慢荡开。朋友们在路上，一点一点靠近你，久违的激动弥漫在夏日的黄昏中，弥漫在漫长的等待里。

"朋友们还没有过来，你索性走出房间，走下暗淡逼仄的楼梯，路过空荡荡的前厅，走出了这家小酒馆。小酒馆两旁都是各样的小店，花花绿绿的商品让人眼花缭乱。你上大学的时候还没有这样的场景，那时候物资匮乏，物质生活单一，精神生活却富有。端午节那天，你穿着一件圆领的白色T恤，留着长长的头发，和几位同学一起，走进学校门口的那家小面馆，喝一碗排骨汤面，没有排骨，只有炖排骨的肉汤，两角钱一碗，一碗物美价廉的排骨汤面，让端午节那天溢满温情。

"那时候还没有赵雷和他的歌曲《成都》，许多年后你听赵雷的《成都》，"走到玉林路的尽头，坐在小酒馆的门口"，会突然想起大学门口的那家小面馆，想起端午节那天吃面的场景。

"好多年前端午节的那个夜晚，留给你的就是等待，等待朋友们小酒馆的相聚，等待几个小菜陆续上来：鸡公煲、炸带鱼、干煸鸡丝、炝土豆丝、凉拌藕和油炸花生米，等待打开的黑啤酒倒进高脚杯，泡沫还没有消失之前你们端起高脚杯一饮而尽。"

你不想老去，2路公交车带给你的场景好像还是2002年，那个叫刀郎的歌手在激情演绎那首《2002年的第一场雪》："2002年的第一场雪，比以往时候来得更晚一些。停靠在八楼的二路汽车，带走了最后一片飘落的黄叶。"二十年前歌手刀郎略带沙哑和沧桑的歌声在你生活的小城大街小巷回荡，歌中带走最后一片黄叶的二路汽车，在二十年后回到了你的生活中，让你陡增一种亲切。

2路公交车停在学院站牌下，一群女学生上来了，但车里还有许多空座位，车内的空间还没有让人产生压迫感。想起在北京度过的一些日子，街头的公交车上，沙丁鱼罐头般拥挤，让人难以呼吸，三四线城市公交车上宽松的空间让人慢慢释怀。

车上的人都在低头看手机的时候，公交车路过了黄河路上的五完小，孩子们还在上课，狭小的校园里很安静。公交车一路过去，转到青年路上，途经二完小青年路校区、东关小学，都是你熟悉的校园。孩子们已经放学，穿着蓝色校服过马路的孩子们在深秋的风中，每天都重复的街景让人心生暖意。

路过三角花园，许多年前你就住在附近的一个小区，周末的时候从步行街到东方红大街，热热闹闹的场景却让人倍感孤独。距离不远的八一路上，有一家淮扬菜馆，名字叫"秦淮人家"，第一次在那个菜馆吃醉虾，几个人骑着自行车，你坐在一辆自行车的后座上，夏天的夜晚有花的香味。步行街的拐角处有一家川菜馆，水煮鱼做得不错。餐馆只有一个包间，从包间的大玻璃窗看出去，是步行街两层的商铺和街上热闹的人群，一个推自行车卖糖葫芦的手艺人，红红黄黄的糖葫芦在阳光下晶莹剔透，让人想起诗意的生活。

生活中的诗意是飘忽不定的，就像鲍勃·迪伦说的那样："有些人能感受雨，而其他人则只是被雨淋湿。"

你是经常被雨淋湿的人吗？2路公交车一路碾轧过来的记忆，有的不堪回首，有的怅然若失，有的黯然伤神，有的抽刀断水，有的举杯消愁。

路过汽车站，一群扛着大包小包行李的民工拥进车来，车厢里的空间顿时变得逼仄起来。编织袋装满的行李塞满过道，没有空位，还有一些站着的人。各种味道和方言一下子塞满了车厢，还有手机铃声、看短视频的声音，陌生的场景，让你有了短暂的无所适从。好多年都没有经历过这样的场景，在一个封闭的空间和许多人在一起，这是你许多年前的感觉和经历。

那时候你在现在生活的小城和曾经生活过的小县城之间往返，在三角花园等待去小县城的班车，车上挤满了人，从黄昏一路过去，到小县城天已经黑透了。你在《烩面往事》里写过那段生活："那时候你还在生活的小城和小县城之间往返，人多的时候去南华路上的那家烩面馆，一个人或者是两个人的时候就去一中南面的这个烩面馆。冬天黑得早，从小县城的车站赶到烩面馆天已经黑透，很冷的北风，有时候会有雪花。烩面馆两间小屋里坐满了人，你们坐在靠门的一张桌子上，室内灯光昏黄，但人声鼎沸，门口的煤球炉子上，摆放着十几个冒着热气的砂锅，红红的炉火充满了暖意。

"冒着热气和香气的烩面摆放在桌子上，你舀了一大勺红辣椒放在碗里，还有两个同样冒着热气和香气的砂锅。两个人有一搭没一搭地聊着散漫的话题，居然有了居家的感觉。那样的场景就像那首《被积雪覆盖的柔情》的曲子，钢琴在叮叮咚咚地敲响，小提琴的声音融进来了，空灵婉转的旋律，就像冬日里盛开的永不凋零的希望之花，温暖而照亮人心。"

往返生活的不易，让人感觉到的常常是被雨淋湿的感觉。就像从汽车站拥上来的这群农民工，你不知道他们到火车站后会去哪个陌生的城市讨生活，他们也是常常被雨淋湿的一群人，很难感受到雨的诗意。银座商城站到了，你下车走过灯火明亮的银座商城，一回头看见开往火车站的 2 路公交车，在中华路的车流中越行越远，直到你再也看不见它的踪影。

听完一首歌再下车

把车停在办公楼下后你没有急着下车,还没到八点半,你不用急着上楼,你想听完电台正播放的一首歌再下车。

曾经熟悉的一首歌,有新疆民歌的风味,但你忘记了这首歌的名字。一位女歌手用个性独特的嗓音在演唱,很入耳,很有感觉,让人容易想起远逝的一些事情,有些隐秘的情感,让一首歌触动。

霜降季节已过,车窗外的绿化树叶子在变黄,想起早起跑步的时候,在那片小树林的甬道上,踩着甬道上的落叶,落叶是枯黄色,失去生命的颜色,没有饱满的汁液,没有春天和夏天野蛮生长后的舒展,慢慢变黄之后的零落,是深秋无法遮掩的叹息。

天气阴沉,深秋季节的天气阴沉容易让人内心顿生灰暗。前两天还是秋日的暖阳高照,你坐在小区小广场上的一张长木椅上晒太阳,湛蓝高远的天空,恍惚间有人弹奏《天空之城》叮叮咚咚的乐曲声。几只小鸟在不远处的一棵楸树上欢歌,楸树的叶子没有变黄,这样的场景很容易让人忘记深秋季节的瑟缩。

车窗外天气阴沉,这首歌还没有唱完,你还是没有想起这首歌的名字，这让你有点沮丧，这样的感觉在许多年前有过一次。那是一个春天的上午，和几位朋友去单县的路上，一位坐在你前面的朋友用手机放一些歌曲。你听歌，在朋友的后面，从车的后视镜能看见朋友的面孔。路两旁的树影一晃而过，朋友的面孔在树影中飘浮，一种梦幻的感觉，仿佛在水中，透过水看一个人的面孔，你看不清楚眼睛里的东西，你一直努力想看清朋友眼睛里深藏的东西，但你看不到。

朋友用手机播放的歌曲里有一首歌你不知道名字，但很好听。不知道歌的名字让人有点沮丧，你无法预料许多年后会再次感到这种沮丧，虽然不是人生的挫败感和无力感，但还是让人纠结了一阵子，直到许多天后才知道了那首歌的名字，是《想你的夜》："分手那天/我看着你走远/所有承诺化成了句点/独自守在空荡的房间/爱与痛在我心里纠缠/我们的爱走到了今天/是不是我太自私了一点/如果爱可以重来/我会为你放弃一切……"

放弃一切是年轻的冲动，刀郎的歌里说"这是冲动最好的惩罚"，有一阵子你喜欢听刀郎的歌，你在《2路公交车无法承受之轻》那篇文字中还提到刀郎和他的那首《2002年的第一场雪》："'2002年的第一场雪，比以往时候来得更晚一些。停靠在八楼的二路汽车，带走了最后一片飘落的黄叶。'二十年前歌手刀郎略带沙哑和沧桑的歌声在你生活的小城大街小巷回荡，歌中带走最后一片黄叶的二路汽车，在二十年后回到了你的生活中，让你陡增一种亲切。"

那次和几位朋友去单县游玩浮龙湖的时候，一见湖中的栈桥就陡增一种亲切感。浮龙湖中的栈桥让你想起青岛的栈桥，好多年前和几位朋友去青岛，夜晚在栈桥下面的沙滩上，月亮升起来了,月亮像唐朝张若虚《春江花月夜》里的月亮,月光下的沙滩白亮白亮,坐在沙滩上,听海浪拍打的声音,有月光的温柔,有"滟滟随波千万里"的惆怅。

你们走在浮龙湖的栈桥上,很好的水面,虽然没有沙滩和海鸥,但春天的风吹过来,凉爽的感觉。你看见一些小鱼在水中跳舞,美好的时光。你知道这样的时光非常短暂,就像浮龙湖中的栈桥,很短很短,短得让人来不及回味。栈桥的尽头是湖心岛,湖心岛上有许多野花,一簇簇,黄色的、红色的、白色的,开得奔放而灿烂。

歌还没有唱完,你靠在车的座椅上,昨夜的酒还在体内隐隐约约燃烧,几位朋友在一个蒙古包里吃火锅,深秋的晚上吃一次热烈的火锅是多么畅快的一件事情。昨天上午接到一位朋友晚上吃火锅的邀请时,你没有犹豫就答应下来。

也许是年龄大了,几杯酒下肚,就有了怀旧的情结,是单县的一个铜火锅小店让你有了怀旧的情结。安安静静的感觉,你知道夏天的窗外不会飘着雪花,飘着雪花的夜晚是在单县一个很偏僻的小乡镇朱集镇,和几位朋友相聚,餐桌上很热闹,忙碌了一天,有了一点放松的空间,家常的菜肴吃起来格外可口。七点多钟,你起身离席,一出门看见了雪花,纷纷扬扬,在你的脸颊上,在你的灵魂深处,舞蹈,小精灵般,舞蹈。

在单县一个偏僻小镇的夜晚,雪就这样落下来了,静静地,就像你坐在车上听完这首忘记了什么名字的歌曲之后,车厢里再没有一点声音。

黄河堤岸上的风景

鄄城临卜苏泗庄是紧靠着黄河大堤的一个小村，从小村走到黄河大堤用不了多少时间，在河堤上看黄河，黄河离得很近，河对岸绿树成荫。

河堤上有树有花，很好的景致。你从河堤上拾起几块小石头往河里投，一次比一次投得远，但溅起的水花很小，一转眼就消失在浑黄的流水中了。

鄄城的朋友在县城等你们，沿着河堤一路过去，途经银杏园，鄄城苏泗庄闸管所的园子。还有一些采摘园，桃子和苹果挂在枝头，浑圆白亮的果实，盛夏的果实，回忆里寂寞的香气。

秋天黄河岸边的银杏园子里树叶金黄，好多人从你生活的小城赶过来，在银杏园里拍照发抖音，有红色的纱巾飘在金黄的落叶中，惊艳的色彩，有时候会在梦中出现。

后来是隆冬季节，你和几位朋友去银杏园，一场大雪改变了园子的模样，银杏树落完了叶子，地上厚厚的落叶没有了昔日的金黄，走在园子里，踩着厚厚的接近泥土颜色的落叶，风吹过，树枝在耳语，一切诞生于尘土，又将化作尘土消散。

从园子里出来，去黄河岸边，从河堤上走下几步石阶，路过一小片绿化带和一个亭子，你站在了黄河边的石台上。

黄河在你的眼前，阳光下的水面泛着光芒。

一条大河的流淌，在冬天，没有大的波浪和喧哗，安安静静的样子。河边的风很大很硬，头发飘在风中，回忆也飘在风中。

那是许多年前冬天的风，但此刻，你在夏天的风中又一次来到黄河堤上，路过那个叫董口的乡镇。从临卜到董口，一路美景，一气呵成的感觉，回忆总是和冬天纠缠不清。

许多年前一个闲暇的冬日上午，鄄城董口的朋友相约去董口吃黄河鱼。一场大雪过后，天气终于放晴，去董口的路上，冬日暖阳，麦田泛绿，遥远的村庄安安静静。

先到黄河边转了转，阳光有点刺眼，许多日子没有见过太阳，站在黄河边的冬阳下，有点恍惚的感觉，天蓝得让人感觉不真实。

天真的很蓝，田野里有一些积雪，白亮白亮的积雪，让你想起遥远的雪山，在阳光下，白亮得晃人的眼睛。河边的风很冷很硬，身上的热气散得很快，在黄河水平静的流淌中，对岸的树林迷离而恍惚。

脚下的枯草很干净，很柔软，一场暴雪的洗涤，落完叶子的树枝也显得干干净净。

河边只有你们几个人，河面上没有船，静悄悄的空间，一只鸟的叫声也会传得很远很远。

落　叶

你在《死去的树》那篇文字中写道:"树的死亡是不分季节的。有些树会在春天死去,树枝上刚刚孵出来的嫩芽在明媚的春光里慢慢褪去春天的颜色,慢慢变得枯黄,慢慢在春天柔柔的风中零落,枯萎的枝条在杏花雨中了无生机,让人想到花寒。"

和树的死亡一样,落叶也是不分季节的。

那些在春天死去的树,慢慢变得枯黄的叶子在春天的风中叹息着坠落,还没有舒展开的树叶,是春天无法承受之轻。

那些在夏天落下的叶子,是夏天慢慢死去的一棵树的杰作。叶子在枯萎坠落的过程中没有春天阳光下的扼腕叹息,夏天死去的树叶子已经长得很大,已经沐浴过春风和夏雨,经历过百花的缤纷簇拥,没有新生和死亡的突然对立,那种枯萎和坠落无法让人徒生感伤。

在四季分明的北方,秋天是落叶的季节,最先落下叶子的是那些杨树。"一叶落而知天下秋",那片最先从高高杨树上落下的叶子,下落的姿势随意、慵懒、飘逸,还有那么一点点不舍。因为泥土地的厚重,那片叶子落地的声音很轻很轻,仿佛是对大地的喃喃私语。

你站在那棵落下第一片叶子的白杨树下，扬起面孔，和那片飘落的叶子对话。那是秋日的私语，内涵丰厚，覆盖了漫长的日子，覆盖了一个又一个的秋天。

那一株株白杨树树干挺立，就像黑山白水间的一株株白桦树，那首《白桦林》的旋律，有着俄罗斯民歌的忧郁。

你知道接下来的日子，一场接着一场的秋风和秋雨，那些杨树的叶子、柳树的叶子、香椿树的叶子、洋槐树的叶子、法桐树的叶子、石榴树的叶子、银杏树的叶子、枫树的叶子……蝶飞蜂舞，但最终都没有摆脱落下来的命运。这些树的叶子在相继坠落的过程中，绚烂着不一样的色彩，把秋日的原野装点得五彩缤纷。

深秋和初冬季节，是落叶狂欢的炫美时光。除了那些四季常青的植物摆脱了落叶的命运，纷纷落下的叶子，堆积和覆盖，色彩的盛宴，让人目不暇接。

有一年初冬的一个早晨，你在曲阜师范大学的校园里散步，校园广场旁边的绿地上，枫树和银杏树的落叶覆盖了绿绿的草地，金黄色覆盖的缝隙间，透着绿意，唯美的画面，镶嵌在你的微信朋友圈，你写道："2018年的初冬，有落叶的五彩缤纷，有宁静的诗意和回望中的温情……"

还有一年同样的初冬季节，你在落叶缤纷中去台儿庄古城。夜晚的古城没有初冬季节的瑟缩，那些灯红酒绿的酒吧，是古镇夜晚灵魂的栖息地吗？那些无法安放的情感，那些迷茫和忧伤的情愫，那些和年龄和经历和性别没有多少关联的感伤之旅，那些从古至今挥之不去的爱与哀愁，那些抽刀断水，那些窥镜自恋，那些"醉里挑灯看剑",在丽江古镇的"一米阳光"里有,在平遥古镇的"初见平遥"里有,在大理古镇的"唐朝酒吧"里有,在隋唐运河古镇的"一九九三年的爱情"里有。

一九九三年,久远的时光。

那一年你还在一个小县城的中学教书,留着长长的头发,穿着一件劣质西服,一手拿着讲义,一手握着粉笔,在种着黑槐树的校园里穿行。

那年初冬黑槐树的叶子黄得早吗?操场上杨树的叶子应该落完了,就像今年的初冬一样,你走在杨树林中,踩着厚厚的落叶,落叶在脚下簌簌作响。

死去的树

树的死亡是不分季节的。有些树会在春天死去,树枝上刚刚孵出来的嫩芽在明媚的春光里慢慢褪去春天的颜色,慢慢变得枯黄,慢慢在春天柔柔的风中零落,枯萎的枝条在杏花雨中了无生机,让人想到花寒。

小时候你在返青的麦地里发现了一棵桃树的幼苗,三四个狭长的叶片,像一棵弱草那样小。你掘土刨根,那柔弱的桃心胀开桃核,你用桃核周围湿润的土,将桃树的小根包住,捏成土球捧回家去,将它栽在老家院子的东南角。有一年,你突然发现它已经长大,绿意葱葱,桃果满枝。但在一个春天,这棵桃树再也没有开出满树的粉红,那些细碎的花骨朵还没有绽放就枯萎了,你至今也不知道这棵桃树在春天死去的原因。

记得那个春天你已经在遥远的小县城读高中,这棵桃树的死亡和你远离老家的感伤纠缠在一起,让那个春天的印记残留着年少的迷茫、无奈和忧郁。

在夏天死去的树没有在春天死去的那些树突兀。在夏天的烈日暴晒下,鲁西南平原干燥的风让许多树的叶子失去了充足的水分，失去水分的叶子是无精打采的，失去水分的叶子没有葱郁的生命力和色彩。那些在夏天慢慢死去的树，叶子在枯萎过程中的色彩没有春天阳光下的扼腕叹息，春天一棵树的死亡是新生和死亡的突然对立，让人的情感猝不及防。

小时候老家村庄西头的河堤上，有一些柳树常常会在夏天死去。最先死去的是树梢，然后慢慢蔓延到树枝和树干。你知道那是一些虫子的功劳：蝉的成虫在柳树枝条上产卵，蝉卵让柳树枝条慢慢枯萎；还有树干中的那些蛀虫，它们掏空了树心。

在河堤成排的柳树中，一棵柳树的死去不算是一件大事。死去的那棵柳树很快就会被人连根刨走，树干充当了建房用的木椽子，树枝和树根是烧锅的上好材料。在物资极度匮乏的年代，一棵树的死亡对享受这棵树的人是一种意外的惊喜，他不会因为这棵柳树的死亡而突生感伤。

秋天，特别是深秋，一棵树的死亡不会引起人们太多的注意。一场秋雨一场寒，还等不到深秋，柳树、杨树、香椿树、槐树的叶子就已经落完了。那棵死去的柳树，或者是杨树、香椿树、槐树，它的叶子和活着的树的叶子一起落下来，一起零落在深秋寒冷的风中，让你无法辨别哪一棵树是活着的，哪一棵树已经死去。只有经过漫长寒冷的冬季，经过冰消雪融，经过枯木逢春，你才能辨别出哪棵树是活着，哪棵树已经走完了它生命的旅程。

深秋的寒意已经让人内心顿生仓皇和瑟缩，一棵树的悄然死去没有再给人的内心徒增些许寒意，让踏着厚厚落叶远去的脚步声没有沉重。

在冬天，你同样分别不出哪棵树是活着，哪棵树已经死去了，除非你用一些锐器，轻轻刨开一点那些树的树皮，透出绿意的一定是活着的树，而那些没有透出绿意的，一定已经死去。

小时候的冬天奇冷无比，光秃秃的树枝在寒冷的风中凄厉，远远望去，枯干的树枝和树干，让故乡的原野变得无比荒凉。

那时候，故乡的土地上还没有冬天不落叶的树，一进入寒冬，故乡土地上一棵棵落去叶子的树仿佛已经死去。只有一场大雪给那些树披上盛装，玉树琼枝间，有几只觅食的鸟飞过，让人想起遥远的童话世界。

一棵树的死去留给你许多感伤，你在许多年后回望小时候那些死去的树，其实也是在回望再也找不回来的童年时光。对一棵死去的树的凭吊，同时也是对过往岁月的深切怀念。

小时候没有阅历，没有岁月留给的太多沧桑，对一棵树的死去，除了感伤，找寻不出更多的意义。

许多年后的一个深秋，你去额济纳看胡杨林。

虽然是深秋，沙漠的阳光依然灼人，戴着草帽，打着雨伞，披着纱巾，戴着脖套和墨镜，异域的风情让人怦然心动。

游完黑水城，天黑了下来，暗淡的天光下，那一棵棵死去的胡杨树组成的怪树林，像一片荒凉的坟墓，在沙漠凉凉的风中。

那一棵棵枯死的胡杨，那些或斜或倒的枯干和旁逸斜出的枯枝，扭曲中的狰狞，匍匐中的无助，垂头中的扼腕，挺立中的不屈，远古战场的场景再现，将士们的呐喊在风中凝固，还有不倒的身躯和不朽的传说，让你看到了胡杨林炫美之后不死的魂灵。

这是死去的树的灵魂：不屈地挺立，昭示着不死的精神。

八泉峡之夜

好多年前你写过一篇《有这样一个夜晚》的文字,叙述有一年秋天,十一长假刚过,学生王文明约你去日照办事,归途路过蒙山,赶到蒙山脚下天色已黄昏,进山的大门关闭了,稀稀落落的游客住在山脚的宾馆里,长假过后,旅游淡季拉开了帷幕。

没有人声喧嚣的蒙山显得无比安静。秋天的风很凉爽,山的影子和青色的天空慢慢融合在一起,天真的黑下来了。不想住千篇一律的宾馆,于是找了家农家乐。

你在文中重点叙述了那个晚上的美食和美景:"山里的油炸河虾上来了,凉拌山野菜上来了,农家小炒肉上来了,还有那盆炖得喷香的农家小公鸡。月亮出来了,山里的月亮又大又圆,月光洒在院子里,干净明亮,水一样让人忧伤。几棵石榴树上挂满了果子,空气中弥漫着苹果的香气。来的时候看见四合院的周围全是苹果园,红红的苹果像一张张笑脸,灿烂而温情。夜深了,一切都笼罩在如水的月光里,酒意迷蒙中,躺在一张靠窗的床上,梦就来了。那样一个夜晚,沐浴在月光下,一切都是静悄悄的,诗意而温暖。"

许多年后，同样是十一长假刚过，同样的深秋季节，你和几位朋友结伴去山西长治市壶关县的八泉峡。

驱车赶到景区的时候天色已黄昏。景区的停车场上没有几辆车，偌大的停车场显得空空荡荡。游客稀少，刚刚过去的十一假期给一年的旅游旺季画上了一个句号，那些人头攒动的场景只能留存在刚刚过去的十一长假中。

你喜欢这种繁华过后的冷清。你和几位朋友拖着行李箱走过空空荡荡的停车场，在一家连锁酒店办理了住宿手续。

吧台上只有一位女孩当值，女孩是本地人，热情地给你们推荐了几家农家菜馆，重点推荐了门口有山楂树的那家。从酒店大厅门口看过去，不远处的山楂树上，红红的山楂果掩映在绿叶中，掩映在绿叶中的还有俄罗斯忧郁的民歌曲调和张艺谋《山楂树之恋》中的一些画面。

来之前看百度上介绍八泉峡的文字：八泉峡旅游风景区是山西太行山大峡谷内风景最为壮美、内涵最为丰富、气势最为宏大的高品位景区之一。由于太行山大峡谷中的桥后山沟有八股泉水同出一地，自古以来民间就称之为"八道水"，加之峡谷中部又有两处泉群均为八个泉眼，三处泉水数量均为"八"，所以太行山大峡谷此处的景区被命名为"八泉峡"。

百度上介绍的八泉峡近在咫尺，太行山山脊在渐渐变浓的夜色中沉默着。

按照吧台女孩的指点寻找合适的农家餐馆，十多家农家餐馆灯光闪亮，但大多数门可罗雀。

你们选择了一家名为"安波桥客栈"的农家餐馆，因为餐馆不远处就是一座名字为"安波桥"的石桥，桥下有流水的声音，是从太行山深处八泉峡流出来的清水吗？听上去就让人心动。

桥头和沿河两岸是高大的垂柳，枝条依然柔软，树叶依然碧绿，让人想不到已经是深秋季节。

餐馆是家夫妻店，男主内女主外，男人在操作间忙活，女人在大厅里张罗，朴实豪爽的山西人，北方人的秉性。

你们没有在大厅里就餐，而是选择了露天，就像许多年前的蒙山之夜，在农家的院落里，在石榴树下，一抬头月明星稀。

虽然没有农家的院落，但摆放在农家菜馆门口的餐桌同样能让人感觉到农家院落的味道。杨柳依依的河岸，缀满枝头的山楂果，凉爽的秋风和秋风挟裹的山的味道、泉水的味道、鸟鸣的味道，没有车马的喧嚣，没有琐事的纠缠，陶渊明"悠然见南山"的感觉就来了，朱自清荷塘之夜的自由就来了。

在山里，地皮菜炒山鸡蛋是必不可少的，八泉峡中的野生鱼是必不可少的，红烧野兔、野猪肉炖土豆、野蘑菇炖菜鸡、辣炒山野菜五花肉，传说和想象中的山珍，在八泉峡之夜一一呈现。

在山西当然喝汾酒，地道的老白汾，酒盅是一两一杯的。除了汾酒，还有山西的老陈醋，老板娘端来满满一壶醋，喝上一口醋，甜酸香。

土豆是山西的特产，吃起来口感很好。想起许多年前的西北之行，在张掖吃的烤土豆，和八泉峡之夜的野猪肉炖土豆遥相呼应，时间如白驹过隙吗？大学教材中的赵树理和他的"山药蛋派"，根植于泥土，直到现在还散发着泥土的芳香。

举杯，在八泉峡深秋的夜晚，让老白汾的醇香和醋香碰撞出山西情怀。

不远处的山村上空，有绚丽的烟火，夜空璀璨，不期而遇的烟火让人倍感喜悦。

　　河水在流淌，你知道过了这个夜晚你们就会踏上找寻八泉峡泉水的路途，那些壮美丰润的景观画卷般展开，让你流连忘返。

　　但明天还没有来临，八泉峡之夜在漫天绚丽的烟火中才刚刚拉开帷幕，你站在幕布的一边，站在深秋的夜风中，忘记了异乡人的身份，忘记了许许多多的过往。

山西阳城李疙塔之行

有一年秋天,你的几位学生约你去山西阳城李疙塔徒步。李疙塔在大山深处,大山深处的绝美风景,梦幻般呈现,让你听见遥远的涛声。那是松涛,一阵紧似一阵。

一、沿途的风景

约好下午一点在东明集合,学生文明忙着采买吃的东西,大力、新魁和红军陪你在一家烩面馆吃一顿简单的午餐。

没有喝酒,菜肴依然丰盛:红烧鸡爪、凉拌丝瓜尖、水煮花生和豆干,都是你喜欢的菜肴。关键是那碗烩面,你曾经生活过的小县城,烩面是小城的一道美食。

一碗冒着热气和香气的烩面勾起了往事。碗里羊肉虽然不多,但汤汁浓稠,还是许多年前的味道。一碗热热的烩面下肚,小县城秋天的阳光依然暖意十足。

小县城秋天的阳光当然暖意十足,加上开车的李师傅十二个人整装待发,玉梅、建华、雪星、东方、广臣、建红,你的学生或者朋友，一路同行，开启秋之旅程。

从沙窝过黄河浮桥，秋天的黄河水水面宽阔，"黄河之水天上来"，每一次过黄河浮桥你都会被黄河水不息的流淌所触动，那些人和事，远逝的场景，让人难以释怀。

和浮桥并排越过黄河的是黄河铁桥。几十年过去，号称"亚洲第一铁路长桥"的铁桥沉默而孤独。许多年前你在距离铁桥不远处的渔船上吃过饭，夜晚的船上灯火通明。船下是黄河水流淌的声音，浪花温情地拍打，轻轻，轻轻。

过了浮桥不远就进入长垣县，从长垣县北转入菏宝高速，阳城李疙塔之行正式拉开帷幕。

北方秋天的原野五彩斑斓。虽然还不是深秋，但玉米已经成熟，一片片玉米地是成熟的黄色。

高粱的暗红色和辣椒的鲜红色，秋天大地上一簇簇的火苗，燃烧的感觉如远逝的爱情。

杨树的叶子开始变黄，还有银杏树的叶子，开始变黄的叶子慢慢在秋天的风中坠落，每一次坠落的声音微弱如大地的叹息。

菏宝高速途经的那些小城：卫辉、延津、新乡、焦作、修武，像一粒粒散落的珍珠，每一粒珍珠都散发出自己的辉光。

云台山、八里沟、枣树沟、关山、宝泉、回龙天界山、万仙山、九连山，你和学生用脚步丈量过的地方，每一个地方都有许许多多的故事和别样的风景。

一路向西，从菏宝高速转入晋新高速，从河南进入山西，从南太行转到西太行，群山万壑、峰峦叠嶂，小车在群山中穿行，在绿色的大海中穿行，在一条条隧道中穿行。每一条隧道都有一个动听的名字：韩家寨桥隧道群、西花园隧道、牛王山隧道、牛郎河隧道、天子岭隧道……

到阳城服务区短暂休息，服务区不大，到服务区休息的人也不多，安安静静的场景，干干净净的场景。

服务区绿化带里的几株月季还在开花，红的、绿的、黄的，花色艳丽，让你忘记了秋天的季节。

距离李疙塔不远了，阳城服务区里的那几株月季是沿途最后的风景。

二、李疙塔之夜

从阳城下了高速，天色渐近黄昏，到李疙塔还有一段山路，途经演礼、固隆、次营、董封四个乡镇。

一开始道路还很平坦，越靠近目的地山间公路越变得坑洼不平起来。有一段在修路，愈加难走，你们乘坐的中巴车在崎岖的山道上跳舞。

将近七点钟，才到了大山深处的李疙塔村。小村只有一条东西走向的街道，街两边的农舍没有几家亮灯的，静谧的小山村，和你想象的一模一样。

黑黢黢的群山是鲁迅笔下"铁的兽脊"，蓝色的天幕上有亮晶晶的星星，让你想起许多年前你和学生去过的那些小山村的夜空：搭石河、东庙华、双底、韩口、马武寨。你和你的学生站在陌生村庄的土地上，在夜色铺满的街道上行走，凉凉的山风吹在脸颊上，一抬头满天的星辉，儿时的时光水一样涌过来，挟裹着淡淡的乡愁。

学生新魁联系的住的地方是李疙塔艺术实践基地，基地是由废弃的李疙塔中学改造而成的。

接待你们的基地管理人员姓李，叫现雷，山东济宁人，矮墩墩的身材，很壮硕，一脸的憨厚，待人接物格外热情。

基地三座楼呈"品"字形排开，东西两座是两层，中间靠北的一座是三层，墙体是白色的马赛克，在夜晚的灯光下显得很干净。

教室改装的住房，空间很大的房间里摆放着几张两层铁床。有一个改装的小卫生间，白色的被褥看上去很干净。放下行装，集体生活的感觉又来了。

其实，李疙塔原来不是一个小村，而是李疙塔乡驻地。2001年撤并乡镇，李疙塔乡划归现在的董封乡，成为一个下辖四个自然村的行政村。

夜色中走过小村的街道，街道两旁的一些院落门口的牌匾上或者是楼房门头上还有"供销社综合商店""农村信用合作社""李疙塔保护管理站""影剧院"等字样，依稀还能看到李疙塔作为乡驻地时的辉煌。

"李疙塔"名字的来历还有一个传说。相传从前一位姓李的人来此定居，建村舍于次滩河西岸的小土丘上，小土丘形似一个大疙塔，以此取名。小山村属高寒山区，森林茂密，野生动植物丰富，为县内的主要林牧基地，盛产松子、药材；柴李圪塔（旧时柴圪塔、李圪塔两村的合称）地处云蒙山脚，是通往云蒙大山的必经之道，也是历史上出垣曲进入中条山腹地的咽喉要道，朱德、彭德怀、邓小平等领导往返太行八路军总部到延安途经此地，在次滩村有当年八路军的一个兵站，你将在后面的文字里写到这个兵站。

安顿好住宿，一行人下楼就餐。

李老板在大院子里摆放了几张大圆桌，你们围坐在大院子里的露天餐桌旁边，享受一顿农家的晚餐。

农家的菜肴一道道端上了餐桌：红烧农家小公鸡、清炖羊肉、炝土豆丝、醋熘绿豆芽、水煮花生米，还有一盘农家腌制的小蒜，吃起来有腌制的韭菜花的味道，你疑心是山韭菜或者是小山葱。有一年去西北，在张掖的一个农家吃牛羊肉的时候吃过小山葱，味道很鲜。

本来李老板给你们准备了十几样农家菜肴，因为你们自带了一些菜肴，所以没有让他全部做出来。

你们自带的菜肴有：东明王炳连红烧牛肉、东明臧家卤猪肉和卤猪蹄、东明李家粉肚，还有红烧鸡腿、咸鸭蛋，满当当的一大桌菜，让饥肠辘辘的你们食欲大开。

农家美食和东明小县城的美食在一个遥远的小山村不期而遇，浸润着山村夜晚新鲜的空气和凉凉的山风，浸润着你和学生二十多年一直保持着的情谊。你在《有时候会想起》那篇文字中提到了这种情谊，让你感觉到自己的人生还不算太失败。

你举起酒杯，举起山村夜晚给你带来的欢愉，一杯酒下肚，山里的风吹过来了，吹得浑身通泰。昔日的一所中学改造的农家大院，山里孩子的身影早已远去，包括他们的欢笑声和琅琅的读书声。和你的学生一起坐在这样的大院子里，让你仿佛回到了往日的教书生活。

虽然不是白天，但同样有了杜甫"白日放歌须纵酒"的豪情，你和你的学生，还有朋友，一起放下了许多琐事，像朱自清一个人在荷塘边漫步那样，"什么都可以想，什么都可以不想，便觉是个自由的人"。

这样的自由弥足珍贵，这样的自由让你对明天充满了期待。

三、徒步云蒙山

小山村李疙塔的夜晚让人入梦很快，将近五点时醒来，学生们的鼾声还在房间里回荡。

起身，山里的早晨温度很低，让你感觉到了浓浓的秋意。

农家大院的后面就是大山，站在房间的窗户前，山上的绿树触手可及。

农家院落中间的一小片空地上种满了黄灿灿的菊花，几株格桑花夹杂在菊花中间，摇曳的色彩，让你想起遥远的大草原。

你洗漱完后，学生们陆续起床，学生新魁让李老板打开院子的大门，几位学生想和你一起在小村的大街上走走。

昨晚夜色中的小村在晨光中显现出清晰的模样。几位早起的老人在打扫街道，沉默的背影，让一栋栋农家小院在晨光中显得无比安静。

小村的街道不长，沿着街道往东走，一会儿就走到了公路上。

从公路回到连接农家小院的小路，农家院周围的空地上种满了蔬菜和庄稼。

玉米和谷子已经收割，空地上留下的秸秆显得空落落的。南瓜、黄瓜、眉豆的藤蔓还在生长，韭菜、辣椒、萝卜还在生长，黄黄的南瓜花、黄瓜花和紫红色的眉豆花还在秋天的阳光下徐徐绽放，点缀着小山村的早晨。

小山村农家的房舍大都是二层楼,盖得比较早的楼房,墙体是石头砌的,石头外面用泥巴抹平;盖得晚的就用青砖。用的木头都是山上的松木,二楼的走廊和栏杆都是木头的,久远的时间给这些木头涂抹上灰黑色的底子,远远望见的是岁月沧桑。

废弃的石磨、石碾子、石桌、石凳和农具散落在院落和街道的角角落落,尘封的记忆,留在破败倒塌的房舍上。

和许许多多的小山村一样,孩子和年轻人都去了小镇或者小城,还有一些去了更遥远的大城市,留下的老人独守着小村的寂寞。

路遇一个很气派的农家院落,门楼的牌匾上有"耕读传家"四个古朴的大字。走进院落,两层楼房高高耸立,青砖黑瓦,楼梯的台阶下面有两个拴马桩,年代久远,一看就是大户人家。

在小村里不能走得太远,早晨七点吃早餐,然后徒步云蒙山。

农家的早餐味道很好,几样小菜,有鸡蛋、花卷和小米粥,吃下去很熨帖。

李老板开着一辆皮卡在前面带路,你们乘坐的中巴车紧随其后,一路上景色秀丽,到了云蒙保护管理站下车,拉开了徒步登山的序幕。

管理站在山口,院落四周堆满松果,散发着好闻的松香味。一人一狗守在管理站门口,护林员一身迷彩服,身材挺拔壮硕;一条土狗,温顺地低头卧在门前的树荫下。

云蒙山,也叫云梦山,因一年四季都云雾环绕、久不散去而得名。网上有介绍云蒙山的一小段文字:云蒙山自然保护区是省级历史自然保护区的组成部分,1983年划定,位于阳城县城西南面38公里横河、李圪塔乡内与垣曲、河南省济源交界处。主峰海拔1951.4米,山体由震旦系和寒武—奥陶系片麻岩、灰岩、紫粉色页岩等构成。年平均气温9.3°C,年降水量700~800毫米,属暖温带向亚热带过渡气候区。原始植被为落叶阔叶、常绿针叶混交林,植物种类经鉴定有600多种,有山西植物宝库之称。野生脊椎动物有250多种。

网络上的文字总是很简约,只有在徒步登山的过程中才能感受到云蒙山的魅力。

按照护林员的指引,你们踏上了攀登云蒙山的山间小道。护林员专门叮嘱,下午四点前一定要下山,山上有金钱豹和野猪,下山晚了不安全。

一路拔高,云蒙山山势雄伟,峰峦交错。脚下的山道有的崎岖不平,有的又很平缓。平缓的路段在丛林中,多年落下的树叶和松针厚重蓬松,踏上去很有弹性,走起来不那么累人。但在崎岖的山道上一路拔高,攀爬起来很费力气,这就需要毅力和咬牙坚持的恒心。

一路攀爬过去,你们逐渐领略了云蒙山独有的魅力。

云蒙山的树种以松树为主,山间还有桦、椴、槐等上百种树木遍布。漫山遍野的松树树干挺拔笔直,没有多余的枝条,松针长得密实,松果硕大。松林清新芬芳的气味和漫山遍野的山花香味混合在一起,汇聚成森林氧吧最美妙的气味,让人禁不住驻足凝神,深呼吸,一次又一次地深呼吸,放开喉咙,喊上两嗓子,浑身说不出的舒畅。

山中古树参天,藤灌密集,松涛阵阵,群鸟争鸣。偌大的一座山只有你们十几个人,既有古诗里"蝉噪林逾静,鸟鸣山更幽"的意境，又让人生出"山风吹空林，飒飒如有人"的联想。

路上奇石很多，天狗望月，神龙出海，穷尽了人们的想象。森林中有一片高山草地，几只牛在草地上悠闲地吃草，清脆的铃铛声响传得很远很远。

云蒙山的标志性景致是天然奇观三龛，你们徒步的目的地是第一佛龛，第二、第三个佛龛所处的位置太险要，护林员不建议你们去。

三个多小时的攀爬后，你们终于到了第一佛龛。

几处小巧的庙宇嵌在赭红的山岩间，庙宇的名字为"圣佛寺"，有清代留下的石碑。庙宇四周，山峰耸立，危崖绝壁，刀削斧劈，雄奇震撼。大自然的鬼斧神工，令人叹为观止！一处陡崖间有一泓清泉，让人浮想联翩。

登高望远，天高云淡，清风拂面，沟壑幽深，峰峦起伏交错，远山近景，浓淡相宜，环顾四周，犹如徐徐展开的一幅水墨山水画轴，置身其间，便有了"亘古时空，人生何其短"的感叹。

四、走过村庄

从第一佛龛开始返程，一路下去，没有了一路拔高时的气喘吁吁，有时间停下脚步观赏云蒙山的美景。

一簇簇野花，粉红色、深紫色、纯白色，在草丛中、在林荫下、在石缝间，开得热烈，招引得蜂飞蝶舞。

有小鹿和野兔的身影，在远远的草丛中一闪而过，在秋日的阳光下给你们留下一个美丽的梦境。

时间已是正午，饥肠辘辘，在山道边寻到一块平地，石凳石桌，绿草如茵，阳光充足。不远处有一座小庙，可能是山神庙，有香火的灰烬。

一群人围坐在石桌旁边，围坐在暖暖的阳光下，在石桌上摆满自带的食物：牛肉、卤猪肉、卤猪蹄、鸭翅、火腿肠、豆干、烧饼和面包。瓶装水必不可少，还有瓶装啤酒，一路负重背上山来，口感比平时就好了许多。

路餐后稍做休整，继续返程，原想再看看松树林中那一块几头牛吃草的草坪，但回去拐到了阳云公路上，那片柔嫩的草坪只能留存在想象中了。

别了，云蒙山。别了，一路上的欢歌笑语。

沿着阳云公路往下走，远山在秋日的阳光下楚楚动人。

天很蓝，也很高远，这是秋日的天空，天高云淡，但没有南飞的大雁，有的是在树林中盘旋的乌鸦和它们的叫声。云朵洁白，白得触手可及，仰望中的眩晕，松涛声依然一阵紧过一阵。

途经第一个村庄，名字为"寺上村"。没有几户人家，一位老者在自家门前的空地上敲核桃，把核桃仁剥出来。敲的核桃都是挑出来的次品，饱满的核桃晾晒在几张竹席上。询问价格，老者说十元钱一斤，有点贵。又问老者村名的由来，说是村中有一座寺庙，村名由此而来。站在空地上四处看看，不多的几处房舍掩映在树丛中，没有看见寺庙。

村口除了核桃树，还有一株山楂树，红红的山楂果点缀着小村的寂寞。

途经的第二个村庄名字为"山上村"，村庄就建在山上，一目了然。

村口的空地上一位老者在晾晒橡子果，椭圆形的橡子果很饱满。和老者交流，很难听懂他的方言，最后才听明白橡子果晾晒后剥皮，用水浸泡，把苦味泡出去后磨成细粉，烧一锅水，待水沸腾时倒入橡子果粉，并搅拌均匀，等到变稠凝固后，取出摊晾，切成块状即可食用，类似于一种糕点。

你想象不出橡子果糕点的味道，也想象不出夜晚的山风吹过小山村几户人家时的感觉。走出小村，回头看见的是老者寂寞的背影。

途经的第三个村庄是"人参垱村"，村子比前两个大一些，每户的院子里都摆放着蜂箱，小村人的主要收入来源应是靠养蜂。

第四个村庄叫"次滩村"，村庄呈块状分布在次滩河两岸，全村99户，207口人，耕种土地508亩，林地1372亩，无企业、矿山，是一个纯农业村，村民主要靠种植粮食、养蚕和外出打工为生。

你在前面的文字中提到过这个村和八路军的兵站，这个村因为八路军兵站而出名。兵站保存得很完好，四个院落、三十多间房屋在下午的阳光下熠熠生辉。

兵站展室的前言有简单的介绍：为了加强中共中央所在地延安和八路军前方总部的联系，保证各部队在抗日前线所需粮秣、枪械、弹药、服装、医药的供应，经国共双方协议，八路军总指挥部兵站部在延安经西安至河南渑池、晋南的垣曲，包括次滩在内的广大晋东南地区，直至八路军总部武乡王家峪之间，建立了一条绵延千里的兵站交通线，武装保护来往人员、物资运输、文件情报传递等的安全，有力地支持和保障了指挥联络及前线之需要，为坚持抗战胜利做出了重要贡献。

次滩兵站于1938年9月建立，为阳城直出垣曲总站的通口站，连级建制，由老红军罗光彪任站长。兵站设接待处、机要室、医疗室、警卫室、炊事班、运输队等机构，晋豫边游击支队派两个排的兵力对兵站进行保护。该兵站共有八路军干部、战士近百人。兵站的主要任务是：（一）大力宣传全面抗战，动员青年参加抗日队伍；（二）利用其合法地位，掩护中共党组织活动；（三）掩护和接送从延安到山西前线的来往干部及有关人士；（四）搜集情报，传递党中央和八路军的重要文件及信件；（五）为前线输送兵员，转运物资、弹药，向后方转移伤病员等。兵站设立后，按照总站指示，往前方运送了大批军用战略物资。党和军队领导人朱德、彭德怀、邓小平、杨尚昆等多次往返于这条交通线，途经这个兵站。许多知名作家、记者、新闻工作者、国际友人，如丁玲、李伯钊、魏巍、吴伯箫、陈克寒、何云、林火，印度医生柯棣华、德国医生米勒、国民党要员王葆真等也曾在这里做短暂停留，由兵站武装护送，经过这条交通线安全到达山西抗日前线。

光辉的次滩村，因兵站而流芳。

从次滩村出来，不远处就是次滩河，横过了阳云公路。河水从公路上漫过，虽然不深，但水流湍急，不蹚着水过不去。沿着公路一边的空地，穿过灌木丛，踩着露出水面的石头慢慢过了河。河水清澈，游鱼在水中嬉戏，让你想起柳宗元《小石潭记》中的文字："潭中鱼可百许头，皆若空游无所依。日光下澈，影布石上，怡然不动；俶尔远逝，往来翕忽，似与游者相乐。"

过了次滩河，李疙塔村就不远了。

中间隔着的小村叫"苇园村",是途经的第五个村庄,和李疙瘩村几乎连为一体。

算算一天的徒步里程,超过了三十公里。

五、穿越舜王坪高山草甸

在李疙瘩村的第二个夜晚同样伴随着美食、美酒和美妙的夜景,因为第二天要穿越舜王坪高山草甸,穿越草甸前还要徒步历山猕猴园和女英峡两个景区,徒步行程二十多公里,要保持好体力,就早早休息了。

从李疙瘩村乘车去历山猕猴园景区,还是李老板开着他的皮卡车在前面带路。回首李疙瘩村,居然恋恋不舍。

历山猕猴园景区的大门是一棵人造古树,门口没有游客,是你喜欢的静悄悄的场景。

在景区门口与李老板作别,你们乘坐中巴车进入景区。

车窗外,绿树成荫,一条小河顺着山势流淌下来,波涌般的虫鸣和鸟鸣,让你感觉到秋意汹涌。

中巴车把你们送到景区道路尽头,前方没有车道,剩下的都是徒步时光。

因为乘车,你们错过了猕猴园景区猕猴活动的区域,没有看见猕猴的遗憾,用徒步女英峡景区来弥补。

女英峡全程七公里,同样是一路拔高,途经舜王劈石、一线天、舜妃石棺、天门砥柱、画廊浮雕、天缝天窝、泪瀑、猴吻岩、风潭、雨潭等景点。

女英峡的一线天很有特色,其实两面山崖之间的宽度较大,只是远望时由于视线角度而形成一线天景观，两侧山峰的剪影也非常漂亮，各有一个突出部位，远远望去，就像两只猴子在接吻。峡谷两边石峰雄峙，崖悬壁陡。

峡底随处可见的巨石也是一大特色，巨石大者足有两层楼高，几米宽。一路拔高，这样的巨石一路相伴。山涧水量虽小，但因峡底遍布巨石，因而形成了许多水潭和小瀑。

给你留下较深印象的是"泪瀑"。相传，舜南巡，崩于苍梧。女英、娥皇闻噩耗，泪飞如雨，滴落在此岩头终成泪瀑。凄美的传说在岩石上的瀑流中一淌就是几千年，那谷底一个个水潭，是几千年眼泪的堆积，沉淀着爱与哀愁。

从女英峡走出来，到了去舜王坪高山草甸的停车场。沿着盘山公路到舜王坪徒步要两个多小时，犹豫了一下，还是放弃了乘车，勇敢地选择了徒步。

艰难的行程，你走在前面，你要给学生做个榜样，不气馁，不低头，一步一步往前走，每一步都要走得坚实。

两个多小时的艰难徒步，感觉比徒步云蒙山还要累。但高山草甸宽阔的入口广场到了，站在广场上，高原的风吹过来，透着寒意，夹杂着青草好闻的味道，那是草原的味道，花的香味、草的香味、泥土和石块的香味。好多年前去呼伦贝尔大草原，闻到的就是这个味道。

虽然还不到深秋，但海拔两千多米的高原让你感觉到的是深秋的寒意。

你和你的学生在景区门口不远处的草坡上聚集，写着"舜王坪高山草甸"几个大字的标牌就在你们身后，十几个人或坐或站或蹲，用相机定格了这一瞬间。

沿着高山草甸上铺就的木板小路一路前行，草甸周围是波涌的群山，把高山草甸衬托得无比壮美。

第一个景点是纪念舜耕历山而建的舜王庙。庙始建于宋元，原为砖木结构，后多次复建，现为砖木石结构，供奉舜帝及娥皇、女英，是人们祭奠舜帝的主要场所。舜耕犁沟是舜耕历山之遗迹，有"中华农耕文明发源地"之称。传说中女英挤奶的地方是奶泉，奶水落地生泉，故名。泉水甘甜，终年不竭，被称为"神泉"。

一路上，各色的野花繁星似的密布在没过膝盖的绿草之中，风动草动，花动心动，飘荡着清新的芳香。

历山的最高处是南天门，海拔2358米，站在南天门上可揽历山全景，无限风光尽收眼底。天冷饥寒，一行人在南天门一人喝了一碗泡面，为下面的行程增添了底气。

接下来的梳妆台、签心台、御剑峰都有故事，还有沽漯汤坡，其名来源于舜帝故事《汤洒拙坡》。山梁间突现一片乱石，其成因有地震说和冰川说两种解释，至今尚无定论，是地质学界的不解之谜。

最后一站是老虎口，绝美的草甸风光在老虎口前戛然而止。

意犹未尽，高山草甸上一群群乌鸦飞翔的幻影在你眼前晃动，让你想起凡·高《麦田上空的鸦群》那幅油画，但你没有产生画面传达的绝望，你感觉到的是鸦群腾空而起时向上的力量。

竹泉村

后来，你们才去了竹泉村。

到竹泉村景区停车场时已经是上午十一点半了，几个停车场都停满了车。旅游旺季，十月的秋风在停车场周边的柳树上摇晃，柳树枝条依然柔软，春天柳树摇曳出的妩媚，在秋日的阳光下呈现。

在第三停车场找到车位，停车场是临时在山坡上平整出来的，坑洼处平整出来的新鲜泥土还散发出淡淡的芬芳，让你想起电视剧《老农民》中的一个镜头：刚刚分到土地的农民匍匐在土地上，抓起一把新鲜的泥土塞进嘴里，慢慢咀嚼，那份陶醉，让人心动，让人禁不住又想起七十多年前贺敬之站在黄土高坡上信天游形式的长吟："手抓黄土我不放，紧紧贴在心窝上。"

竹泉村在群山环抱中，站在停车场上往下观望，可以看见村庄古朴的房舍和茂密的翠竹。

竹泉村隶属临沂市沂南县铜井镇，由明朝末年河南巡抚高名衡的堂兄弟高名寔迁此地隐居建成，迄今已有四百多年的历史。

竹泉村背倚玉皇山，中有石龙山，左有凤凰岭，右有香山河，前有千顷良田。因村中有一清泉，泉边多竹，得名竹泉村。

在没有进村之前先解决午餐问题，搜索附近的美食，有一家名字为"王三炒鸡店"的农家餐馆人气较旺，八百多米的距离也不算远。

到临沂吃炒鸡当然是首选，按着导航的方向步行过去，想起许多年前和你的两位学生的蒙山之行，赶到蒙山脚下时天色已近黄昏，进山的大门关闭了，稀稀落落的游客住在山脚的宾馆里，长假过后，旅游淡季拉开了帷幕。没有人声喧嚣的蒙山显得无比安静，秋天的风很凉爽，山的影子和青色的天空慢慢融合在了一起，天真的黑下来了。

沿着路边的指示牌和弯弯曲曲的山路，找到了一家农家乐，傍山而建的四合院，农家乐的牌子在风中晃动。

听见喇叭声，从院子里迎出来的是两位老人，谈住宿的价钱，老两口很豪爽，说是旅游淡季，房间没人住，给个十块八块的就行。

院子很宽敞，正房老两口住，一圈配房给客人住，有二十多个单间。没有其他游客，你们三人一人住了一间。房间不大，但很干净，被子上还残留着阳光的味道。

老两口给你们张罗晚饭，住农家乐就是想吃一顿地道的农家饭。要了一只山上放养的公鸡，其他饭菜让老人搭配。老先生忙着杀鸡去了，老太太在灶房生火烧水，用的还是地锅，你知道地锅烧出的饭菜才是地道的农家饭。

月光在静静地流淌，秋虫在欢快地合唱，蒙山之夜美好的馈赠，打开你们在喧嚣中紧闭的心扉。

在院子里的石榴树下洒了清水，摆上桌凳碗筷，三个人围桌而坐，山里的油炸河虾上来了，凉拌山野菜上来了，农家小炒肉上来了，还有那盆炖得喷香的农家小公鸡。

美好的蒙山之夜和那盆炖得喷香的农家小公鸡一直在记忆的深处，好像一个符号，让你一踏进临沂的土地就在记忆的屏幕上呈现。竹泉村之行也是循着记忆之旅，重新开启临沂美食之门。

一路走过去，旅游公路一侧好多家农家餐馆，经营炒鸡的最多，炒鸡成了临沂美食的符号，当然还有煎饼卷大葱和全羊汤。

王三炒鸡店在美食一条街的深处，要从宽敞的紫藤架下走过去才能抵达。紫藤架入口处高高地悬挂着"清廉竹泉欢迎您"七个红色的大字，入口处的一侧立着一个大招牌，上面写着"泉竹草鸡店"，一位小伙子站在招牌前热情相邀，让你们进店品尝他家的炒鸡。

小店就在美食街的入口处，几间平房，红砖蓝瓦，大门上挂着帘子，店前的空地上种着翠竹和花草，很干净的农家小院，再加上小伙子的热情，你们踏进了小店，同时也错过了人气很旺的王三炒鸡店。

一走进小店，里面很宽敞，有几个包间，大厅里摆放着几张桌子，有两张已经坐满了人，桌上的菜肴看上去很丰盛。

在大厅里找了一张餐桌，从明亮的窗户看出去，是竹泉村外美好的风景。

点了一只草鸡，辣炒，其他的几个配菜让那位小伙子看着办。

炒鸡用的时间较长，配菜先上来了：山蘑菇炒肉、清炒腐竹木耳芹菜、清炒豆腐皮、韭菜炒山鸡蛋、凉拌土豆丝。菜的分量不大，但每一盘都很鲜亮。

沂南的山泉水做出来的豆制品口感一流，清炒腐竹木耳芹菜和清炒豆腐皮两个菜吃起来和你生活的小城里的味道不一样，其他几样配菜味道也都不错，凉拌土豆丝是佐酒的绝好菜肴。

小店的地方特色就是诸葛亮家酒，在沂南当然要喝诸葛亮家酒，在诸葛亮的故里喝上一杯诸葛亮家酒，怀古之情和小店的美味水乳交融。

半斤装的诸葛亮家酒，盛酒的容器是温酒用的小酒壶，古朴而温馨。一壶浊酒半生情怀，在一个陌生的小酒馆，等待小店的特色炒鸡摆上餐桌。炒鸡盛在一个镶着金边的圆盆里，红的辣椒、绿的辣椒、芫荽、白白的蒜米和焦黄色的香叶，颗粒饱满的麻椒和花椒，点缀在油亮的鸡块中间。地道的农家小公鸡，新鲜的食材，吃起来满嘴鲜辣香，和许多年前在蒙山吃农家炒鸡的感觉一样。

后来，你们去了竹泉村，走进小村的大门，沿着秀水街一路向东，转到旺竹巷、磨盘路，到丰收广场，又回到丽水街。一路上古朴的村舍、茂密的竹林、潺潺的流水，恍若世外桃源。

小街上有许多美食店铺：竹泉羊汤、桂花酸梅汤、熟梨汤、泉水馄饨、手工凉皮、七碟子八碗、芡实糕、古法肉铺、炸酱面、煎饼坊……还有一些逍遥酒吧，把小村装扮得风情万种。

南阳古镇

你和家人还有几位朋友站在去南阳古镇的码头上，等待一艘渡船开过来。

今年的秋天和往年一样慢慢来临，"季节的更替强壮有力"，这是你许多年前写的诗句，但秋天来临以后气温并没有降下来，几场夜雨过后，潮湿闷热，你知道，秋高气爽的日子还要等一段时间。

白色的渡船慢慢靠岸，蓝色的护栏，大海的颜色，但海很遥远。

古镇也很遥远，微山湖里涌起的波涛和岸边的芦苇丛，浩渺秋水的迷茫，让你无法看清楚古镇的表情。

闷热潮湿的天气刚刚过去，薄阴的天气，让人感觉到秋日的凉爽。一只白色的水鸟从头顶掠过，自由灵动的体态，越飞越高。

渡船行驶得很快，波浪击打着船舷，两岸的芦苇丛，是鸟类的天堂，让你想起郓城宋江湖畔灰鹭和白鹭自由盘旋的场景。

古镇越来越近，古镇从两千多年前的历史中慢慢走来，微山湖的湖水和古运河的河水交融在一起，滋润着古镇的过去和现在。小岛、古镇、运河、大湖融为一体，独特的景观和厚重的历史积淀，让这座古镇显得独一无二。

据历史记载，南阳古镇位于南阳湖中，约始建于战国时期，距今已有两千多年的历史。元朝至顺二年（1331），这里建起南阳闸，明代隆庆元年（1567）漕运新渠竣工，南阳成了运送货物的码头。其后明清两代，南阳"渔船、酒船、商船、米面船，往来相接，群聚桅樯林立如街市"。繁盛之时，南阳镇有皇宫所（现存）、皇粮殿、二爷庙、古运河闸、魁星楼、文公祠、大禹庙、杨家牌坊、不沾地旗杆等十多处名胜古迹。清政府曾在此设守备及管河主簿。乾隆皇帝下江南也曾慕名在镇上逗留，并有雅兴为马家店题写匾额，他走过的门槛被珍藏了230年之久。

历史的烟云在古镇的上空慢慢淡去，渡船靠岸，岸边的荷花池里，荷叶田田。因为错过了花季，田田的叶子铺满了水面，没有朱自清《荷塘月色》中的热闹，古镇的荷塘里除了一层层的荷叶，很难找寻到荷花的影子。

仿佛是幻影，当一缕阳光从云隙间照亮荷塘的时候，你看见了一朵粉红色的荷花，只是一朵，娇艳、挺拔，还有一丝娇羞。因为一朵粉红色荷花的存在，荷塘变得生动起来。

码头宽阔的广场上，游人在聚集。

鱼台的朋友找了一辆观光车，车主排行老三，四十多岁，穿一件绿军褂，蓝色胖腿裤，坐上他的车他就成了导游。沿着古镇的街道慢慢开过去，古镇的历史掌故和风土人情在老三的介绍下铺叙开来。

老三不是专职导游，他的讲解另类而风趣，貌似戏谑的语句里藏着很多道理。路过土地庙和皇帝下榻处，老三没有停车。土地庙很大，三间正房，很少看见如此宽敞的土地庙，老三说里面供奉着土地爷和两个土地奶奶，他建议不许愿最好不要进土地庙，这给他不停车找了个理由。皇帝下榻处正在闭门修缮，好多旅游景点都存在同样的情况，想看的景点却在修缮。

你们直接去了古镇的老街。古镇只有一条老街，原来街道很窄，铺着青石板，鱼台的朋友说青石板磨得溜光水滑，你知道那是历史留下的印记。后来打造旅游景点，古镇的街道拓宽，沿街的老宅子拆掉了，老房子上的砖瓦、石块、木料都被南方的商人买走了，包括那一块块青石板。你眼前的街道就是拓宽以后的街道，沿街林立的商铺，让你看见古镇昔日的繁华。

告别老三，一路步行过去，古镇悠闲的时光在石板街上闪烁。

因为是周末，再加上天气凉爽，游客不少。那家匾额上写着"胡记钱庄"四个镏金大字的店铺，据说是古镇最早的钱庄，那高高的门头和厚厚的木门，看得出钱庄昔日的辉煌。后来回去的路上，你又看见一个钱庄——清代钱庄，创办于清朝中期，原来是胡家老宅，为胡记当铺演变而来。

路旁有书苑宾馆和岛上书店两家商铺，名字看上去就浸润着书香，宾馆的大门敞开着，可以看见一个房间里的床铺，白色的床单很干净。岛上书店里没有看见书的影子，门口挂着莲蓬和蒲草编的一些用具，不知道店铺深处有没有图书。

双火巷鱼馆、张家烧饼铺、乾隆御饼、香辣鱼馆、曹记鲜鱼行、运河酒家……大大小小的餐馆都是以鱼鲜为主打菜肴。据说运河酒家昔日非常热闹，乾隆皇帝曾在此用膳。张家烧饼是岛上一道美食，店前排着长队。烧饼呈四方形，在炉子里烤制，金黄色的盖面上，是细细碎碎的芝麻，闻着很香。鲜鱼行也卖咸鱼，一家鲜鱼行门口挂着一条硕大的咸鱼，有三四十斤，浓浓的咸腥味让人止步。

张家粮行、爱华果品店都是有年头的老店，还有舒美理发店，店名都残留着二十世纪八十年代的痕迹。

因为时间关系，没有去杨伯儒故居和清真寺。在归途中看见了状元桥，桥下是古运河的流水，河里有戏水的游鱼，岸边是依依翠柳，柳树下是休闲的古镇居民。古镇上的年轻人都走了，去鱼台、去微山、去济宁，去更远的地方讨生活，留下一群老人守着古镇的流水和流水一样长的岁月。

鱼台的朋友把午餐安排在鱼台县城，说是去吃小龙虾，鱼台的小龙虾在全国美食比赛中得过大奖，美食的诱惑让你离开了古镇。

码头上荷塘还在，田田的荷叶还在，唯独那朵娇羞的红莲花，你再也找寻不到它的身影。

有风吹过来

从三楼的窗户望去,可以看见南京路两边的绿植——法桐、梧桐、白杨树和大叶女贞,越过绿植,还可以看见一所中学低矮的楼群,白色的墙体,黑色的瓦。风从楼顶上吹下来,掠过绿植的树冠,摇曳的枝叶上,是秋天金色的阳光。

风在摇动的树枝上,但你听不见风的声音,只能看见它摇摆的身影。风的脚步越走越远,一直走到许多年前的那个小院落,走到小院落几棵洋槐树的树冠上,让洋槐树的树冠摇摆不定。

小院落在一栋三层的教学楼后面,里面有两户住家,你家和张老师家。

张老师教化学,你教语文,每家住两间平房。平房带走廊,靠着走廊搭建了简易的厨房。平房前是开阔地。开阔地上有几棵洋槐树,学生下课后喜欢在那片开阔地里的洋槐树下跑来跑去。你回家的时候从他们中间走过,风吹过来,会吹起你长长的头发,一抬头,就看见洋槐树在风中摇摆的树枝。

那时候你从大学校门出来不久,还喜欢留长长的头发。上大学的时候有一张照片,你和大学的两位同学宋全政、卞文阳站在校园的雪地上,三个人的头发都很长,在风中像三面飘起的旗帜。那时候你们都喜欢写诗,喜欢写诗的人好像都喜欢留长发,你喜欢长发被风吹起来的感觉,用许多年后的流行词语来形容,一是"酷",二是"拉风",但那时候的词语是"时髦"。

从大学出来踏进的那所中学是你的母校,你大学毕业后又回到母校教学,两间平房是你的栖身地,慢慢地就有了在平房前的开阔地筑起一道围墙的想法。

中学校园中间有一栋老旧的两层楼房,因为年代久远不再适合做教学楼。老楼青砖黑瓦,砖木结构,见证过学校曾经的辉煌。

你在母校读高中的时候,不适合做教学楼的这栋老旧楼房改作其他用途,学校的教务处、油印室、总务处等部门在一楼办公,二楼是美术生的画室。

读高一的时候你学过几天绘画,你踏着木楼梯爬上老楼的二楼,楼道里漆黑一片。画室的门没有打开的时候,你会在黑暗中站一阵子,听楼梯上响起的脚步声,那是踩在老旧木楼梯上咯吱作响的声音,你等在黑暗中,等待拿钥匙的同学把画室门打开。

但没过几天你就从黑暗的楼梯上跑开了,跑开后就没再上去过。短暂的绘画经历,让你在学校筹办的一次画展上一显身手,画了一幅画,画的内容忘记了,三十多年后一位叫陈鱼的画家复苏了你的记忆,她说那次画展你画的是马,她画的是仕女图。陈鱼是她后来改的名字,上高中的时候她叫陈素英,后来成了画家陈鱼。

读高三那年你是班里的学习委员,经常和老肖(班长)去油印室拿印好的练习题,刚印好的册页油墨还没有干,沾在手上和脸上,洗的时候要费一点力气。

从那栋老旧楼房前走过时,你会想起读高中时的一些事。后来学校建新楼房,就拆掉了这栋老楼,老楼的青砖还很完整,于是你和张老师一起用老楼的青砖在你们居住的平房前拉起了一道院墙,形成了两个小小的院落。

小院落是你的梦想,儿时老家的那个小院落经常出现在你的睡梦中,小院落满院的桃树、杏树、葡萄树、梨树和桑葚树,承载着儿时许许多多的记忆,这样的记忆一直到你成年之后还挥之不去。

刚刚筑起的院落很小很小,但还是把几棵洋槐树圈在了院落里。院落里不可能再种其他的树,在靠着院墙的西面开垦出一小片地,冬天种上蒜苗,春天种上茄子、辣椒、西红柿和黄瓜,还有丝瓜和眉豆,小小的院落就热闹起来了:茄子的紫色花朵、辣椒的白色花朵、西红柿和黄瓜的黄色花朵,在夏天的阳光下绽放。蜜蜂来了,蝴蝶来了。你还在院落的一角搭了一个鸡窝,养了几只小鸡。早晨或者黄昏,你坐在走廊里看书,风吹过来,有鸡雏稚嫩的叫声,有花朵迷人的香气。

一些年轻的同事下课后走进你的小院落,喝一杯清茶,赏一会儿花开,听一会儿蜂鸣,让你感觉生活很有意义。闲暇的时候约几位年轻的同事来你家聚聚,上街买一两个硬菜——粉肚、香肠或者卤猪肉,从院子里摘几根黄瓜、几个西红柿和辣椒,西红柿切块用白糖拌一下,黄瓜用蒜汁凉拌,辣椒清炒或者做成老虎菜,白酒是景芝酒或者二锅头,好一点的是鸭溪酒或者平坝酒,给庸常的教书生活增添了另一种情趣。

不多的一些夜晚，有月亮，坐在小院落里，有风吹来，很凉爽。月光照在小院落的植物上，水洗般干净。就像你后来读美国歌手鲍勃·迪伦的那句诗："有些人能感受雨，而其他人只是被雨淋湿……"

第四辑　冬

一年的时间就这样悄悄逝去,平平常常,波澜不惊,就像北岛在《岁末》一诗中写的那样:"这是并不重要的一年/铁锤闲着,而我/向以后的日子借光。"

初 冬

周末,你在小区的那片树林里散步。

下午的阳光透过黄绿相间的树叶照在甬道上,甬道上的红砖坑洼不平,砖缝里枯黄的草泛着麦子一样的金黄色,让你想起走得不太远的秋天。

立冬了,万物还没有凋敝。树林里的大叶女贞、无花果树和梧桐树依然枝叶碧绿,几株月季的枝头还绽放着花朵,花朵虽然羸弱,色彩却很鲜艳,让人感觉不到北方寒冷的冬天正在慢慢逼近。

前几天去一所新建的学校,校园紧靠着一条宽阔的马路,林立的高楼簇拥着校园,校园就成了高楼丛林中的舒缓地带。校园绿茵茵的运动场上,几片枯黄的法桐树叶在初冬的风中缓缓移动,踩在落叶上是窸窸窣窣的声音。教学楼前的几片空地上都种着月季,月季种植的时间不长,叶子稀稀落落,但枝头的花朵却很艳丽,深红、粉白、玉黄,用手轻轻抚摸,鲜艳的花朵在指尖微微颤动,宛如抚摸初冬凉凉的风。

小树林中的月季花和那所校园里的月季花在初冬的风中遥

相呼应,让你忽略了季节更替的声音。

一对野鸽子从无花果树枝叶稠密的树冠上飞下来,在离你不远处的空地上散步。步态从容,幸福的脚印深深浅浅。

你喂养的那对珍珠鸟装在一只蓝色的鸟笼子里,你把鸟笼子挂在小树林的一棵无花果树的枝丫上。那棵无花果树是你七八年前种下的,被风吹倒过一次,树冠上的枝条被风吹折过几次,你把它扶起来,把它吹折的枝条砍掉,无花果树又活了过来,现如今树干粗壮,枝繁叶茂,给你的那对珍珠鸟遮风挡雨,让它们在初冬的风里也感觉到温暖。

去年春天,你沐浴着春日暖暖的阳光去一个鸟市,鸟市在你生活的小城的一角。鸟市的摊点上有一个笼子里装着一群体态轻盈的小鸟,体形比麻雀还小,蓝灰色的头部,红红的嘴角,脖子和翅膀上有白色的镶边,羽色艳丽,叫声细软,你欢喜地在鸟笼前蹲下了身子。

卖鸟人还穿着厚厚的羽绒服,褐色的围巾盖住了大半个面孔,个子高高的,站在春天的阳光下,站在细软的鸟鸣声中,有点突兀。你问他鸟的名字,他说是珍珠鸟,他说话的时候把围巾往下拉开,露出一张年轻的面孔。

你喜欢这些体态娇小的鸟,喜欢它的叫声,更喜欢它的名字。你让卖鸟人给你选了一对小鸟,装在一个蓝色的笼子里,还在笼子里安放了一个草编的鸟窝。你把它们安放在阳台上,安放在吊兰绿色的叶子下边。簇拥着鸟笼的还有橡皮树、芦荟、长寿花和绿萝。长寿花正开着细碎的红色花朵,一对小鸟的加入,让阳台上的风景变得无比生动。

小鸟在你的家里经历了一个春天、一个夏天和一个秋天,还没有经历过冬天。你在初冬的季节把它们放在小树林里,让它们慢慢感觉冬天的味道,让它们和你一起倾听冬天敲门的声音。

它们在树林里欢唱,欢快的声音招引来一群小鸟,小鸟们在树林里召开初冬的演唱会,欢快的冬之圆舞曲。

从家里出来之前,你躺在阳台上的躺椅上阅读格非的小说《月落荒寺》,小说叙述了因妻子出轨而离婚的大学教授林宜生,四年后遇见年轻美丽的女子楚云。楚云和他精神上十分契合,很快顺利地进入了他的生活圈子,并与他和前妻的儿子毫无阻碍地沟通。宜生的生活似乎在朝着一个美好的方向前行,楚云的身世之谜却逐渐显现,令宜生困惑不解。终有一天,楚云失踪,离奇的故事最终浮上水面。一边是以自由之名离开的发妻白薇,一边是在落魄时匆匆出现在生命里又匆匆离去的神秘女人楚云。眼前的琐碎是实,天边的圆月是虚;目睹的人事为假,耳听的乐曲为真。"假作真时真亦假,无为有时有还无",庸常的人际交往在填塞日常生活的同时,也不断架空林宜生作为人存在的本质意义。

你在小树林中行走,眼前的鸟鸣和阳光下树的影子,透过小区栅栏传过来的人车鼎沸,夜半从梦中醒来站在窗前燃起一根烟的冲动,工作日办公桌前的枯坐和走廊里清洁工拖地的声音,庸常琐碎的生活,现实中的一地鸡毛和萨特眼镜框上的存在与虚无,在初冬下午的阳光下变得无比缥缈。

那对野鸽子还在离你不远的空地上悠闲地散步,幸福的脚印依然深深浅浅。

立 冬

　　立冬了，触摸你的文字还没有冰冷的感觉，因为下午的阳光从云层的缝隙间流出来，金色的瀑布，流淌在黄河堤岸边一片接着一片的树林中，灿烂的光华，逼退了立冬的寒意。

　　河堤上有树有花，很好的景致，那是在夏天，你站在黄河岸边的河堤上，从河堤上拾起几块小石头投向黄河宽阔的水面，一次比一次投得远，溅起的水花却很小，一转眼就消失在黄河无边无际的辽阔里。

　　当然还有果实，那是在秋天，黄河岸边的果园里，桃子和苹果挂在枝头，浑圆的红红的果实，有盛夏果实回忆里寂寞的香气。

　　夏天早已过去，秋天也慢慢远离。立冬了，冬天的大门缓缓敞开。在落叶纷飞中，小车沿着河堤一路过去，途经鄄城苏泗庄闸管所的银杏园。你在许多年前的一篇文字中写道："四十多亩的银杏林在初冬焕发出熠熠生辉的魅力。一排排婆娑柔美的银杏树，枝条交错，金黄的叶片像一把把小扇子，随风而舞，那是黄色小精灵的舞蹈，空灵而脱俗。你弯腰拾起一片叶子，小小扇形的精灵，金黄色的小精灵，带给你一些初冬的感动。"

初冬的感动一直延续到许多年后。你途经银杏园子的立冬季节，满院的金黄色流光四溢，立冬的寂寞无处躲藏。在落去叶子的白杨树林中，有一群群白色的绵羊和山羊，牧羊的老人坐在厚厚的落叶上，沉默的背影里，有羊群吃草的窸窸窣窣，像深秋季节虫子们在草丛中的浅唱低吟，让你想起萧红《生死场》里描写山羊吃食的文字："山羊嘴嚼榆树皮，黏沫从山羊的胡子流延着。被刮起的这些黏沫，仿佛是胰子的泡沫，又像粗重浮游着的丝条；黏沫挂满羊腿。榆树显然是生了疮疠，榆树带着偌大的疤痕。山羊却睡在荫中，白囊一样的肚皮起起落落。"

这是萧红的寂寞，不是你的，你的寂寞在隆冬季节落满银杏叶子的园子里。园子的地上厚厚的落叶没有了昔日的金黄，踩着厚厚的接近泥土颜色的落叶，风吹过，树枝在耳语，一切诞生于尘土，又将化作尘土消散。

好多年来立冬的场景在黄河堤岸上一晃而过，那些黄河岸边的小乡镇，从李进士堂到左营，从左营到旧城，从董口到临卜，你走进一所所乡村小学：临卜中心小学、董口中心小学、李进士堂完小、左南社区小学，冬天没有落叶的绿树和绿色的操场，让你的文字触摸不到立冬季节的寒意。

在左南社区小学，你想起这所小学的前身——马庄小学，黄河岸边一所普普通通的小学，华丽变身，左南社区小学高高的楼房、宽阔整洁的校园，可以和城区的小学媲美。

当然还有旧城镇黄河对岸的那所小学。黄土筑起的高高村台，是黄河岸边的一道风景。夯实的村台上面，没有一棵树，也没有绿色的草，只有黄土的堆积，黄河水凝固后的色调和形态，厚重而苍茫。村台下面的黄土路，小车驶过就荡起了黄色的尘土，转过村台，就看见了那所学校的院墙和大门，"旧城镇黄河完小"七个镏金大字在高高的门头上，沐浴着正午的阳光，金色的光芒，在蓝色的天空下格外耀眼。

好多年前就想渡过黄河，看看河那边的这所学校，十多个村庄在黄河那边，十多个村庄的孩子在黄河那边，一所小学校，承载着孩子们的梦想。你想走进孩子们追逐梦想的地方，但一直没有实现这个愿望，2018年的立冬季节终于成行。

你和旧城的朋友开车通过浮桥，黄河的流水在浮桥下面，摇摇晃晃的感觉，车窗外是黄河水流淌的泥黄色，冬天的感觉是内心的无力和仓皇。

转过村台，真的看见了那所学校，从大门看进去，干净的水泥路两边，一边是塑胶操场，绿色和砖红色衬托着白色的院墙；一边是几排平房，黄色的墙体，红瓦覆盖的尖顶。国旗在路的尽头，鲜红的色彩，飘荡着庄严和肃穆。

回忆让人内心顿生暖意，即便是开车行走在黄河岸边的村道上，阴沉的天空和落完树叶的小树林，还有离得很远的村落也无法消解你内心的暖意。

让你的文字触摸不到立冬季节寒意的，还有黄河滩区小乡镇的美食记忆。

董口镇那家名字为"高山烧鸡老店"的餐馆，你在一个冬天的正午享受过一次奢侈的午餐。两个冷拼：千叶豆腐拌水煮花生、白菜拌猪皮冻；四个热菜：红烧猪蹄、辣炒烧鸡、油炸金蝉、芹菜豆芽肉；两个汤盆：清炖黄河鱼、青山羊肉炖豆腐。

烧鸡是小店的招牌菜，清炖黄河鱼更是一绝。

旧城镇街上的那家辣椒面糊餐馆，你在《鄄城味道之辣椒面糊》那篇文字里对那道辣椒面糊菜肴的叙述充满了温情："那道大家都喜欢吃的特色菜是用大汤盆端上来的。一大盆金黄色的面糊，细碎的辣椒像点点红星，上面还漂着一层芝麻。朋友说是辣椒面糊，这个小店的特色菜。每个人都盛了一碗，你用汤勺舀了一口，香辣的味道，里面还放了肉丁。记得那天晚上满桌的菜肴剩了许多，但那盆辣椒面糊却被喝得干干净净。"

还有左营街上的一个农家菜馆，餐馆的特色菜肴是清炖鸽子，许多年前和鄄城的几位朋友在那个餐馆用餐，冬天的夜晚，黄河岸边天黑得很快，餐馆里灯光昏暗，等待被一碗溢满香气和热气的鸽子汤照亮。汤是清汤，一只炖熟的鸽子在汤里沉睡，漂在汤碗里的绿绿的芫荽也无法将它唤醒。餐桌上的菜肴都被那碗鸽子汤遮蔽了，许多年后回忆黄河滩区冬天的夜晚，那碗清炖鸽子汤像一道闪电，照亮了夜晚无边的黑暗和寂寞。

冬天的树

那么,就从大雪节气开始,写一写冬天的树。

没有大雪,连小雪也没有。大雪节气没有应景的大雪纷飞,让人感觉不到冬天的样子。

天气晴和,天上连一丝云彩也没有。老旧的桑塔纳轿车在德上高速路上,你陪市电视台的几位记者去鄄城的李进士堂和左营两个乡镇看几处学校。

记者中有一位是你的学生,早些时候他喜欢写小说,你读过他写的一篇小说,写抗战的内容,一队鬼子走在冬天的平原小道上,钢盔和刺刀在寒冷的风中闪着凌厉的寒光,小路两边是冬天光秃秃的树,树上有黑色的鸟窝,在阴沉的天空下,突兀中让人心生暖意。

学生小说中描写的这个画面反复在你的记忆中呈现,学生的年龄和那个战争年代离得很远,他想象的触觉在遥远的冬天延伸,记录下来的文字在一本发黄的期刊上,那本期刊应该还在,你忘记了是在哪个书柜的角落,但你知道它还在,包括闪着寒光的刺刀和冬天树上突兀的鸟窝。

北方的冬天寒冷而漫长。那些旷野中的树从秋天就开始落叶，到了大雪节气，树枝都变得光秃秃的，裸露出树干灰褐色、黑褐色和灰白色的原色。落完树叶的树失去了春天和夏天的妩媚多姿，失去了秋天的五彩斑斓，变得坦诚而内敛。

没有叶子的树在北方的旷野上站立，鸟停在干枯的树枝上，鸟是冬天树枝上结出的果子，饱满而灵动。

鸟窝在高高的树冠上，黑色的圆晕，寒风中温暖的庇护所，从车窗外一掠而过。

德上高速上跑着好多大货车，一路往北，通过黄河大桥就到了河南地界。

黄河大桥在李进士地界，好多年前黄河大桥还没有通车的时候，你和几位朋友开车沿着黄河大堤驶上了黄河大桥，走到桥中间就过不去了，几个大水泥墩子堵在中间。

你们下车站在桥上，看黄河水在桥下打着漩涡，这让你想起上大学时的一个冬天，站在济南泺口大桥上看桥下的黄河水的情景。那天下着大雪，大雪飘落在宽阔的河面上，飘落在黄河岸边落完叶子的树木上，飘落在一顶红色的滑雪帽上。雪落无声，却落下了陆游"此生自笑功名晚，空想黄河彻底冰"的铿锵之音。

打开车窗，很冷的风，北方无边无际的旷野，裸露在寒冷的风中。

旷野中的一排排树，都是光秃秃的样子，了无生机。你生活的小城没有裸露在寒风中，高高的楼群让北方旷野上吹过来的寒风放慢了脚步，让小城里的女贞树、法桐树、柳树和松树的叶子还保留着春天的绿色、夏天的绿色和秋天的金黄色，让人想象不到已经是隆冬临近的至暗时刻。

旷野中的树站立在冬天的寒风中，光秃秃的树枝在寒冷的风中凄厉，远远望去，枯干的树枝和树干，让北方的旷野显得无比荒凉。

这一棵棵落去叶子的树仿佛已经死去，让你想起《死去的树》那篇文字中的一些语句："一棵树的死去留给你许多感伤，你在许多年后回望小时候那些死去的树，其实也是在回望再也找不回来的童年时光。对一棵死去的树的凭吊，同时也是对过往岁月的深切怀念。"

你知道冬天树落去叶子并不意味着死亡，那一棵棵香椿树、一棵棵苦楝树、一棵棵白杨树、一棵棵黑槐树和老柳树，冬天的寒风吹过它们干枯的树梢，树枝窸窸窣窣，伴着悠长的鸟鸣。它们和死去的树一样，在等待一场大雪，等待白雪给它们披上盛装，等待冬天的童话在春天到来之前就被讲得绘声绘色、跌宕起伏。

一场雪给它们装饰上了剔透银色的叶子，远离尘世，雪野一片宁静，风小心翼翼地走过雪野，树上银色的叶子落下几片，惊醒了一只小鸟的梦。厚厚的雪被簇拥在一棵棵树的根部，那些冬眠的虫子在甜甜地酣睡，让人无法进入它们的梦境。

你不想感伤，即便面对冬天无边无际旷野的荒芜和瑟缩。想起故土遥远的冬天，老家院落里的那棵歪脖枣树让人魂牵梦绕。落完叶子的树枝上，零星地挂着几枚熟透的红红的枣子，在冷冷的风中晃来晃去。还有那一棵柿子树，落完叶子的树枝上，同样零星地挂着几枚熟透的金黄色的柿子，那是留给故土的鸟儿过冬的食物。温情的预留，让好多年后的回望还保留着暖意。

冬夜听雨

2019年的冬天不算寒冷,大雪节气都过了,还没有看见一小片雪花飘落。无雪的冬天,没有冬天的样子。等待一场雪,是内心期盼的一件大事。

没有等来飘雪,却等来了一场冬雨。在一个周末的黄昏,小雨淅淅沥沥,一下就是一个晚上。

没有雷电,没有狂风,冬天的雨来得如此从容,来得如此自然,来得让人心生暖意。

冬雨连绵,你站在阳台上,看雨水滴答滴答地滴下,滴在铺满落叶的地面上,滴在不远处街道两旁霓虹灯的光影里,滴在夜行者撑起的黑色雨伞上。

你知道在这样的冬夜,适合在暖气很足的房间里泡上一杯清茶,静坐灯下,翻开古诗集,听窗外雨落成诗,与古人一起静静听雨。

冬夜听雨,没有冬夜听雪的浓浓诗意。晚明文人高濂在《山窗听雪敲竹》中写道:"飞雪有声,惟在竹间最雅。山窗寒夜,时听雪洒竹林,淅沥萧萧,连翩瑟瑟,声韵悠然,逸我清听。忽尔回风交急,折竹一声,使我寒毡增冷。暗想金屋人欢,玉笙声醉,恐此非尔所欢。"

冬夜听雪,最雅的声音是雪花洒落在竹林里的声音。寒冷的冬夜,站在山间房舍的窗户下面,聆听雪洒在竹林里的声音。那声音淅淅沥沥,萧萧落下,连绵不断,瑟瑟有声,音韵是那样悠然,那样清雅,让人怦然心动。

让人怦然心动的还有雪夜独特的氛围。在漫天飞雪中,冬夜如此静谧,适合围炉夜话、围炉饮酒:"绿蚁新醅酒,红泥小火炉。晚来天欲雪,能饮一杯无?"(白居易)

但冬夜听雨也有冬夜听雨的味道。夜静静的,时徐时急的雨在窗外,或滴滴答答,或噼噼啪啪,不出门,便能辨出雨势的大小,那种时高时低、时响时沉的雨声,仿佛断弦之音,断处的空白,宛如中国画中的留白,让人遐想无穷。

这样的冬夜,是最适合回忆的。一个人,静静地,听雨的旋律,默想过去的美好或忧伤,那些或悠远或短暂的往事,那些或亲切或陌生的面孔,全都在这一刻涌入脑海,挥之不去。他们隔着窗外厚厚的雨雾,如此清晰,又如此模糊。从懵懂到而立,从而立到知天命,匆匆时光让你在这个雨夜恍然明白:有些人,有些事,不过一个转身,却已恍若隔世。

这样的冬夜,同样适合把雨读成一首首古诗。冬夜的雨时急时缓,急促时是洒脱,是急骤,是震撼,是淋漓!舒缓时,是柔美,是缓慢,是烟云,是细腻!

"少年听雨歌楼上,红烛昏罗帐。壮年听雨客舟中,江阔云低断雁叫西风。而今听雨僧庐下,鬓已星星也。悲欢离合总无情,一任阶前点滴到天明。"(蒋捷《虞美人·听雨》)

少年的心，总是放荡不羁的。年少的时候，不识愁滋味，听雨也要找一个浪漫的地方，选择自己喜欢的人陪在身边。那时候是无忧无虑的，没有经历人生的风雨，心中有着豪情与壮志，就算忧愁，也只显得淡雅与悠然，也只是"为赋新词强说愁"。

"壮年听雨客舟中，江阔云低断雁叫西风。"水天辽阔、风急云低的江上雨天图，一只失群孤飞的大雁，如自己的影子出现。在人生的苍茫大地上常常东奔西走，四方漂流，一腔旅恨，万种离愁。

而今，已是一位白发老人独自在僧庐下倾听着夜雨。处境之萧索，心境之凄凉，难以言语。壮年愁恨与少年欢乐，已如雨打风吹去。那点点滴滴的细雨滴落在暮年的目光里，木然无动于衷了。少年情怀的敏感与细腻，在饱尝风霜的人生之后，不知是否依然纯真？一任阶前，这雨点滴到天明，听雨的人也无眠到天明。

冬夜听雨，观雨景如画，听雨落成诗，那雨中扯不断理还乱的种种人生况味，让人欲说还休。

那场雪,飘落在一个遥远的冬夜

记忆中的那场雪,飘落在一个遥远的冬夜。

那是一个冬天的下午,你和几位朋友从鄄城赶往郓城,还不到五点钟,天就暗下来了,浓浓的乌云满含雪意。从车窗望出去,有几片雪花在飞,慢慢飘落在刚修好不久的郓鄄公路上。

途经凤凰、红船和陈坡,镇上临街的两层商铺灰扑扑的,从车窗外一掠而过,离公路较远的村庄被光秃秃的杨树和柳树环绕着,了无生机。

窗外冬天冷落的景致没有影响你的心情,雪花飘下来了,飘雪的天气让人心生暖意,赶赴郓城那座熟悉的小县城让人心生暖意,那座小县城留给你的许多记忆伴着窗外的飘雪,慢慢在你的一些文字中复苏。

你在《雨从西来》那篇文章中写一个叫杨庄集的乡镇,郓城县东边的一个小乡镇,紧靠着220国道,再往东就是梁山县界;还有《去一所叫肖皮口中学的学校》《塌陷区》《从地下到地上》,写了程屯、南赵楼和随官屯乡镇的一些人和事。

你还写了小县城的一些景观,有《明清一条街》《唐塔》

《宋金河边的蛙声》等文章；还有写郓城的好汉的文章：《宋江为什么杀阎婆惜》《好汉书》；写郓城的美食的文章：《壮馍和糊粥》《羊头肉》。

你在《满院人间烟火色》中，写郓城一位朋友的老宅："从小县城喧嚣的马路踏进窄窄的胡同，那时光深处的静和悠闲牵引着你的目光和脚步，最后驻足在一座素朴的门楼前，那是朋友老宅的门楼。推开两扇木门，满院的枝叶叠翠，满院的姹紫嫣红，恍惚间走进了陶渊明笔下桃花源绝美的意境。"

写郓城的文化符号郓城新华书店的文字《坐拥书城》："住郓州宾馆的时候，你会沿着胜利街从北往南走，沿途的商铺依然喧闹。你加快脚步，在胜利街和临城路交叉的十字路口左转，就到了新华书店的门口，推开玻璃门走进去，单调的日光灯照亮了书架上一排排整齐的图书，你靠在书架上，一个人在书店享受一小段自由的时光。"

留存在文字中的记忆是真实的，一座平原小城在你的文字中变得感性而丰满。

你在一个遥远的冬天的下午赶往郓城，赶往那座心仪的小县城，在漫天飞雪中，小县城冬天的黄昏变得无比温情。

郓城的朋友把晚餐安排在新开的一家火焰甲鱼馆，位置好像在金河路上。

餐馆的特色菜肴是火焰甲鱼，朋友们坐在餐馆的包间里，餐桌就是灶台，老家的那种劈柴地锅。灶台镶了白色的瓷砖，不同于几十年前老家的黄泥灶台。

服务生在灶膛里点燃劈柴，房间里很快就暖和起来了。

餐馆的厨师把切好的干净甲鱼倒进烧热的大铁锅，一瓶六十多度的二锅头也随着倒进铁锅，一点火，铁锅里就燃起了火焰。火焰是一瞬间燃起来的，金色的光芒溢满整个房间，照亮了你们的面孔。

这样的火焰可以用"熊熊燃烧"来形容。在大雪纷飞的夜晚，一簇簇火焰让人倍感温暖，让人在他乡并不感觉寂寞，让人有了放松下来享受生活的冲动，让人想起许许多多遥远的人和事，想起诗歌和音乐，想起浮士德的那句话："你真美啊，请停一停。"

你知道不能停一停，金色的火焰慢慢就熄灭了，那些切碎的甲鱼块仿佛浴火重生，每一块都放着油亮的辉光。厨师把铁锅里多余的汤汁舀出来后，接着把一大盆炖好的羊肉倒进了铁锅。

灶膛里又加了劈柴，噼噼啪啪的燃烧让人感觉到了节日的喜庆。

锅里的汤汁沸腾了，沸腾的还有浓浓的香气，"鱼羊鲜"，你在好多小城餐馆的门头上见过这样的文字。鱼肉和羊肉炖在一起散发出来的香味是一种迷人的鲜香，高度白酒燃起的火焰除去了甲鱼身上的腥味，甲鱼块在羊肉汤里翻滚，羊肉块在甲鱼汤里翻滚。你知道先入铁锅的甲鱼是这道菜的主角，后入锅的羊肉是配角，它们互相帮衬着在铁锅里演绎出一出香气浓郁的大戏，在翻转腾挪间，已经分不出谁是主角谁是配角了，虽然菜的名字还是"火焰甲鱼"，但围观的食客们同样为配角喝彩。

喝彩声在喝汤的过程中，单纯的鱼汤和单纯的羊肉汤喝起来味道都很单一，虽然也是鲜汤，但鲜的感觉不持久。火焰甲鱼汤的鲜是第一口就将人的味觉俘虏了的鲜，汤里可以加一些香菜和葱末，但丝毫不影响鲜度。一碗鲜汤下肚，浑身每一个毛孔都舒坦,让你想起《老残游记》中听王小玉说书的那种感觉:"五脏六腑里,像熨斗熨过,无一处不伏贴。"听觉的艺术和味觉的艺术如此相通。

先喝汤,再吃肉,喝得酣畅淋漓,吃得浑身通泰。踏出餐馆门,整座小县城已是银装素裹,让你想起好汉林冲和遥远的沧州雪夜:"正是严冬天气,彤云密布,朔风渐起,却早纷纷扬扬卷下一天大雪来","那雪下得正紧","那雪越下得猛","只见前面疏林深处,树木交杂,远远地数间草屋,被雪压着,破壁缝里透出火光来。"林冲心境的孤寂,平静后面的紧张,绝望之后的猛醒,在雪花纷飞中,让你想起贝多芬《命运》中的悲怆。

你不是好汉林冲,喝下几杯老酒后你也不是好汉林冲,在漫天飞雪中踉踉跄跄你也不是好汉林冲,你从那个遥远冬天的雪夜中慢慢走出来,走到许多年后的一个春天的上午。你坐在办公室的窗前,看见不远处田野里的油菜花开得灿烂金黄,让人禁不住想去触摸。

纸飞机

冬天来得好快,一转眼就过了大雪节气。

在大雪节气那天,你去鄄城李进士堂和左营看几所农村小学,回来的夜晚你在键盘上敲击一些文字,写《冬天的树》:"那么,就从大雪节气开始,写一写冬天的树。没有大雪,连小雪也没有。大雪节气没有应景的大雪纷飞,让人感觉不到冬天的样子。天气晴和,天上连一丝云彩也没有。"

夜晚有风,你敲击键盘的声音和窗外的风声遥相呼应。冬天的夜晚很沉静,适合你回望的目光,在冬天的旷野上捡拾昔日的点点滴滴。

还没有到冬至,在大雪和冬至之间的日子,寒冷降临得很快,几个雾霾天过后,迎来了晴朗的寒冷。

一夜的风,让残留在树枝上的叶子落完了,有的树上一片叶子也没留下,让人感觉不到欧亨利小说《最后一片叶子》里的脉脉温情。

天气晴朗,让人摆脱了冬天雾霾天气的阴郁和灰暗。想起雾霾天气中去单县的路上,能见度不超过五十米,前面的汽车四角灯红红的光让雾霾显得更加浓郁深重。

晴和的天气，风和日丽。你喜欢"风和日丽"这个词语，好多年前你在《风和日丽》那篇文字中写道："后来你从暗淡的办公室走出去，去一所新建的小学校。上午十点多钟的光景，雨点还在车窗上画着弧线。小学校在城乡接合部，拔地而起的楼群和学校还有一些距离，学校在一些村庄绿树的围裹中，散发着田园的气息。

"你坐在校长宽敞明亮的办公室里，听见教室里传来的孩子们整整齐齐的读书声，暗淡的内心慢慢变得亮堂起来。那些教书的日子，学生们仰视你的目光，因为学生的一篇好文字而击节拍案，一节课上酣畅淋漓的情感抒发，庄严的上课铃声，让你的目光在窗外的绿树上诗意栖息。

"走出学校办公楼，天放晴了，阳光一下照亮了整个校园。

"抬头是碧蓝的天空，几缕白色的云朵从头顶飘过。风和日丽，校园红红绿绿的操场格外鲜丽。

"阴沉的秋日和连绵的细雨梦一样隐去，连日来的阴霾一扫而空，你站在校园的一棵绿树下，享受秋天的风和日丽。

"正赶上孩子们放学，从教室里涌出一群群学生，他们排起了整齐的队伍，在老师的带领下向学校门口走去。

"你迎着孩子们的队伍，迎着他们稚嫩的面孔和明亮的眼睛，迎着他们挎着小书包挺直的腰身，迎着他们的活泼和内心的欢笑，迎着新的希望和未来的美好，在秋日的风和日丽中。

"内心翻涌着感动，抬头是学校大门上面'牡丹区第二实验小学'九个醒目的大字，回首是如茵的操场、挺拔的绿树、宽敞明亮的教学大楼，秋日的阳光下，一个全新的空间，一个全新的世界。"

许多年前一个秋天的风和日丽又在许多年后一个冬天的下午呈现。

去成武县看一所城区小学。成武小县城在你的记忆中,那些你写的和小县城相关的许多文字,在冬日的下午纷至沓来:《高考悄悄来临》《中考时节和一座小城的再度相逢》《烩面馆》《胡同深深深几许》《成武味道之羊肉汤》《诗意的回眸》……你怀揣着这些文字走向那所小学。

冬天有阳光的下午是风和日丽的下午。小学建在邙城河南,蓝水湾的东面。邙城河的波光在冬日的阳光下并未让人感到寒意。

小学是新建的,前年才投入使用,短短两年多的时间,学校变得像模像样了。

学校占地四十多亩,西边前后一字排开三座教学楼,东面是操场,中间有一条大路分开。路边的栾树叶子还留着绿意,但果实失去了秋天的金红色,变成冬天的枯黄了。

正赶上下午的大课间,操场上是一队队穿着冬装校服的孩子。冬装校服的主色调是红色,运动的红色把操场装点得生动热烈,让你忘记了冬天的寒冷。

孩子们有跳绳的,有打球的,有做操的,有练习"中华响扇"的。你喜欢孩子们在操场上活动的身影,风和日丽中的校园风景,是寒冷冬日的一抹暖色。

你在操场边站了一会儿,想起第二天上午市职业学院的一场报告会,你的讲稿还没有写好,让校长给你找一个办公室完成讲稿。

办公室在三楼，很安静，你在键盘上敲击讲稿的时候，听不到走廊里的脚步声。

一个人的办公室，南面的窗台上有冬天下午的阳光。靠西墙的书柜上有一束花，色彩还很鲜艳，保留着喜庆的色彩，应该是学校上次活动留下来的。办公室的主人把这束花摆放在书柜上，淡淡的花香在室内弥漫。

靠近沙发的长条茶几上，摆放着几个红苹果，苹果的香气和花香，让这间办公室变得无比温馨。

你写完讲稿在桌子旁坐了一会儿，桌子上除了电脑，还摆放着办公室主人的工作学习记录本，书柜里摆满了图书。教过书的日子就这样从遥远的时间里走过来了，熟悉的场景和曾经熟悉的生活，你慢慢消磨着一小段时光，不想起身。

但你还要起身，走出这间办公室，短暂的停留和回味，都围绕着过去教过书的时光。那些回不去的生活，让你久久不能释怀。

你沿着楼梯走下三层楼，走进冬天下午的阳光里。操场上的孩子们结束了大课间，都回教室了，偌大的操场变得空空荡荡，让你的心也变得空落落的。

突然，你看见操场中间有一位穿着红色冬装的孩子，他手里拿着一只纸叠的飞机，那是一张白纸叠的飞机，在冬日下午的阳光下，纸飞机显得透亮而挺拔。孩子慢慢跑起来，把手中的纸飞机放飞，纸飞机在空中盘旋，飞行的姿态舒缓优雅，慢慢降落在操场上。

你站在操场边，耳边还回响着孩子们大课间的喧闹声，恍惚间的幻象，那个放飞纸飞机的孩子在慢慢跑远。

雪就一个字

从你办公室的窗户望出去，是天香公园大门屋顶的白雪，仿古的建筑，有朱红色圆圆的门柱和翘起的飞檐，白雪覆盖了琉璃瓦的颜色，让你想起海明威的《乞力马扎罗的雪》，白雪覆盖下的乞力马扎罗山，"在西高峰的近旁，有一具已经风干冻僵的豹子的尸体。豹子到这样高寒的地方来寻找什么，没有人作过解释"。或许豹子在寻找什么并不重要，它在如此的高度出现，本身就独具魅力，让人浮想联翩。

雪是昨天晚上开始下的，昨天下午天空就阴沉着，饱含雪意，你走在去那个小酒馆的路上时，天已经暗下来，节日的彩灯和路灯已经亮起来，照亮了行人的面孔。

年后的聚会和往年一样多，朋友、学生和曾经的同事，每次聚会都是熟悉的面孔，你已经学会拒绝一些饭局，有些饭局比无聊还无聊，你只有远离。

但昨天晚上的饭局你不能远离，在去小酒馆的路上，你还在想在小酒馆等着你的十几个人，你和他们在几年前因为一次活动整整相处了三年。在司法局五楼的大办公室，十几台电脑和几个装满材料的档案橱柜，来自不同岗位的老大哥和小兄弟们，很热闹很充实的场景。

你案头上摆放着三小株橡皮树，活动结束后你把它们带回了家，如今在你的阳台上长得很高了，这是你参加那次活动的唯一物证。

小酒馆房间的灯光不太亮，好长时间没有相见的寒暄过后，举起酒杯是回忆过往的最好方式。

菜肴丰盛，酒水很足，情感炙热，很快就有了酒意，微醉地踏出小酒馆，才知道踏出了满天飞雪。

是林教头风雪山神庙的那场大雪吗？那杆花枪在漫天飞雪中舞出了英雄的末路和悲怆。

大片的雪花铺天盖地，汹涌澎湃，在节日的灯火中熠熠生辉。

春天的雪花是如此轻盈曼妙，你扬起面孔和微醉的表情，去感觉雪花的飘落，丝丝凉意环环相扣。

地上已经雪白，纯粹的白，没有一点瑕疵的白，脚印也无法遮盖。

漫长的冬天，应该有几场汹涌的大雪覆盖枯燥的生活和情感。

记忆中的那场大雪，你走在曹县的大街上，夜晚的小县城雪意正浓。你踩着甬道上厚厚的积雪一路向北，昏黄的路灯下几辆小车在慢慢爬行。还有不多的夜行者，黑色的背影在雪地上影影绰绰。

你知道在异乡小县城雪夜的街头，你的行走注定会孤孤单单。脚下的积雪踩上去咯吱作响的声音是孤独的回声，握在手中的一团白雪是彻骨的冰冷。

你不想打开手机,不想打开微信圈里那些因为下雪带来的意外惊喜。庸常浮躁无味的生活,总想有一颗石子打破水面的平静,那些诗和远方其实更多的时候只存在于想象中。世界那么大,都想去看看,想象的世界如漫天的飞雪无边无际。

一场春天的大雪和记忆中的那场冬雪遥相呼应,摒弃了季节交替的纠结。

雪就一个字,你在春雪的舞蹈中独自行走,你在行走中独自行走,那些繁华中的灯红酒绿在雪的另一面影影绰绰,那些蛰伏后的萌动在春雪的呼唤中,让人情不自禁地扬起了面孔。

欢喜入乡关

"行进山岭头,欢喜入乡关",是宋代诗人李吕的长诗《喜入杉岭·行进山岭头》中的开篇两句。作家阿来在他的一篇随笔中引用过这两句诗,并且说超喜欢。在文章中,阿来说忘记了这两句诗的作者,但这丝毫不影响他对这两句诗的喜爱。

李吕生于宋徽宗宣和四年,卒于宋宁宗庆元四年,享年七十七岁,在古代应该算是高寿。他的长寿秘诀应该和他的性格、生活方式密切相关。古书中称他"端庄自重,记诵过人。年四十,即弃科举。好治易,尤留意通鉴。教人循循善诱,常聚族百人,昕夕击鼓,聚众致礼享堂,不以寒暑废"。

"欢喜入乡关"中的"欢喜"一词,直白而率真。"乡关"是文人们百般纠结的一个词,也是文人们共同拥有的一种情结。在汉语词汇中,"乡关"的意思亦即"故乡"。《陈书·徐陵传》中有"萧轩靡御,王舫谁持?瞻望乡关,何心天地?"这样的句子。隋朝诗人孙万寿在他的《早发扬州还望乡邑》一诗中吟叹道:"乡关不再见,怅望穷此晨。"唐代诗人崔颢的诗句"日暮乡关何处是,烟波江上使人愁",更是千古绝唱,余秋雨的散文

《乡关何处》大抵是取自这两句诗。苏曼殊在他的《绛纱记》中也发出感叹:"晚景清寂,令人有乡关之思。"

"乡关"情结在文人的眼里从古到今都是相通的。你曾多次品读鲁迅的小说《故乡》,一方面和你的教书生活有关,另一方面是你从鲁迅的文字里又一次从精神层面上返回故土。《故乡》开篇写道:"我冒了严寒,回到相隔二千余里,别了二十余年的故乡去。"

四十多年前,同样是严寒的冬天,你们举家搬迁,从秀丽的南方搬到父亲老家坚硬的北方去,那是父亲的故土,亦是你的故乡,虽然故乡在你幼小的内心还是一个非常模糊的概念。

记忆中已进入十一月份的北方,寒冷逼人,一家人在一个北方的小镇下了车,那个叫东明集的小乡镇当时只有一条通往县城的窄窄的柏油路,离父亲老家的那个村庄还有八里土路。

父亲的几位堂侄赶着生产队的马车早早等候在小镇的停车点,你第一次坐上了马车,寒冷让你裹紧一位堂哥给的棉袄,你背靠着另一位赶马车的堂哥宽厚的身板,看见零星的雪花从眼前飘过。

这应该是你返回故乡的最初记忆,你在许多年后品读鲁迅的《故乡》时,常常用文章里的句子和你的记忆相比对。

鲁迅在《故乡》里接着写道:"时候既然是深冬;渐近故乡时,天气又阴晦了,冷风吹进船舱中,呜呜的响,从篷隙向外一望,苍黄的天底下,远近横着几个萧索的荒村,没有一些活气。我的心禁不住悲凉起来了。"四十多年前,你坐在一辆马拉车上,坑洼不平的黄土路,马车颠来颠去,年幼的你还没从长途跋涉的状态中清醒过来,火车、长途客车、马车,三天两夜,时空的转换,气候的转换,北方苍黄的天空,黄土路上的积雪,田野里屠弱的半青半黄的麦苗和几只啃青的青山羊,一个陌生的世界扑面而来。

"阿!这不是我二十年来时时记得的故乡?

"我所记得的故乡全不如此。我的故乡好得多了。但要我记起他的美丽,说出他的佳处来,却又没有影像,没有言辞了。仿佛也就如此。"鲁迅在他的文章里继续写道。

鲁迅的返乡之路是如此漫长,他"好得多的故乡"在《从百草园到三味书屋》里,在《社戏》里。他对故乡的回望,除了因为心情染上的悲凉外,其实更多的是欢喜。

你的故乡同样让你心生欢喜。你在许多年后的《炝锅面》一文中写道:"第一次见识了北方的厨房,屋外土坯墙上靠着几样农具,后来你认识了那些农具:木叉(用桑树杆做的)、铁锨、粪叉、抓钩、锄头、竹耙子、竹扫把。屋内土坯墙被烟熏得乌黑,土坯垒的地锅,火洞里的火已经熄灭,锅台上是一大铁锅冒着热气的面条,后来你才知道那是一锅炝锅面。

"十多个人围着锅台,一人端走一碗面条,大人们去堂屋吃,孩子们留在厨房。

"饥饿和寒冷让那碗炝锅面充满了诱惑,南方的大米让你的胃变得有些娇嫩,但那碗热气腾腾的炝锅面条没有击伤你娇嫩的胃,柔滑的白面条、酸酸的白菜叶、浓浓的汤汁,温暖了你幼小的胃。

"一碗炝锅面是北方老家给你的第一次馈赠和暖意,南方渐行渐远的热度被寒冷北方一碗炝锅面条替代,你回望南方的目光被一碗炝锅面遮蔽,让回不去的绝望有了一丝慰藉,让你在坚硬的寒风中没有颤抖,没有彻骨的冷意和仓皇的回逃。"

第一次踏入故土的暖意,让长大后远离故土的你禁不住一次次回望:《小屋往事》《遥远的麦香》《故土的桥》《故土的树》《土街》《牛屋》《过年》《听书》《河岸》《春天让你想起那些树生长的表情》《没有人想在春雨中哭泣》……你的好多文字都围绕着故土铺叙开来,这些文字入选了一些读本,让别人在品读你故乡的同时,和他们的故乡有一些比对,在比对中重新唤起对故土的挚爱和眷念。

哪怕是别人的故乡,也让人心生欢喜。

重读唐代诗人孟浩然的《过故人庄》:"故人具鸡黍,邀我至田家。绿树村边合,青山郭外斜。开轩面场圃,把酒话桑麻。待到重阳日,还来就菊花。"近乎大白话的诗句,却能引起无数人的共鸣。"美食""美景""放松的心情",这些都是故土最好的馈赠,怎能不让人"欢喜入乡关"。

母亲的故园

你在《母亲的手绘》那篇文章中写道:"母亲八十岁那年,身体消瘦得像一棵冬天的树,在寒冷的风中颤抖。在风中颤抖的除了母亲的身体还有她孤独的内心。

"在她独住的小院里,一会儿看不见你们姊妹几个的身影,她就拿起电话,不管是白天还是深夜,她都会在电话里用夸张的语气说她身体的不适。姊妹几个马不停蹄地赶过去,她却气定神闲地吃饭或者看电视,全没有电话里夸张的情形。母亲真的孤独了,没有孩子们围在身边,她有一种被抛弃的绝望。那种绝望是一种让人窒息的孤独,每次从母亲身边走开,她的眼里就会流露出那种绝望感,她一刻也不想离开自己的孩子。"

许多年后你阅读这些文字,阅读母亲的风烛残年,那些绝望中的孤独还在那个小院子里久久弥漫。

那个小院子是母亲年迈的栖身地,母亲的故园。

小院子在小县城的西郊一个老旧的单位家属院,二十世纪九十年代初的楼房,砖混结构,一楼带一个小院子,你给母亲买的二手房,让母亲安度晚年。

楼房面积不大，简单装修后显得亮亮堂堂。小院子里有一间小平房，可以当厨房用，院子里的空地没有硬化，留着种一些花草和菜蔬，母亲刚搬过去的那一阵子似乎很喜欢。

不大的空地上，母亲种满了植物：一株南瓜藤蔓爬满了小院子的一面砖墙，黄灿灿的南瓜花在夏日的小院子里燃烧；几株丝瓜藤蔓爬在厨房的屋顶，一朵挨一朵的丝瓜花在秋天厨房屋顶上绽放；黄瓜和茄子，西红柿和韭菜，地瓜和豆角，还有几株玉米，母亲让小院子的角角落落挤满了热闹。她甚至在一个小角落种了几株鱼腥草（俗名"折耳根"）。母亲是贵州人，几株折耳根是母亲在北方对她遥远故土的念想。

几株折耳根长出许多嫩嫩的叶茎，采摘后可以凉拌。记忆中一大盘凉拌折耳根摆放在桌子上，红红的辣椒、绿绿的香葱、黄黄的姜丝和折耳根掺和在一起，大大的醋，少许的酱油和白糖，夹一筷子送进嘴里，淡淡的腥味，母亲遥远故土的味道，那个小小的院落让母亲年迈的情感有了短暂的安放地。

你喜欢母亲秋天的小院落，在暖暖的秋阳下，你坐在丝瓜藤蔓的绿荫下，看母亲在窗台上晾晒豆角和白萝卜片。冬天母亲会腌制几坛咸菜，让你们姊妹几个拿回家享用。母亲腌制的咸菜盐味不重，她在熬制腌菜的汤汁中加了许多糖，吃起来有丝丝甜味，很下饭。

忙完手中的活计，母亲就伏在一张小方桌上画画，隔一段日子你去看母亲的时候，她会把一叠整整齐齐的画稿递给你，画稿用报纸工工整整地包着。

你小心翼翼地打开，一张张翻看母亲的手绘：一只只形态各异的蝴蝶跃然纸上。笔画虽然还有些拙涩，那是多年不画的原因，但蝴蝶的神态却栩栩如生。

母亲看着你，目光里流露出些许的紧张，你对母亲说画得真好，母亲的神态放松了，你甚至看到了母亲目光中流露出的些许羞涩。

那段时间母亲画画的热情格外高涨，她不仅画蝴蝶，还画孔雀、花草，笔触越来越流畅圆润，构图越来越精巧，色彩越来越绚丽，速度也越来越快，画画让母亲暂时摆脱了独处的孤独。

时间长了，孤独蛇一样缠绕着母亲的心，院落里生机勃勃的植物也无法击败母亲的孤独，她给你们姊妹几个打电话的次数越来越多，有时候你只好丢下手中的活计从另外一个小城赶过去，在那个小院落和母亲相处几日。

母亲在她房间的小方桌上画画，你在另外一间房间里看书，阳光从窗户照进来，窗外是一院子的寂寞。

晚饭和母亲在院落里的小厨房吃，厨房昏黄的灯光下是母亲炒的几样菜，橱柜里有半瓶白酒，你一个人独饮的时候屋外有风吹动院子里植物的声音，让你想起几十年前老家的那处院落，很大很宽阔，里面有母亲种的各种菜蔬，有你和父亲种的许多树木。在那个葡萄架上，父亲喂养的两只鹦鹉在笼子里叫得正欢，一家人围坐在葡萄架下面吃饭，父亲端着酒杯，你离父亲的酒杯很近，几十年后你和母亲在小院落的厨房独自饮酒的时候，早就忘记了父亲酒杯里白酒飘散出来的味道。

别了,你的 2019 年

你坐在办公桌前,2019 年岁末的阳光隔着窗户照在办公桌上,办公桌上的玻璃板上有细微的灰尘,是一年留下的痕迹吗?窗台上你手植的那盆芦荟绿意盎然,生长着新的一年的希望和微光。

岁末的心情五味杂陈,无雪的冬日让人内心顿生灰暗。作别 2019,开往新的一年的火车,站台上人潮汹涌,你挟裹在旋涡中,嘶哑的嗓子忘记了呐喊。

回望三百多个日日夜夜,你行走的脚步一刻也没有停歇。

因为工作关系,一年中你去了一百多所学校,整洁的校园,绿树和鲜花,整齐的队礼和朗朗的读书声,孩子们一张张如花的面孔丰盈了你衰老的内心。你不想停下在校园里行走的步伐,那是你曾经熟悉的环境和味道,冰河融化那一刻的柔情,让你在岁末的校园里重拾那些自由的时光。

在工作的空隙间,你用脚步去丈量另外的时空,用文字去填满时间的虚空。从山东到山西、到河南、到安徽、到江苏、到云南,从辽阔的海边到高高的太行山顶,从大江大河到瘦小西湖,从鸡公山上的眺望到漯河的雨中漫步,从八泉峡的泉水到西双版纳的云朵,从鹅屋到英姑峡,从琅琊山到八公山,是纵情山水吗?一路走来的高山大川和平原湖泊,何尝不是跌宕起伏的人生之旅?

一路的美景当然和美食相伴,南京的鸭血粉丝汤的味道仿佛还在唇齿间,鸡公山上的热干面就来了,接着是信阳的炖菜、南街村的烩面、勐罕的美食、淮南的豆腐炖鱼、高平的卤面和上党的糊肘子,舌尖上的味道,让你回味无穷。

岁月如歌,2019年缓缓流淌的时间河流中,有歌声的高亢嘹亮,有婉转低回,也有忧郁感伤。一些人和事,一别就是永远。

你最尊敬的吴保良大哥,在立秋前的最后一天永远离开了。那天正赶上七夕节,你在小区里散步,夜晚的天空云朵堆积,看不见银河的璀璨。九点多的光景,定陶德华弟的电话来了,说保良大哥走了。他说保良大哥走了的时候,你紧握电话的手在颤抖,你不可能相信,你也不会相信,保良大哥憨厚的笑容就在你的面前,你握着他宽厚温暖的手掌,长兄般的呵护,暖意的目光让人安心。但德华弟沉痛的语句提醒你,家人们已经给保良大哥换上了寿衣,心肌梗死,保良大哥还很年轻的心脏偏偏在立秋前的最后一天永远停止了跳动,让你提前感觉到秋天的寒冷和萧瑟。

这样的寒冷和萧瑟一直让你带进了冬天。

你在无雪的冬天等待一场飘雪,却等来了一场冬雨和漫天的浓雾。你在岁末的冬夜听雨,听不到冬夜雪花飘落的浪漫,但冬夜听雨也有冬夜听雨的味道。夜静静的,时徐时急的雨在窗外,或滴滴答答,或噼噼啪啪。那时高时低、时响时沉的雨声,仿佛断弦之音，断处的空白，宛如中国画中的留白，让人遐想无穷。那些或悠远或短暂的往事，那些或亲切或陌生的面孔，全都在这一刻涌入脑海，挥之不去，隔着岁末窗外厚厚的雨雾，如此清晰，又如此模糊。匆匆一年的时光让你在冬夜听雨中恍然明白：有些人，有些事，不过一个转身，却已恍若隔世。

这让你想起那首《各得其所》的歌词："偶尔思绪想狂吼，却还欲说还休，如今不怨不念抵消爱恨情仇，善罢甘休……"这是岁末的心境吗？一年中的那些希望和绝望，那些离别和相聚，那些喜悦和感伤，都在岁末的不怨不念中偃旗息鼓，都在岁末的不怨不念中烟消云散。

那么，别了，你的2019，没有感伤，没有撕心裂肺，没有张皇失措，没有虚无，没有无所适从，有的只是前行的脚步和坚实向上的力量。

坐拥书城

你喜欢"坐拥"这个词简单的含义：安坐而拥有，安安静静地坐着，拥有自己喜欢的东西，这样的状态随意而生动。

"拥有"不是"占有"，"拥有"带有强烈的主观性，停留在感觉的层面，用目光和肢体，用全部的感觉和情感去触摸、去感知、去围裹、去"心骛八极、神游万仞"，一种完美的感觉，一种自由的状态。

走进新华书店，就是这种感觉。

你在许多年前的一篇文章中写道："八十年代的小县城，新华书店是老旧街头的一道风景。逼仄的柏油马路，十字路口最为繁华。东北角是新华书店，两层灰色小楼，高耸、突兀，让沿街的那些平房显得更加矮小。

"书店一楼是门市，向西向南各开一门，门都是两扇，厚厚的木板，敦实而厚重，上镶有玻璃，很厚的那种，推开门要用一些力气。门头上是'新华书店'四个大红字，毛体，飘逸而醒目。"（《新华书店》）

这段文字写的是东明新华书店。那时候你还在东明的一所中学教书，空闲时间最喜欢去的地方就是新华书店。从那所中学出来去新华书店，推开书店厚厚的木门，在书店消磨一段时光，挑上一两本新书，然后从西门走出去，走进小县城十字街口的繁华里。许多年过去，记忆中"新华书店"四个红色的大字虽然油漆斑驳，但在时间的风中依然醒目，依然让你的回望充满温情。

这样的温情在你的文字中弥漫："一个冬天的下午，靠近五点钟的光景，你坐在菏泽新华书城靠近橱窗的卡座上，室外光线暗淡，阴沉的天气让冬天的下午弥漫着暗淡。桌上的那杯卡布奇诺还冒着微微的热气，穿着黑色上装打着红色领结的女服务生给你送来了一个果盘和几块现烤的厚片吐司。你从隔断的格子里拿下一本书，在漫漶的灯光下消磨一个人独处的时光。

"那是一本原创散文的小集子，你读了其中的两篇。一篇是写猪头肉的，女性的视角，幼年的记忆，穷苦年代一位父亲在炉灶上给嘴馋的孩子煮猪头肉的场景，那浓浓的香气，弥漫了女孩子的幼年。另一篇写流年，也是女性的视角，写幼年时过年的场景，亲戚们来了，带着盼望中微薄的礼物和热闹，热闹过后离去的冷清，小女孩无法留住那份久违的热闹，亲戚行将离去时的那份莫名的忧伤，一直留存在女孩许多年的记忆中。

"两篇读起来都有点冬天味道的文字，消磨了你的一小段时光，你想起你写过的一些文字，也有这样的味道，熨帖的感觉，让你很享受。"（《卡布奇诺》）

你当然很享受，一座书城给你的自由和快乐，给你的沉思默想，给你的无尽欢愉、无数次的回眸。你坐在书城中央，两边是高高的书架，你和孩子们一起分享阅读的快乐，"阅读的高度""阅读给梦想插上隐形的翅膀""散淡人生散淡文"……你不再沉默。

你喜欢成武那座小城，更喜欢小城的新华书店，你在夏日的阳光下走进小城的新华书店，装饰一新的书店看上去容光焕发，靠墙的书架上、大厅的木台上摆满了图书，顶灯聚光在书本上，柔和的光线，照亮了书中的人物和思想。

书架和木台四周，挤满了读书的孩子，他们坐在木地板上，每个人手中都捧着一本书，阅读的神情很入迷。这样的场景总会打动你，包括每年的中考，孩子们穿着整洁的服装，走进宽敞明亮的考场，你站在校园中间的广场上，目送着孩子们的背影，目光里满含深情。

满含深情的目光栖息在郓城新华书城装饰一新的门脸上。

郓城新华书城没有装修前叫新华书店，前几年因为工作上的一些事，每年你总会在郓城逗留几天，有时候住郓州宾馆，有时候住圣达酒店，工作之余，你最喜欢去的地方就是郓城新华书店。

住郓州宾馆的时候，你会沿着胜利街从北往南走，沿途的商铺依然喧闹，你加快脚步，在胜利街和临城路交叉的十字路口左转，就到了新华书店的门口，推开玻璃门走进去，单调的日光灯照亮了书架上一排排整齐的图书，你靠在书架上，一个人在书店享受一小段自由的时光。

住圣达酒店的时候你要沿着水浒大道从东往西走上一段路后才能走到胜利街，然后沿着胜利街从南往北走，在胜利街和临城路交叉的十字街口直行，就到了新华书店，三层的小楼，有点破旧的墙体，在拥堵的十字街口一点也不起眼。

但装修后的新华书店让人眼前猛地一亮，同样熟悉的胜利街，熟悉的胜利街和临城路交叉的十字街口，陌生的是那座三层小楼，砖红色的漆让曾经破旧的墙体变得立体而有质感，上挂一横幅，红底白字："倡导全民阅读，建设书香郓城。"二楼和三楼的玻璃窗拉着天蓝色的窗帘，晴空的颜色，让人内心注满宁静。一楼的橱窗，纯白色的背景，一桌一椅一杯茶一本书，书香的味道迎面扑来。

推开书城厚重沉稳的玻璃门，你一下就沉浸在了色彩的海洋里：黑色、灰黑色、灰黄色、黄色，那是楼梯、书架、木地板、桌椅的色彩；红色、橘红色、纯白色、橘黄色、淡紫色和淡蓝色，那是壁灯、顶灯、吊灯、射灯、吧台灯的色彩。绿植、五颜六色的图书和文具在色彩的海洋中呈现着别样的绚丽。

你走在高高的书架中间，书架上整整齐齐排满了图书，你是走在两堵厚厚的书墙中间，一抬头是玻璃天花板，炫美的影子在天花板上影影绰绰。柔美的轻音乐在古色古香的空间中缓缓流过，让你的灵魂变得无比安静。

记不清多少次走进这座书城，但每一次的感觉都让你回味无穷。你坐在书城一楼的咖啡小屋一角，桌上摆着一杯冒着淡淡香气的柠檬水，你读汪曾祺的散文，读梁晓声的《人世间》，读麦家的《人生海海》……

你在《郓城新华书城》那篇文章中写道："'这世上如果有天堂，天堂应该是图书馆的模样'，博尔赫斯如是说；'这世上如果有天堂，天堂应该是郓城书城的模样'，你如是说。"

相逢是一首歌

你在《雨夜》那篇文章中写道："郑州来的学生是你喜欢的一位学生，二十多年过去，懂得吃苦的他在郑州站稳了脚跟。他经营的两个文字平台聚满了人气，每天深夜，还有许多喜欢文字的老师在平台的微信群里交流。有时候你从梦中醒来，手机里的微信消息也没有停下来，你阅读那些文字，阅读各种各样的生活，不同的文字丰盈了你梦醒后的夜晚，你在暗夜中轻轻拉开窗帘，看见窗外月光辽阔，感觉生活还有意义。"

文中提到的那位学生叫刘晖，二十多年前你在一个小县城的中学教书，刘晖是你教过的众多学生中的一位。二十多年前你站在那所中学一间教室简陋的讲台上，讲台下坐着一百多位学生，从农村出来的刘晖在那些学生中并不显眼，二十多年后你努力回忆刘晖当时的模样，但怎么也回忆不起来。你的同学霍文高也教过刘晖，几年前刘晖找到了在东明实验中学当校长的霍老师，然后通过霍老师找到了你。那个冬天的晚上，你去东明，在一个温暖的小酒馆，见到了刘晖。

高高的个子，憨厚的面孔，两鬓掺杂着白发，刘晖站在你的面前,让你有点无所适从。这是你曾经教过的学生吗?二十多年的风风雨雨,你从学生不再年轻的面孔上读到了太多沧桑。

有几位老师在场,刘晖话很少,但你能感觉到他和老师们相聚时的激动,他给你们几位老师敬酒,毕恭毕敬地站在那里,小酒馆温暖的灯光,消解了你和学生二十多年没见面的陌生感。

一次短暂的聚会把二十多年的时光又联结在一起了,就像你在《雨夜》那篇文章中说的那样,刘晖很能吃苦,他说他要打造一个适合教师交流的文字平台,让你给平台写点文章。那个平台就是"教学参考河南站",后来又有了"中学语文教学参考河南站",两个平台齐头并进,交相生辉,聚满了人气。

你在平台上交流的第一篇文章是《这个大风降温的夜晚》,交流的时间是 2016 年 11 月 7 日。那篇文章上面有你的照片,背景是河南的鸡冠洞景区,你穿着夏天白色的短袖衫,手里还拿着一瓶矿泉水,和文字中写的是两个截然不同的季节。"这个大风降温的夜晚,一些落叶乔木会变得更加消瘦,满地的黄叶,风中流浪的弃儿。那些花朵,一夜的枯萎,零落,最后的花寒。你关闭台灯,裹紧被子,在黑夜中聆听大风降温的声音。"(《这个大风降温的夜晚》)

你在键盘上敲击这些文字的时候,窗外是浓黑的夜色,立秋前的最后一个晚上,大风和急雨,暗合了你敲击文字的内容。同样是一个大风降温的夜晚,但你没有关闭台灯,你在台灯温暖的灯光下敲击这些暖意的文字,敲击回忆,敲击和你的学生、和这个文字平台如歌般的相逢相遇,让你想起柴可夫斯基的《如歌的行板》。

2016 年,你在一些纸媒和平台上发表了一些文章,出了三本小书：《教过书的人》《如果大雪封门》《一抬头满天星辉》。"教学参考"和"中学语文教学参考"两个平台的介入，让你拥有了更广阔的视野和舞台，你陆续在两个平台上发表了更多的文章：《昨日重现》《那静静的落雪》《十年》《元旦晚会》《如果大雪封门》《春天来了》《那场雨，就该下在清明的路上》《火车就在身后》《在白洋淀想起孙犁先生》《高考时节与一场雨的相逢》《中考正在离去》《领高考录取通知书的那个晚上》《复读班》《母亲的手绘》《立秋前的最后一个晚上》《沉默的月光》《录音机》《风和日丽》《秋分》《远眺嘉峪关》《那片海》《那座山》《立冬》《母亲的故园》《沉寂的故土》《月光辽阔》《杏之味》《那些被烧烤照亮的时光》《让夏夜拥有一只蟋蟀》《秋天的悲悯》《春日书》《花寒》《天秋月又满》《人间四月》《有歌好好听》……如果一直排下去，还有长长的名字，每一个名字里面都注满了岁月的欢歌、沉思和低语。

王芳、简颖颖、杨小丽、溪溪等几位老师用她们或甜美或低沉的嗓音演绎你的文字，创设出一个个绝美的场景，宛若天籁。你在倾听的过程中被声音的力量深深打动。

你的文字在平台上游走，让你相遇了许许多多热爱文字的人。他们中间有好多是你教过的学生，你的文字让他们和昔日的老师再度相逢。还有你的一些同学和故人，许多年都没有音信，平台把你们又聚在了一起，他们在你的文字下留言，昔日的时光又回来了，你们相隔着遥远的时空，你用文字向他们致敬。当然，更多的是喜欢你文字的陌生人，因为平台，让他们和你的文字邂逅，在阅读你的文字过程中感悟他们各自的人生。

你写《漯河的雨》："住漯河的金都大酒店，晚饭后漯河的两位文友赵灵歌、李玲来访。在金都大酒店金碧辉煌的大厅，和两位文友简短交流各自写文字的感觉，你的那本《天秋月又满》，成了和漯河文友邂逅的物证。"

还有那次信阳之行，刘晖约你去信阳爬鸡公山，品尝信阳美食，你一口气写下了《鸡公山上的眺望》《信阳炖菜》《热干面》等几篇文字，回望中的温情，弥漫着信阳美食的香气。

你的学生在河南发展，两个平台根植于河南的大地，又把根须向全国各地蔓延，生长的力量，让你想起春雨飘洒中的土地。

因为平台上的一些文章，你又出了两本小书，《天秋月又满》《月光辽阔》，一些文章被百度选中，一些文章在《奔流》《河南科技报》《河南青年报》《人生与伴侣》《牡丹文学》《菏泽日报》《牡丹晚报》《菏泽电视报》等报刊上刊登，还有一些文章入选《师心有痕》《师者行吟》《师意盎然》《师墨飘香》。

想起二十世纪九十年代的一首老歌，歌的名字就是《相逢是一首歌》，里面有这样的歌词："相逢是首歌，歌手是你和我，心儿是永久的琴弦，坚定也执着。"

素朴的语句，演绎着同样素朴的生活。

春节正在来临

　　立春是伴着班得瑞的轻音乐《春野》悄悄来临的，早晨五点多的光景，窗外还亮着路灯，黎明前的黑暗被路灯照亮。

　　你坐在暗淡的室内，手机屏幕闪烁着光圈，好朋友发来的微信带来立春的消息，一枝桃花白里透粉，在微微的风中颤动，背景音乐是班得瑞的《春野》，有泉水叮叮咚咚地流淌。

　　春天来了，春节在慢慢靠近，但迟钝的感觉，没有被春天到来的消息点燃。

　　春天的喜悦在朱自清的文字里，在汪曾祺的文字里，在雪莱的诗句里。

　　你知道你离开写诗和读诗的日子太久了，浑浑噩噩的生活，几乎击垮了你对春的渴望。

　　在一个微信平台上看到一篇《灵岛记》的文章，文中引用了英国作家洛根·皮尔索尔·史密斯《琐事集》里的一段话："当我走到勾起人深思的海滨，当我坐在离开潮水涨落边沿不远的沙滩上时，我常常凝视着那一大片起伏的水，知道它在我眼里呈现出一种精神上的意义——它似乎躺在那儿，在大自然的书页上，成为一个浩瀚的、闪闪发光的隐喻,代表着时光溪水中所有事物的无常和不固定。而那些波涛,在迅速打向满是鹅卵石的岸边时,使我像别人一样,想起我们自己匆匆走向结局的时刻。"文章的作者接着写道:"如果那位垂老的诗人在身边,他在看到生命的结局时,回忆最多的是否是'生命欢畅的时辰'和那些'离散的青春岁月'?"

"离散的青春岁月",有时间流过的痕迹,有冲动和迷失,有年少轻狂也有青春万岁。岁月的大海深不可测,静海深流,你在立春的日子去打捞离散的青春,褪色的记忆就像溅起的浪花,稍纵即逝。

那篇文章的作者叫王川,你从文字中一下就捕捉到了曾经熟悉的信息。在三十多年前的大学校园里,那位叫王川的学弟,穿着一件浅色的夹克衫,在校园的紫丁香树林中一个人慢慢行走,低调而内敛。那是他写诗和读诗的样子,你和他的一些交往,在散漫的诗句中,在岁月之泉的流淌中。

你在《写过诗的人》那篇文章中回忆二十多年前的一个夜晚,一位上大学时结交的诗友拜访你的场景。那夜的风雪很大,他一身雪花推开你的房门,脸上依然留存着写诗的冲动。他打量着你的寒碜住所和身上皱巴巴的棉大衣,满脸的不屑和失望,他不明白那位和他一起写过诗的朋友为何被现实击打得惨不忍睹。

你让他吃果盘里几个皱皱巴巴的梨子,他一边用水果刀娴熟地削梨,一边说他的行程:从深圳往北走,一个城市一个城市地造访那些写诗的朋友,感觉季节的变化,从温暖的南方一点点踏入北方的寒冷,踏入雪花纷飞的夜晚。

在他充满激情的叙述中,那些写诗的日子一点点从记忆中向你靠近：一到周末，他手里拿着一卷写满诗歌的纸张，或者拿着一本发表了他诗歌的诗刊，跑到你们的宿舍，几位喜欢写诗的人围在一起，谈雪莱和拜伦，谈莱蒙托夫和里尔克，谈于坚和北岛，谈英年早逝的海子，谈孔孚和他充满灵性的山水诗。

他就坐在你的对面，坐在远离那段日子的时空中。你离开大学，在现实的喧嚣中蜗居，写诗的笔早已尘封。你们坐在火炉边，坐在黑暗中，他一边严厉地批评你的现状，一边吃完那几个皱皱巴巴的梨子，并说想和你彻夜长谈。但你没有留他彻夜长谈，你觉得你们之间已经有了一道看不见的鸿沟。

你的麻木让他失望，你踏着雪送他去车站旁边的一家小旅馆，许多年后你还能回忆起那夜踩雪的吱吱声。

后来才想起来，那位诗友的名字叫韩兆敏。

通过一位文友和王川加了微信，在春节就要来临的时候和一位故人有了联系，三十多年的时光恍恍惚惚，他喊你学兄，隔着沉思的文字和许多年前的低调和内敛。

怀揣着和故人相知的喜悦，你去一所学校，那是一所特殊教育学校，孩子们已经放假，校园里空荡荡的。

前年的秋天，你站在操场边看这个学校的孩子们上体育课，简单的动作，她们做起来也很吃力。你写了《秋天的悲悯》那篇文字："她们的头上戴着漂亮的头饰，却看不见头饰的美丽形状和艳丽的色彩，只能去感觉和触摸。"

前年的秋天好像还在眼前，但已经是春天了，学校里十几棵蜡梅树上开满了金色的蜡梅花，浓浓的香味让你想起班得瑞的《春野》。

汹涌的花开，是这个春天让你感觉到的一丝暖意，你走进春天的夜晚，走进几位朋友的聚会。

很安静的就餐环境，永华兄长找的地方。

就餐前你先去了兄长的工作室，溢满墨香和茶香的室内，让人坐下来很放松。你喜欢他字体的圆润和圆润中的儒雅，那是长期执笔临帖、反复揣摩养成的书卷气，举手投足间透着学者的风度。

一桌的菜肴很精致，春节前好朋友们的聚餐，很好的气氛。饭间谈起古代的那些文人雅士，王羲之、苏轼和陶渊明，酒精和散漫的话题让人慢慢放松下来。

家常的菜肴在柔和的灯光下色彩鲜丽，让人很有食欲。

清蒸的那条鲈鱼，盛鱼的青花瓷盘和鱼的色调很般配。

你举起酒杯，放松状态下喝酒就有了豪气。你知道已经不再年轻，但春节就要来临，这毕竟是一件让人愉快的事情。

当然是一件让人愉快的事情，小区里主干道的绿化树上挂满了彩灯，夜晚的彩灯在闪烁，就像前年春天的一个夜晚，你去赴朋友的一场聚会。小酒馆房间的灯光不太亮，好长时间没有相见的寒暄过后，举起酒杯是回忆过往的最好方式。

菜肴丰盛，酒水很足，情感炙烈，很快就有了酒意，带着微醉的脚步踏出小酒馆，才知道踏出了满天飞雪。

一场春天的大雪和记忆中许多场冬雪遥相呼应，摒弃了季节交替的纠结。

雪就一个字，你在春雪的舞蹈中独自行走，你在行走中独自行走，那些繁华中的灯红酒绿在雪的另一面影影绰绰，那些蛰伏后的萌动在春雪的呼唤中，让人情不自禁地扬起了面孔。

大 寒

"大寒"那天的黄昏,你和几位朋友去一个小乡村祭拜一位去世的老人。老人下葬的时间定在第二天,因为第二天的一些琐事,你把祭拜的时间提前到头一天晚上。

冬天黄昏中的乡村小路,水泥路面坚硬而寒冷,路边的树裸露着冬天的苍凉。

今年的大寒和腊八不期而遇,早晨起床打开手机,才发现到大寒节气了。你的一位学生在她的《大寒》那首诗中写道:"这是一个浓情的日子,喝一碗腊八粥,驱散一身风寒。"

这是个浓情的日子吗?你打开通往阳台的门,阳台上的寒气扑面而来,这是个寒冷的日子,虽然还有一层窗玻璃,但阳台上的绿植在寒冷中变得了无生机。

阳台窗外的鸟笼子变得空荡荡的。

前年,你沐浴着春日暖暖的阳光去一个鸟市。鸟市在你生活的小城一角,楼群环绕下的一个窄窄的街道。鸟市是各种鸟类的聚集地,在大大小小、形状各异的笼子里,你认识那些鹦鹉、八哥、黄鹂和鹌鹑,它们在笼子里辗转腾挪,各种声部的融合,让许多人驻足聆听。还有许多你叫不出名字的鸟。有一个笼子里装着一群体态轻盈的小鸟，比麻雀还小，蓝灰色的头部，红红的嘴角，脖子和翅膀上有白色的镶边，羽色艳丽，叫声细软，你喜欢地在鸟笼前蹲下了身子。

卖鸟人还穿着厚厚的羽绒服，褐色的围巾盖住了大半个面孔，高高的个子站在春天的阳光下，站在细软的鸟鸣声中，有点突兀。

你问他鸟的名字，他说是珍珠鸟。他说话的时候把围巾往下拉开，露出一张年轻的面孔。

你喜欢这些体态娇小的鸟，喜欢它们的叫声，更喜欢它们的名字。你让卖鸟人给你选了一对小鸟，装在一个蓝色的笼子里，还在里面安放了一个草编的鸟窝。卖鸟人的双手骨节粗大，手背皲裂，皮肤粗糙，但生活的不易没有写在他年轻的面孔上。

你终于在春天拥有了一对小鸟。你把它们安放在阳台上，安放在吊兰绿色的叶子下边，簇拥着鸟笼的还有橡皮树、芦荟、长寿花和绿萝，长寿花正开着细碎的红色花朵，一对小鸟的加入，让阳台上的风景变得无比生动。早晨的阳台上就有了细碎清越的鸟鸣，有了飞来飞去想冲出笼子到更自由的空间去的梦想。还有黄昏，春日的黄昏总是来得很早，两只小鸟飞进鸟窝，依偎在一起，让你感觉春日黄昏的无比温馨。

但春日还很遥远，那两只给你带来快乐的小鸟却相继死去。一只死在 2020 年春天的一个下午，那是一只小母鸟，它僵硬的身体沐浴着春天下午的暖阳。它的死去是发生在春天的一件大事，你在活着的小公鸟眼里看到了这件事的不同寻常。

小公鸟的死去是在 2020 年冬天的一个早晨，或者是在晚上。

小寒刚过，你去拉开阳台上窗帘的时候发现了小公鸟僵硬的身体，羽毛依然很美，寒冷的冬天也无法遮蔽。

小公鸟没有等到大寒节气。一年的最后一个节气挟裹着寒冷一路走来，走过立冬、小雪、大雪、冬至和小寒，走得悄无声息，让你伸开的双手也无法把握。大寒来了，二十四节气中最后一个节气。《授时通考·天时》引《三礼义宗》："大寒为中者，上形于小寒，故谓之大……寒气之逆极，故谓大寒。"

在寒气逆极中，路过一个小村庄。空荡荡的街道上，没有一丝腊八节热闹的氛围。

冬天的小村庄在寒冷中是个被人遗忘的角落，外出打工的年轻人还没有赶回来，老人们蜷缩在沉默的房屋中，等待遥远的春天。还有一些老人在寒冷的等待中慢慢逝去，一家敞开院门的小院里，白色的灵棚孤零零地立在寒风中，供桌上是发白的馒头和褪去颜色的苹果。

祭拜完老人天色暗下来了，冬天的夜晚来得太快。

你要去的那个小村庄紧靠着一条大道，距离小村不远处有一座寺庙，你们把车停在寺庙门口。寺庙没有大门，院墙破败，但高耸的庙宇在昏暗中却显得金碧辉煌。

空寂的院落，紧闭的门窗，没有看见一个僧人。这样的场景让你想起格非的《月落荒寺》，那篇小说中的故事发生在当下的中国。主人公林宜生是在北京五道口某理工大学任教的老师，以他为中心，大学同学周德坤夫妇、好友李绍基夫妇、赵蓉蓉夫妇等八人组成了一个小型的朋友圈。然而，在貌似平常的日常交往背后，隐没在深处的人物关系却远不似表面看上去那样简单。一边是以自由之名离开的发妻白薇，一边是在落魄时匆匆出现又匆匆离去的神秘女人楚云。眼前的琐碎是实,天边的圆月是虚;目睹的人事为假,耳听的乐曲为真。"假作真时真亦假,无为有时有还无",庸常的人际交往在填塞日常生活的同时,也不断架空林宜生作为人存在的本质意义。

何为真?何为假?一段蝶化庄生的余情,来如春梦,去似朝云。小说名字来自德彪西的名曲,具有东方禅意的名作曲目背后,是烟霞散尽的人生迷思。

残 雪

元旦过后,新的一年来了,让人倦怠而恍惚。

那是 2015 年的最后一个黄昏,你坐在办公桌前,窗外的夜色慢慢降临下来,刚到下午五点半的时间,寒冬的夜色就笼罩下来了,窗外一片昏暗,就像岁末的心情。

朋友韩峰的微信来了。2016 年元旦出品的《牡丹晚报》,以鲜花簇拥的方式,给了你一些意外和惊喜,你给他回复:"这是新年最好的礼物。"

这当然是新年最好的礼物,几朵蜡梅花,金黄的冲击,《牡丹园》栏目的题图,有你岁末的文字《有时候远离也是一种痛苦》。2015 年的最后一个夜晚就这样来了,伴着文字和鲜花,伴着朋友们新年的祝福。

那时候,韩峰还在《牡丹晚报》编《牡丹园》栏目。他喜欢你的文字,用"娓娓道来"形容你的文字风格。

因为文字,你们成了好朋友,晚上没事的时候去一些小酒馆。你在《朗诵的夜晚》那篇文章中写到过那些场景,后来这篇文章发表在《人生与伴侣》上,作为卷首语,标题改为《读起来,世界会变个模样》。

遗落在时间河流里的文字和场景,有着岁末的感伤和焦灼中的期待,"未来可期"?你走在办公楼暗淡的走廊上,"赠人玫瑰,手留余香",有点荒诞的联想,一个夏日的午后,你办公桌上摆放的一杯苦咖啡仿佛还在冒着热气和香气,一位朋友刚刚离去的背影,在走廊尽头消失得无影无踪。

倦怠而恍惚的感觉又来了,几位朋友在等你去一个小酒馆聚餐,2015年最后一个夜晚的聚餐。

朋友们订好了岁末聚会的饭店,一同乘车从和平路往北,转永昌路,去一个海鲜大排档。拥堵的马路上,路灯已经亮了,车来车往,夹杂着岁末淡淡的感伤。

海鲜大排档门口闪烁的霓虹灯下停满了车辆,一路过来,大小饭店门口都是客满的景象。2015年的最后一个夜晚,美食和酒精的狂欢,在海鲜大排档霓虹灯的闪闪烁烁中,远远近近的爆竹声,仿佛有了旧历年底的热闹。

就餐的位置是大排档里的一个隔断,靠近操作间。拉上隔断的布帘,操作间的鼓风机和抽油烟机的声音没有一点间歇的意思;还有大厅里的人声鼎沸。你知道,如果没有这些声音的加入,剩下的只能是空寂和荒凉。

隔断的落地窗又高又宽,你靠在落地窗前,看窗外马路上的车灯和路灯在闪亮。你知道这样的落地窗从外面看不见里面的场景,更听不见大排档里的人声鼎沸,只能看见隐约的灯光,宛如久远时代的默片,过气却无法复制。

走进大排档的时候,你看见那些男、女服务生都穿着喜庆的服饰,女服务生头上还戴着饰品,让你感觉到这个夜晚是多么庄重而又与众不同。

吃家常海鲜，喝红酒白酒，说一些扯来扯去的酒话。朋友中有吴保良大哥，他面带微笑和你碰杯，清脆的声响，在几年后的一个秋日的上午永远停歇。纪念的文字穿过时间的重重帷幕，不知道能不能抵达那个彼岸。

清脆的碰杯声在那个夜晚，还有音乐，大厅里的音乐声，那首很俗气也很喜庆的《小苹果》。音乐很响，拉开隔断的布帘，那几位穿着喜庆服饰的服务生跳起了自创的舞蹈，青春的舞蹈，活力的舞蹈，最后一个夜晚的舞蹈，酷得让人忧伤。

你住在巨野县城一个老旧的宾馆，新的一年刚刚来到，倦怠而恍惚中，看《装台》那部电视剧，看小人物的生生死死，看小人物的爱恨情仇。你居然沉溺在剧情中，沉溺在陕西方言和美食营造的世界中，忘记了冬天窗外夜晚的寒冷。

早晨的时候，你站在窗户前看宾馆院子里的风景，狭小的绿化带上是枯黄的草和草丛里的积雪，坚冷而白亮的残雪很刺眼，但你怎么也记不起来这个冬天下雪的时间。

忘记了是白天还是晚上，那场雪下得是轰轰烈烈还是悄然无声；忘记了当时你在哪里，是枯坐案前还是在睡梦中。但这场雪一定光顾过，在2020年的岁末，在你《岁末书》的文字中。残雪有痕。

你走在冬天小县城早晨的寒冷里，去青年路上的一家糁汤馆吃早餐。

升级改造后的青年路宽阔而整洁。

你走在青年路上，路边的绿化带上同样有残雪。绿化带上有绿色的灌木丛，残雪在灌木丛中，残雪是这个冬天下过雪的唯一痕迹。

"残雪消融，溪流淙淙"，日本民歌的旋律，让你想起不远处的春天，想起电视剧《装台》里的秦腔剧《人面桃花》，舞台的背景是大朵大朵鲜艳的桃花。"去年今日此门中，人面桃花相映红"，秦腔的婉转低扬中，是残雪消融后流水的惆怅。

有时候会想起

有时候会想起,你曾经是教过书的人。你的好多学生喊你"老师"的时候,你会想起那些教书的日子。你用一些文字去触碰那些日子,去重拾昔日的时光,去纪念。这些文字在那本《教过书的人》里,后来又陆陆续续出现在《如果大雪封门》《一抬头满天星辉》《天秋月又满》《月光辽阔》《没有人想在春雨中哭泣》等书里。

离开你教书的那所学校,但并没有离开你教过的那些学生,他们在不同的地方用不同的方式和教过他们的老师联系。在一年中的那些节日,你会收到远在国外或者是在其他城市生活的学生的许多祝福。和你住在同一座小城的学生,还会约你一起聚聚。譬如,有一年初春,几位学生约你去黄河滩区游玩。黄河滩区有你学生的一位朋友,早早把一切安排妥当。

学生的朋友姓张,微黑的面孔,态度谦和,他也顺着你的学生对你的称谓,恭恭敬敬地喊你"老师"。这让你很惶恐,惶恐之后的满足,又让你想起那些教书的日子。

张很热情,看得出他和你的学生关系不是一般的好,这让你真的很满足。他把午餐安排在了黄河西岸，说是黄河西岸的一个小村庄有一道美食，绝对让人想起小时候的味道，问是什么美食，他说到了就知道了，绝对会给你一个惊喜。

你期待儿时的味道重新在你年迈的味蕾上绽放，挟裹着记忆的风和黄土的气息。你们开着小车过黄河，在摇摇晃晃的浮桥上。黄河的水面很宽阔，你没有想到初春的黄河河面会如此宽阔，水流会如此湍急，这样的场景应该属于秋天，属于天空高远的季节。宽阔的黄河水面流淌着无边的苍茫，流淌着你在黄河边度过的那些日子。你在那条名为"鹿港号"的游船上，在安静的正午，透过船舱的窗户看见了黄河水的流淌。还有夜晚的月光和星辉。船上灯火璀璨，你站在甲板上，站在黄河潮湿凉爽的夜风中，那些餐桌上鲜美的河鱼和河虾，那些酒杯中沉淀的美好，在浑黄的河水中沉沉浮浮。

你知道，黄河西岸的许多美食都烙印着老家美食的印记。黄河两岸，有太多的相通之处，包括口音和民俗，包括酒文化（黄河两岸，站着喝酒不算），当然也包括美食。

过了浮桥，小车行驶在干净的乡间公路上。路两边的麦田，麦苗在泛绿。黄河两岸相同的稼禾，让两岸的子民有了相同的味觉。那个叫"戚寺"的小村到了。村西头的一个农家大院前，停满了车辆，路边竖起的一个木牌上，赫然写着"老四蒜焖面条"六个大字。朋友隐藏的美食谜底终于揭开，你知道谜底揭开了几十年的时光。蒜焖面条的味道从遥远的岁月里飘过来，定格在黄河岸边的一个农家饭馆里。

餐桌上菜肴的丰盛遮不住你对主食蒜焖面条的期待。那道清炖的鸡汤，新鲜的食材，味道十分鲜美；还有蒜苗炒猪血、香椿芽炒鸡蛋、红烧鹌鹑、卤肥肠、葱煎豆腐、蒸野菜……每一道菜肴你都是浅尝辄止,都是那碗蒜焖面条端上来之前的热身活动。

蒜焖面条端上来了,浸润着初春的阳光。你用筷子慢慢搅拌,蒜香扑鼻,里面挟裹着芝麻和香油的味道。一碗面条下肚,又喝了一碗面汤,那份熨帖,在初春的阳光下慢慢舒展开来。

那年初春的一道美食让你回味了许多日子,美食和美景是学生向老师致敬的最好方式。

没想到,几年后的一个秋天,几位学生又约你去黄河岸边的森林公园游玩。在教师节的前夕,这样的相约就有了浓浓的仪式感,就有了又让你想起的许多理由,虽然你离开讲台已经太久太久。

秋天的田野里,玉米快要成熟了,齐齐整整地站在秋天的田野上,像是一排排挺拔的士兵。沙场秋点兵,慷慨而悲壮,这样的联想有点不合时宜。

你的学生和你坐在一起,打开车窗,田野的气息涌进来,就有了旅游的感觉。"久在樊笼里,复得返自然",学生的相约让你有了一小段自由的时光。你珍惜这样的时光,感觉自己是个富足的人。

午餐安排在距离森林公园不远处的一个小院子里,学生的那位张姓朋友早早等候在那里,一见面同样谦恭地喊你"老师"。

他依然黝黑的面孔,是长期艰苦的基层生活留下的痕迹。握手,又说起许多年初春的那道美食。逝去的时光很快就流转回来,气氛融洽而温情。

午餐很丰盛,地道的家常菜肴,体现出东道主的用心良苦。

渐渐衰老的内心喜欢怀旧,餐桌上的那道油炸豆腐让你的内心久久不能平静。

"久违了",你的内心在轻轻自说自话,曾经的高中生活在那盘油炸豆腐中铺叙开来,你的目光掠过窗外,看见了高中生活中的自己。

那所高中是你的母校,也是你后来教书的学校。

那时候高中的伙房在学校的西北角,十几间平房前是宽宽的场地,几百名学生在宽宽的场地上或蹲或站,一手端着一碗玉米糊,一手拿着玉米面窝头,就着咸菜边吃边喝。

那时候学校还很偏僻,周围是一些村庄,附近的村民常在家做几样家常小菜拿过来卖给学生。他们在伙房前的场地一边摆放上一些盆盆罐罐,大都是炒萝卜丝、炒白菜粉条、腌萝卜条、辣椒酱。有一位老者专卖油炸豆腐和辣椒盐腌的白豆腐。油炸豆腐切成三角块,放在热汤里温着;白豆腐用辣椒和盐腌好,类似于豆腐乳。

印象最深的是冬天的早饭,五点多起床出早操,一个多小时的晨读,饥饿和寒冷一起等待着那顿早饭。

下课的铃声还没有响完,许多人已经冲出了教室,饭场上人声鼎沸,卖豆腐的老者被围了个水泄不通。

油炸豆腐一角钱一块,辣椒盐腌白豆腐五分钱一块。用一个窝头或者一个馒头,夹着一块冒着热气的油炸豆腐或者一块腌制好的白豆腐,在饥寒中一口咬下去,柔软的胃被温暖击中了,寒冷的风慢慢散去,留下的是油炸豆腐香香的味道。

你和你的同学站在冷风中,那位老者也站在冷风中。老者穿着一件黑色的棉袄,苍黑的双手,冻得流鼻涕的面孔,丝毫没有影响你们的食欲。好多年过去,这样的场景还浮雕般清晰。

大学毕业后，你又回到那所中学教书，有了两小间平房和平房前的走廊里搭建的一小间厨房。卖油炸豆腐的那位老者还在，但你不用去伙房打饭了。

你当然不用去伙房打饭了，那十几间简陋的平房早就被宽敞明亮的餐厅取代，各式菜肴摆放在餐桌上，让那一小盆油炸豆腐渐行渐远。

餐桌上的油炸豆腐就在眼前，你用筷子夹起一块，金黄的色泽，和许多年前的一模一样。一口咬下去，许多年前的味道又涌过来了，潮水般将你淹没。

你不能被淹没，餐桌上丰盛的菜肴还等着你一一去品尝，粉肚、香肠、卤猪肉……家乡的家常菜肴，出现在你的许多文字中，每吃一口吃出的都是浓浓的家乡味道。凉拌荆芥、凉拌苦菜、椒盐秋葵，老家田野里生长出来的青菜，挟裹着老家风雨的味道。

大河奔流，大河里的鱼虾是对老家人最好的馈赠。一道红烧黄河鲤鱼，鲜嫩绵软，吃出来的是味道，咽下去的是情怀。

第五辑　味　道

你在《许多人都去过东平》那篇文章的结尾处写道："吃了一顿可口的渔家饭，看了几个人造的景点，拍了一些照片，很凉爽的风。后来想一想，旅游就是这样，看一些景点，拍一些照片，就像许多人都去过东平，游湖登岛，有时风和日丽，有时细雨蒙蒙，在湖光山色中，有一些恍惚，有一些迷离，就是这样，也只能是这样。"

红烧猪肘

在你的老家鲁西南，吃是一件非常讲究的事，特别是各种婚宴或者其他宴会，都会有几道特别隆重或者特别有气势的压阵菜。

烤鸭、烧鸡、红烧鱼，再加上一个油光闪亮的红烧猪肘，在众多时蔬的簇拥下，满满一桌子菜肴显得喜气十足、霸气十足，那几道压阵菜给请客的主人挣足了面子。

烤鸭卷饼吃的是个搭配，烧鸡吃的是个酥软味道，鱼菜吃的是个细品鱼鲜，那么红烧肘子吃的就是豪爽豪气了。

软烂脱骨的红烧肘子，摇晃几下就能把骨头取出来，一筷子下去挑起一大块酥软的红肉皮，浓稠的泛着油光的汁水滴答着。所谓肉吃满口香，那一大块肘子在嘴里，用不着费力咀嚼，你只需眯上眼睛，喝上一小口老酒，在满口的香气中体味老酒和肉香碰撞出来的另外一种味道。那是一种让人迷醉的味道，让人有了李白"举杯邀明月"的率真浪漫和辛弃疾"醉里挑灯看剑"的侠肝义胆。

肘子也叫蹄髈，古又称彘肩。最早吃肘子吃出英雄豪气的，有史记载的当数樊哙了。他入鸿门宴:"项王按剑而跽曰:'客何为者?'张良曰:'沛公之参乘樊哙者也。'项王曰:'壮士!赐之卮酒。'则与斗卮酒。哙拜谢,起,立而饮之。项王曰:'赐之彘肩。'则与一生彘肩。樊哙覆其盾于地,加彘肩上,拔剑切而啖之。"(《史记·项羽本纪》)生肘子也能吃出如此豪情,"斗酒彘肩"的豪壮之气跃然纸上。

你知道你不是李白,不是辛弃疾,更不是樊哙,你只是一位享受美食的俗人。在吃完一口红烧肘子皮后,你会用筷子夹起一块肘子皮下的瘦肉。肘子皮和瘦肉是分离的,分离后的瘦肉同样浸泡着浓稠油亮的汤汁。瘦肉是抱团的,吃起来一点都不柴。

喜欢的美食就像一位神交已久的朋友,对喜欢的美食的怀想宛如对老朋友的怀想,对旧时光的怀想,在怀想的过程中体味时光流逝的寂寞,当然也涵盖着豪情万丈后的感伤。

你喜欢鲁西南土地上大大小小的乡镇,你喜欢那些乡镇上充满迷人气息的一道道美食,那是和朋友们一起度过的许许多多迷人而感伤的时光。

你写鄄城县旧城镇的辣椒面糊、饮马镇和富春镇的羊肉汤,写郓城县的徐家羊头肉和何家壮馍,写曹县小鱼汤和东明卤猪肉,写定陶的柴烧鸡和席地,你在美食的丛林中穿行,像一位探险者,像一位朝圣者,更像一位耽于回忆的老者,在自说自话中,和红烧猪肘再度相逢。

那是深秋时节的一次短途旅行,几位朋友一起去山西长治市。

长治市古称上党,有非常悠久的历史,众多的历史古迹让人目不暇接,但第一时间触摸长治的历史脉搏的是上党门。

上党门是古上党郡衙署大门，始建于隋开皇年间（581—600），金代毁于兵火。现存的上党门和左侧钟楼是明洪武年间重建，右侧鼓楼是天顺年间增建。钟鼓二楼平行排列，一曰"风驰"，一曰"云动"，蕴含着高耸入云之意。现在上党门已经成为长治市的象征，登上高楼眺望，长治市貌尽收眼底。遗憾的是，正赶上上党门左右两侧的钟楼和鼓楼封闭修缮，没能登上高楼眺望，只能围着楼门转转。

和上党门一样有名气的是长治市美食上党糊肘子。你不知道上党糊肘子和你老家鲁西南的红烧猪肘有什么区别，你在网上搜到了一段关于上党糊肘子的文字：上党糊肘子以猪肘子为主材炖制，红黄光亮，肘皮上的菱形刀纹清晰可见，用筷子一挑就可分离。白肉肥润黏绵，入口就化，瘦肉软烂酥香，入口不柴，味道醇香，赛似熊掌。

这样的文字叙述充满诱惑力，你们沿着长治市干净的街道找了许多家饭店，居然都没有上党糊肘子这道名菜，最后找到了一家名为"上党老菜馆"酒店，才如愿以偿。

酒店是仿古建筑，店内装饰富丽堂皇。

在酒店大厅坐下，点了四样菜：上党糊肘子、驴肉火锅、荷塘小炒、清炒竹笋。

肘子和网上说的一样好吃，但富丽堂皇的大酒店让糊肘子缺了一种味道，那是乡野的味道，乡村小饭店的味道。

你知道有些菜肴只有在乡间小饭店吃才有味道，譬如羊肉汤、羊杂汤，譬如羊肉炖白菜，譬如红烧狗肉，譬如红烧猪肘。像张贤亮说的那样，一碗羊杂在路边摊吃起来才有味道，披着一件油腻腻的老羊皮袄，木桌木凳也是油腻腻的，桌子上摆着一大碗辣子，劈柴地锅炖着冒着热气和香气的羊骨头，深秋的风吹来，吹不散一碗羊杂汤带来的暖意。

比深秋和红烧猪肘相逢更早的时光，也是在秋天，和几位朋友在定陶仿山镇游集村的一个小饭店吃饭。红烧羊头和羊蹄，最后是一大碗红烧猪肘炖的白菜。猪肘切成块状，切成块状的猪肘和白菜在烧炖的过程中水乳交融，浇上一大勺辣椒，环顾乡村小饭馆的热闹，一碗肘子白菜下肚，那份熨帖让人心满意足。

还有更早以前的秋天，你和单县的朋友坐在单县郭村镇紧靠着105国道旁边一个简易小饭店里，小饭店的特色菜肴就是红烧猪肘。

在单县当然喝莱河酒，飘香的莱河美酒，在时间的风中沉淀，味道醇厚，和红烧猪肘绝配。

秋天的阳光透过窗户照在一大盘红烧猪肘上，那样的场景就像一个渐行渐远的梦。

离小饭店不远处是单县五中，教学楼高高的楼顶在阳光下，给郭村小镇平添了一份繁华。

蛋，刚出锅的热烧鸡，你一口气吃下去半只。

许多年前你还在东明教育局上班，正赶上迎接国家"普九"验收，工作任务重，经常去乡镇学校检查。有一次去长兴和焦元看学校，滩区的学校路途遥远，检查完已经中午一点多钟了。午餐安排在长兴镇政府餐厅，一人一只热烧鸡，就着热馒头。烧鸡应该是三春集的许庄烧鸡，饥肠辘辘间，一只烧鸡和两个热馒头下肚，那份惬意和满足，是一只烧鸡带给你的。

最应该先写出来的是烧鸡，因为你最初的最持久的美食记忆就是烧鸡。

老家的那个小村很久以前隶属东明集，东明集最负盛名的美食就是烧鸡。

你在网上搜到一段介绍东明集烧鸡的文字：新中国成立前东明集就有烧鸡加工户，二十世纪八十年代，加工户渐多，比较有名的加工户有李家、周家、胡家。其制作过程为选用家养柴鸡，脱毛洗净，下油锅炸至一定程度，再放到兑好的汤里煮，并按一定配方添加十多种作料，煮成后出锅。加工好的烧鸡外红里嫩，味道鲜美，是人们喜爱的佳肴和馈赠亲友的上好礼品。

网上的文字简约而朴实，但透过这简约朴实的文字，你看到了几十年前的生活状态。

那时候中秋节走亲戚拿的礼物不多：几包月饼、十几个苹果，要紧的亲戚带上两只烧鸡，东明集烧鸡就在走亲戚的过程中进入了你的记忆。那泛着油亮的烧鸡，闻上去香气扑鼻，吃上一口，肉很烂很香，口感和后来你吃过的油门烧鸡相似。

父亲在村里的辈分较高，每年中秋节都能吃上烧鸡，那是你最盼望的时光，亲戚们来了，带着东明集烧鸡，是那时候最好的菜肴，几十年过去了，那份味道还在。

东明三春集镇许庄的烧鸡也很有名气，虽然没有东明集烧鸡出名早，但很有后来居上的感觉。

有一次去兰考坝头，回来路过三春，在许庄烧鸡店吃了一次烧鸡。

烧鸡店靠着一条乡间公路，高高的楼房，除了烧鸡，店里还有其他热菜、凉菜。糖醋藕做得很好，凉拌西蓝花、面条鹌鹑锅，锅下架着劈柴，浓浓的烟火味在操作间弥漫。

去肖家柴烧鸡店吃烧鸡要提前预订房间，晚了就没有房间了，只能在露天的餐桌上吃。烧鸡店除了烧鸡，还有鸡杂，配菜很少，只有凉拌洋葱、藕、黄瓜和水煮花生，没有炒菜，烧鸡就是主打菜、硬菜。烧鸡肉吃起来很筋道，特殊的香味和口感，让人大快朵颐。

定陶柴烧鸡的名气和曹县庄寨柴烧鸡有一拼，定陶陶驿路上黄家、贾家、王家的柴烧鸡店每晚都是顾客盈门。

烧鸡店都是小店，家庭作坊式的，有几个简陋的单间，饭店门口摆上十几张小方桌，地摊的感觉。定陶柴烧鸡店的烧鸡有热炒和冷拼两种，热炒柴烧鸡要配上大葱和红辣椒。餐桌上一盘冷拼和一盘热炒的柴烧鸡是两道硬菜，再加上一盘鸡杂和几样时蔬，一桌近乎完美的菜肴，往往会拉近食客们的距离。

后来定陶的柴烧鸡馆开到了你生活的小城，有一次青岛来几位朋友，你约他们在柴烧鸡馆吃饭，你点了一个冷拼和一个热炒，还点了闷子和席地，居然很合青岛朋友的口味。

成武县的好多乡镇都有味道不错的烧鸡，九女、天宫、南鲁和大田集，散落在乡间的烧鸡店都有不一样的口味和固定的食客。

东明县的美食很多，卤猪肉、粉肚、牛肉、胡辣汤和油炸面泡，当然也有烧鸡。

你有好多写东明美食的文字，那些文字在百度上，散发出迷人的香气。那些美食和东明独特的方言发音一样，让人难以忘怀。

在众多写东明美食的文字中，你的笔触绕过了烧鸡，其实你

东明味道之烧鸡

烧鸡在鲁西南是很受欢迎的一道菜,能叫上名号的就有几十家。

菏泽城区名气比较大且久远的烧鸡店应该是加油门烧鸡店,又叫油门烧鸡店,在双河路上。

小店门脸不大,但店龄很长,大概超过了三十年。记忆中小店除了经营烧鸡,还出售鸡杂、卤猪蹄和红烧猪肘。印象中的双河路一直坑洼不平,拥堵不堪,油门烧鸡店让一条拥堵灰暗的街道有了一点亮色,酥软可口的油门烧鸡让每一次光顾小店的食客都不虚此行。

后来一大波美味烧鸡来袭,油门烧鸡才慢慢淡出人们的视线,但影响力还在,小店的生意一直不错。

那一大波美味烧鸡来自不同的县区,光叫上名号的就有几十家。

曹县庄寨的肖家柴烧鸡是在不经意间火起来的。烧鸡店是一座青砖黑瓦的楼房,从楼房的过道进去是一四合院,一圈平房红砖黑瓦,操作间在其中的几间平房里,烹制烧鸡用的是硕大的铁

烩面往事

河南的美食，烩面是你最喜欢的，每次踏上河南的土地，眼前就会晃动着一碗冒着热气和香气的烩面。一碗烩面留给你的印记，总是和失去的时间纠缠不清。

那是许多年前的河南之行，在南阳市一个叫内乡的小县城，逼仄凌乱的街道，街道两边的录像厅和卖卡带的小店，有花花绿绿的招贴画，一些小歌星和小影视明星裸露的肌肤在秋风中，让人感觉到了秋天的萧瑟和寒意。

让人感觉不到寒意的是十字街口的那家烩面馆，因为时间久远你忘记了那家烩面馆的名字，站在十字街口烩面馆的门前，你找到了融入一个陌生小县城生活的感觉。

烩面馆大厅一边是卡座，一边是点菜区，你们上了二楼最大的一个包间。房间里冷气开得很足，家常的菜肴上来了，满当当一桌，你最期待的还是酒席最后的那碗烩面，宽宽的面汤，红红的辣椒油和绿绿的芫荽，里面还有几个煮熟的白白的鹌鹑蛋和劲道的豆腐皮。

那是你第一次吃烩面，在河南一个陌生的小县城，小县城历经几个朝代更替依然保留完好的内乡县衙,青砖黑瓦的历史印迹和明镜高悬渗透出的威严,被一碗热气腾腾的烩面消解了。

后来又有几次去河南的机会,印象较深的是去漯河那次。也是秋天,住漯河的金都大酒店,秋天的雨在凌晨四点开始下,一个早晨都没有停下的意思。

你站在宾馆六楼一个房间的窗前,宾馆前面的长江路上,车辆和骑着电车披着雨衣的路人,恍恍惚惚的街景,像一部电影中的经典镜头。

在雨中离开漯河去南街村,南街村整洁的街道和宽敞的广场在秋雨迷蒙中。

你打着一把伞在南街村的街道上行走,楼房墙体上红色的毛主席语录和大喇叭里播放的毛主席写的文字,仿佛又让人回到了二十世纪六七十年代。

中午在一家餐馆就餐,佐酒的菜肴简单而实惠:黄焖鸡、烧素三鲜、烧腐竹、油炸花生米、麻辣豆腐、清炒西蓝花,酒是南街村特制的南街村白酒。

在室内酒香弥漫和室外的雨声喧哗中,烩面端上来了,满满的一大碗,面条上盖着几片厚厚的熟羊肉和绿绿的芫荽,白色的鹌鹑蛋在汤里时隐时现。浇上一大勺红辣椒,喝上一大口浓稠的烩面汤汁,那份熨帖,从舌尖直抵肺腑。

许多年后你曾经生活过的那个小县城也有了几家烩面馆,规模比较大的一家是东关菜市场旁边的合记烩面馆,是从河南引进来的连锁店。

店面装修得很上档次,烩面的种类也很多,最贵的滋补烩面一碗卖二三十元。海带丝、豆腐丝、鹌鹑蛋,味道很独特,分量也很足。烩面馆开的时间不长，你去吃过几次，但没有留下太深的印象。

南华路上的中华烩面馆比较有人气，味道也地道，在那里吃烩面会让你想起许多年前去河南时，在内乡县第一次吃烩面的味道。

留下较深印象的是小城一家类似于大排档的烩面馆，开在一中南面的小街上。

三间房子的铺面，一间是操作间，另外两间摆着几张桌子，是客人们吃面的地方。水泥地面，暗淡的墙壁，老式的吊扇悬在头顶。

小店有几样简单的菜肴，想喝酒的可以要两样，然后再喝烩面。冬天的时候除了烩面和几样小菜，老板还上了几样砂锅：砂锅炖鲫鱼、砂锅炖酥肉、砂锅炖豆腐、砂锅炖丸子。

那时候你还在生活的小城和小县城之间往返，人多的时候去南华路上的那家烩面馆，一个人或者两个人的时候就去一中南面的这个烩面馆。冬天黑得早，从小县城车站赶到烩面馆天已经黑透，很冷的北风，有时候会有雪花。烩面馆两间小屋里坐满了人，你们坐在靠门的一张桌子上，室内灯光昏黄，但人声鼎沸，门口的煤球炉子上，摆放着十几个冒着热气的砂锅，红红的炉火充满了暖意。

冒着热气和香气的烩面摆放在桌子上，你舀了一大勺红辣椒放在碗里，还有两个同样冒着热气和香气的砂锅。两个人有一搭没一搭地聊着散漫的话题，居然有了居家的感觉。那场景让你想起那首《被积雪覆盖的柔情》的曲子，钢琴在叮叮咚咚地敲响，小提琴的声音融进来了，空灵婉转的旋律，就像冬日里盛开的永不凋零的希望之花，温暖而照亮人心。

梨园深处炖柴鸡

许多年前和几位朋友去巨野田桥镇,那里有一个很大的梨园,巨野的一位朋友打理的。

正赶上梨子成熟的季节,巨野的朋友约你们到梨园吃梨子。

在去巨野的路途中有了短暂旅游的感觉,有了从一个熟悉的地方去一个陌生地方的感觉,有了期待和美感。距离产生美,陌生的场景也产生美,陌生的场景给人提供了许多想象的空间和可能性。

朋友的梨园里散养着一大群柴鸡,地锅炖柴鸡,在梨园深处,这样的相约很有诱惑力。在秋高气爽的季节,在梨园深处,在散发着梨子香味的果园里,有凉爽的风,有鸟鸣,有一抬头就看见的高远的蓝天和柔软的云朵,有自由和遥远童年触碰过的小喜欢,许多年前的记忆在 327 国道上。

朋友的梨园离镇驻地不太远,紧靠着一条乡间柏油路。梨园很大,站在柏油路上看不见梨园的尽头。每一棵梨树都很高大,枝繁叶茂的树冠上,成熟的梨子压弯了枝头。

巨野的朋友领着你们往梨园深处走去,在枝叶稠密的梨园中穿行，秋天的阳光洒在枝叶间，洒在成熟梨子浑圆的金黄色上，洒在你们的身上，光影斑驳，那是印象派画家笔下的光与影，让你想起莫奈、塞尚和德加，想起远逝的大学生活，年迈的心脏变得轻快起来。

一路走过去，顺手摘下一个大鸭梨，一口咬下去，果然是皮薄、肉脆、汁多、味甜。

梨园深处有两间简易小木屋，屋里放置着一些农具和朋友休息的小床，木屋在梨树掩映中。木屋后面有一小片菜园，种着辣椒、大葱、秋葵和秋黄瓜，虫鸣在秋天的菜园里，让人心醉的田园交响曲。

木屋的前面盘着一个地锅，地锅的灶膛里燃着劈柴，地锅里炖着柴鸡，浓浓的香味已经在梨园深处弥漫。

露天摆放着一张木方桌，高大的梨树下是浓浓的阴凉，凉拌黄瓜和凉拌秋葵，就地取的食材，吃的是新鲜和环保。

你拔了几棵大葱，摘了一把青辣椒，一会儿就上了一盘菜。

柴鸡在地锅里足足炖了三个多小时，用一个大铝盆把炖好的柴鸡端上来。炖好的柴鸡在秋天的阳光下泛着油光，油亮的鸡块，浓浓的汤汁，迷人的香气，梨园深处的饕餮时光，举杯，一杯老酒千回百转。

美食、美景，静静的梨园，同样静静的秋日正午的阳光。"任时光匆匆流去我只在乎你"，是邓丽君歌中的歌词吗？许多年前流去的时光在许多年后又在一个梨园相逢。

你和郓城的几位朋友去宋江湖游玩，暮春时节的宋江湖是鸟类的天堂，你们坐着小船在湖中穿行。湖中的小岛上绿柳成林，灰鹭和白鹭在柳树林中筑起了大大小小的鸟巢，小船经过小岛，成群的灰鹭匆忙起飞，在湖面上留下它们飞翔的倒影。成年白鹭在它们的鸟巢里孵化鸟蛋，有的鸟巢里有幼小白鹭的身影，长长的脖子，细长的双腿，木刻般清晰。湖面上还有鸳鸯和野鸭子，它们在远处的湖面上嬉戏，让平静的湖面有了些许灵动。

午餐安排在距离程屯镇不远处的一个梨园。许多年前你去过程屯的一所中学，那所中学的名字叫肖皮口中学，你写过一些这所学校的文字，那些文字发表在许多年前的《牡丹晚报》上，报纸已经变得发黄，沉淀着旧日的时光。

暮春时节的梨园没有许多年前秋天梨园的那种景色，那梦幻般的光与影，有梨子成熟的香气。暮春时节的梨树上挂着一个个小小的青涩的果子，它们含羞地掩藏在绿色的叶子下面，如果不仔细看，很难发现它们的踪影。

梨园里也散养着一大群柴鸡。经营梨园的是一对小夫妻，一双儿女，大的是女儿，六岁了。在春天的梨园里，小女孩追着园子里的鸡疯跑，一位弹钢琴的小女孩跟在她的后面，红色的长裙在绿树丛中时隐时现，拉长了你的目光。儿子不到一岁，在母亲的怀抱中，打量梨园的目光充满好奇。

同样在梨园深处，同样是炖柴鸡，但时空的转换和季节的不同让流去的时光呈现出不一样的味道和色泽。

没有露天餐桌，暮春正午的阳光和飞来飞去的苍蝇不适合露天就餐，梨园深处简易的木板房，空调冷气很足，餐桌上的菜肴也很丰盛：羊头肉、炸河虾、土鸡蛋炒落地式蒜薹、凉拌蒸马齿苋、洋槐花汤，主菜是一大盆地锅炖柴鸡。

同样是油亮油亮的鸡块，同样是浓稠浓稠的汤汁，恍惚间是许多年前的那个秋天的正午，高大的梨树下浓浓的阴凉，一杯老酒下肚，没有范仲淹"酒入愁肠"的缠绵悱恻，也没有李白"举杯消愁愁更愁"的感伤。

露天餐桌

如果是周末,你的晨跑轨迹要长一些,因为不用担心上班时间,跑起来很放松。

沿着华英路往南去,在长江路和华英路十字路口等红绿灯,洒水车唱着歌过来,湿漉漉的地面让人猛一清爽。

再往南的那个路口就到了华英路小学,没有孩子们的校园显得很安静,宽阔的操场上绿色的人造草坪,踏上去一定非常柔软。站在操场上看孩子们升国旗,是去年的记忆吗?抬头是碧蓝的天空,几缕白色的云朵从头顶飘过,风和日丽。

没有风和日丽,谷雨前的那个晚上下了一夜的雨,晨跑的时候天还是阴沉沉的,地面湿漉漉的,有的地方还有积水,积水里有天空的倒影。

晨跑让你一天都感觉神清气爽,谷雨这天的雨后天晴,树叶和花朵显得格外新鲜。

下午的时候几位朋友约你晚上练地摊,春天马上就要过去,春夏交替的夜晚练地摊是一件很爽的事情,你毫不犹豫地答应了。你们选中的那家小店主要经营驴肉,小店紧靠着华英路小学,黄昏的时候你步行去小店,又重复了一遍晨跑的路线。

华英路小学的绿化树和五屯路边的绿化树簇拥着小店,小店门口的空地上摆放着几张矮方桌,小店的灯光照亮了坐在方桌旁练地摊人们的面孔。

朋友预订的露天餐桌紧靠着那所小学的院墙,你走过去坐在朋友中间,小店的灯光也照在你的脸上。

方桌上已经摆满了菜肴,摆放在桌子中间的是一盘驴肉,你知道这盘驴肉是今晚露天餐桌上的一道硬菜,一道小店的招牌菜,类似于舞台上的主角,在没有下筷子之前你只能想象一下这盘驴肉的味道,在想象的同时对你吃过的驴肉逐一盘点。

驴肉是鲁西南的一道名吃,郓城黄安吴家驴肉的制作始于明朝洪武年间,世代相传,已有六百年的历史。其用料和制作都十分讲究,一般选用二龄膘驴,宰杀后,剔骨,分割,漂洗,以骨铺底,分层下锅,加入老汤,放入盐和作料,大火烧开,打去浮沫,文火烹煮。其间须两次停火,两次生火,约煮十二个小时后,再在锅内浸泡五小时,方可出锅。繁复的制作方式,让黄安吴家驴肉具有了独特的风味:肉质鲜美、醇香浓郁、油而不腻,以致周围许多县区的驴肉店都挂上了"黄安吴家驴肉"的牌子。

除了黄安的吴家驴肉,曹县庄寨的丁家驴肉也不错,还有青固集南门的步家驴肉。记得前几年青固集街上有一家特色小饭店,主打菜就是驴肉,还有几样蒸碗和小炒,特别是芹菜炒肉,清清爽爽的味道,很是可口。小店每天只是中午营业,总共三桌饭,要提前预订。后来饭店老板兼大厨被一家企业聘走,饭店只好关门了。

俗话说"天上龙肉,地上驴肉",味道鲜美的驴肉确实让人青睐,再远的路途,也阻挡不住品尝美食的步伐。你有几次在外地吃驴肉的经历,印象比较深的是濮阳庆祖镇的刘家驴肉。

刘家驴肉店的规模很大,驴棚内养着一百多头驴子。刘家驴肉用劈柴地锅煮制,再加上老汤秘方,煮出来的驴肉别有风味。

从大铁锅里捞出来的驴肉热气腾腾,特别是驴肋条,肥瘦相间、颜色鲜亮、香味诱人;驴板肠口感软糯适中、肥而不腻,比起驴肉的"柴"添了些油性,筋道适中,别有一番风味;驴排、驴骨头上的筋头巴脑吃起来很筋道,用手豪气地握着,有了好汉们大口吃肉、大碗喝酒的感觉。

对美食的回望让人口舌生津,摆在露天餐桌上的菜肴让人食欲大增,虽然没有一般地摊上的各类烤串,但一盘沉浸着浓浓汤汁的驴肉让露天餐桌增色。一盘蒸酥肉、一盘蒸丸子、一盘炒柴鸡、一盘芹菜豆芽肉、一盘凉拌荆芥酥瓜、一盘凉拌时蔬、一盘松花蛋、一盘油炸花生米,丰盛的菜肴让露天餐桌变得五彩斑斓。那就举杯,为谷雨干杯,为春天的最后一个节气干杯。

红荷湿地渔家宴

暮春时节去滕州红荷湿地不是旅游的最好时间节点,湿地的树木、芦苇和莲花刚刚萌芽,干枯的芦苇丛在春天的阳光下,土黄色的堆积,暗白色的芦花,让人想起冬天的瑟缩。

芦苇的嫩芽紧贴着水面,湖水荡漾中,晃来晃去的嫩芽充满春天生长的力量。密密的芦苇丛中,有清越的鸟鸣,在湖水中嬉戏的野鸭搅动的波纹,一圈接着一圈,一只无形的笔在涂鸦。

你知道夏天才是湿地最好的旅游季节,碧绿的荷叶和红红的荷花,"接天莲叶无穷碧,映日荷花别样红",古典诗歌中的意境,是夏天红荷湿地的灵魂。

暮春时节到湿地游玩最大的愿望是吃一顿渔家宴,许多年前去东平湖游玩,你写了一篇《许多人都去过东平》的文章,里面写到了吃渔家宴的几道菜肴:"有几样菜肴以前没吃过,一是桂花鱼,一是菠萝鱼,还有蜗牛肉。鱼和蜗牛都是湖里的特产,很新鲜的食材,桂花的香味和菠萝的甜味渗透进新鲜的鱼肉里,别有一番滋味。"

那次去东平湖是夏天,靠近东平县城的道路两边,种满了荷花。田田的荷叶，一朵朵粉红色的荷花，让小小的一座平原小城有了许多灵气。

暮春时节的红荷湿地看不见红红的荷花，红荷广场上的那株人造荷花在蓝蓝的天空下亭亭玉立，粉红色的花朵含苞待放。

广场旁边有一家名为"红荷渔家"的饭馆，餐厅和操作间都在船上。水面环绕的空地上，种着几棵高大的杨树，杨树下摆放着一张矮方桌，坐在方桌旁，凉爽的风中有杨树的喧哗声，让人沉下心来放松的喧哗声。

几间简易板房是渔家饭馆堆放杂物的地方，渔家散养的一群白鹅在不远的水面上歇息，是民国时期丰子恺笔下的画面。

经营餐馆的是一对夫妻，五十多岁的年龄，有一位八九岁的女儿，应该是两个人的晚生子。小女孩很能干，父亲去湖边的渔网里挑鱼，她跑前跑后帮父亲忙活。

小女孩的父亲从渔网里挑了一条大鲤鱼，纯野生的鲤鱼，体形修长，在阳光下跳跃，活力十足，让你想起在黄河岸边的一家餐馆吃黄河鲤鱼的场景：黄河岸边农家菜馆的菜肴离不开鱼虾，黄河鲤鱼是菜馆的招牌菜。小菜馆的鱼池里，养着几条黄河鲤鱼，那是正宗的黄河鲤鱼，金色的脊背，修长的体态，又长又粗的胡须，金红色的尾巴和鱼鳍。

本来想在那几棵杨树下吃一顿渔家宴，但同行老大哥把就餐的地方安排在船上的餐厅了。在船上就餐同样别有情趣，船在水上轻轻摇动，船舱外是平静的水面，水中成群的小鱼，是庄子的鱼之乐吗？

船上的餐厅很宽大，挨着餐厅的另外一间应该是一家人的起居室，那位小女孩在房间里看电视，你们在餐厅里喝荷叶茶，淡淡的清香,有回甘。

渔家的菜肴丰盛且别致,那条鲤鱼是渔家的红烧做法,盛鱼的汤盆里贴着一圈面饼。辣炒黑鱼片、辣炒蜗牛肉、辣炒湖虾、酱爆菱角,口感都新颖别致。凉拌荷叶是第一次吃的菜肴,切碎的新鲜荷叶淋上蒜汁和香油,和凉拌香椿芽很相近的口感。还有湖鸭蛋炒粉皮,金黄色的湖鸭蛋看上去很诱人。

午饭后,饭馆的女主人开着摩托艇送你们去小岛,航道两边是枯黄的芦苇丛。摩托艇溅起的水花落在脸上,凉凉的,前方是宽阔无边的湖面。

小岛的名字叫盘龙岛,有一艘名字为"江阴舰"的退役军舰停靠在小岛旁边,高高的炮筒彰显着昔日的军威。

岛上有御珍阁和小李村等几处景点。小李村是铁道游击队曾经住过的地方,刘洪和芳林嫂传奇的故事,曾让年少的你有过许多美好的幻想。

小岛上只有你们几位游客,很安静,岛上几株海棠树花朵不多,开得有点寂寞。

你在《许多人都去过东平》那篇文章的结尾处写道:"吃了一顿可口的渔家饭,看了几个人造的景点,拍了一些照片,很凉爽的风。后来想一想,旅游就是这样,看一些景点,拍一些照片,就像许多人都去过东平,游湖登岛,有时风和日丽,有时细雨蒙蒙,在湖光山色中,有一些恍惚,有一些迷离,就是这样,也只能是这样。"

淮南美食

有一年秋天和几位朋友去淮南,赶到淮南八公区的时候已经是下午两点左右。

天气阴沉,秋天阴沉的天气让人感觉到有些压抑。八公区窄窄的街道和街道两旁破旧的建筑物让长途跋涉的你们更显疲惫。

已经过了午饭时间,来不及去找一家淮南美食馆,匆匆忙忙从手机上搜索到附近的一家烩面馆,一路赶过去。烩面馆在一个十字街口的东南角,不大的门脸,走进去却很热闹。十几张餐桌只有靠近门口的一张是空的,拉长的午餐时间,让人感觉到淮南的慢生活节奏。

你知道淮南是一个出美食的地方,八公山豆腐就有着非常悠久的历史。相传在两千多年前,西汉淮南王刘安为求长生不老之药,在八公山下用八公山泉水、黄豆和盐卤制作灵丹妙药,结果仙丹未得,却无意中发明了豆腐,被称作"八公山豆腐"。

当地居民制作豆腐的技艺世代相传,很多人都掌握了一手绝活,做出的豆腐细、白、鲜、嫩。将八公山豆腐切成4厘米见方的小块,入冷水锅烧开捞起,沥干水分,炒锅烧热,下花生油烧至五成熟时,将豆腐涂上一层淀粉糊浆,下油锅炸至金黄色,捞起沥干油,锅内留油少许,下葱段、笋片、木耳、虾子、豆腐,加酒、酱油、精盐、鲜汤少许,烧沸即用湿淀粉勾芡,出锅装盘,一道美味的八公山烧豆腐就做好了。制作过程如此讲究,配料如此丰富,味道可想而知。难怪孙中山先生在《建国方略》中说:"中国素食者必食豆腐。夫豆腐者,实植物中之肉料也,此物有肉料之功,而无肉料之毒。"

淮南牛肉汤是淮南的另外一道美食。在你生活的小城,街头巷尾都能寻到淮南牛肉汤的影子,可见美食是不分地域的。淮南牛肉汤选料讲究,以江淮一带的黄牛为原料,用牛骨头熬汤,用当地特产淮芋粉、绿豆饼、豆腐皮、豆圆子等为辅料,再配上自制的牛油,熬制出来的牛肉汤汤浓醇鲜、香辣适口,让人回味无穷。

每一道美食都有故事。淮南牛肉汤相传起源于清乾隆年间,淮南人翰林大学士张政深研百草,擅长美食,曾任宫廷御膳高官,深得皇上喜爱。后来张政告老还乡,回到山清水秀的淮河岸边,将制作牛肉汤的清宫秘方传给后人,淮南牛肉汤这道宫廷美食才得以流传到寻常民间,传遍大江南北,让人百吃不厌。

你和几位朋友坐在淮南街头一家烩面馆餐桌上的时候,饥饿感越来越强烈。站在吧台旁边的大嫂应该是餐馆的老板娘,胖胖的面孔上溢满朴素的笑容。因为吃完饭要去爬八公山,感受两千多年前淮南王刘安炼制仙丹寻求长生不老的漫长征程,酒水就免了,一人要了一大碗烩面,点了两道菜:红烧鱼和油炸豆角。

在你生活的小城,红烧鱼是寻常菜肴,不管是黄河里的鲤鱼、红眼蚂螂、噘嘴鲢子,坑塘里的白鲢、花鲢、草鱼、黑鱼,还是大海里的黄花鱼、鲈鱼、刀鱼，统统都可以红烧，制作方法也大同小异。不知道淮南的红烧鱼什么做法，短暂的等待后，两道菜就端上餐桌了。

红烧鱼盛在一个长托盘上，鱼身金黄油亮，浓浓的汤汁浸泡着，汤汁里还有许多油炸豆腐块，那应该是有名的八公山豆腐。用汤勺舀起一块豆腐，一口咬下去，细嫩、鲜香，果然好滋味。

红烧鱼里放油炸豆腐的做法超出了你的想象。在你生活的小城，鱼头炖豆腐是一道家常菜，但那是清炖，不是红烧。乳白色的鱼头豆腐汤撒一把绿绿的芫荽和香葱，独特的鲜香让人回味。淮南的红烧鱼豆腐让你有了一次全新的美食体验。

油炸豆角这道菜同样超出了你的想象。听饭店的老板娘说这道菜做起来很费工夫，先把豆角洗干净晾干，然后切成三公分长的小段，撒上盐和五香粉腌制。油炸的时候，在腌制好的豆角里拌一些干面粉，搅拌均匀后下油锅炸至金黄色，捞出，趁热和切碎的辣椒一起搅拌，辣椒必须是鲜辣椒。这道菜吃起来脆鲜香辣，是佐酒的绝好菜肴。

你们没有举杯，佐酒的菜肴在小餐馆的餐桌上略显孤独，要了一小碗红醋，一口菜肴一小口醋，几大碗烩面就端上来了。

要的是牛肉烩面，淮南的牛肉浸润着淮南牛肉汤的气息，成片的牛肉盖在热气腾腾的烩面上，酱红色的品相和碗里绿绿的芫荽相映生辉。

透过餐馆的玻璃门，你依稀能看见八公山黛色的山影，美食拉开了淮南之行的序幕，秋日阴沉的天气也遮盖不住你内心的晴朗。

高平美食

和许多酒店一样，一到夜晚，高平市长平东街上的贝壳酒店门口的霓虹灯就开始闪烁。

高高的楼上，除了贝壳酒店的招牌，还有重庆大酒店的招牌。

你站在酒店门厅高高的台阶上，台阶两边是许多盆花组成的国庆图案，十一长假还没有在深秋的风中走得太远，那些红红黄黄的花瓣上还留存着节日喜庆的味道。

前两天去了长治市壶关县的八泉峡，那里的美景和美食仿佛还在眼前。

从长治一路向南赶到高平，夜就来了，深秋的风依然凉爽。

长平大街东西走向，紧靠着大街的南面就是丹河。这是一条不同寻常的河流，两千多年前那场决定秦统一天下的战役，刀光剑影、战马嘶鸣的壮阔画卷还在丹河的水波中沉沉浮浮。你在深秋的夜晚，在高平小城一家酒店的门口，用被秋风吹凉的手掌，触摸两千多年前那些滚烫的名字：廉颇、蔺相如、白起、王翦，当然还有赵括。两千多年过去，丹河的水流依旧，但历史的烟云早已走远。

在贝壳酒店闪烁的霓虹灯下,你打开百度找寻文字记载中的那场战役:长平之战,是周赧王五十三年至周赧王五十五年(一说是周赧王五十五年农历四月至九月间,又一说是周赧王五十四年年初至五十五年九月),秦国名将白起率军在赵国的长平(今山西省晋城市高平市西北)一带同赵国的军队发生的战役。赵军最终战败,秦军获胜进占长平,并且坑杀赵国四十万降兵。此战中,赵国中了秦国的离间之计,弃用名将廉颇,而起用纸上谈兵的赵括。赵括遵照赵王的意图,急于求胜,变更了廉颇的防御部署及军规,更换将吏,组织进攻。白起针对赵括骄傲轻敌的弱点,采取了佯败后退、诱敌脱离阵地,进而分割包围、予以歼灭的作战方针,获得了战役的胜利。此一战役让赵国元气大伤,加速了秦国统一中国的进程。此战,是中国古代军事史上最早、规模最大、最彻底的围歼战。

网上的文字总是很简洁,没有过多的细节,让人触摸不到那场战役中的感性的东西。中学课本上的那篇选自《史记》的课文《廉颇蔺相如列传》,有丰润的人物形象和曲婉的故事情节,还有生动的对白,你站在二十多年前一所中学的讲台上,和你的学生一起回望历史中的人物和事件,"廉颇老矣,尚能饭否?"悲壮和悲情,总会折射在那些故去的英雄身上。

你在网上的文字中回望那场战役,秦国的大将白起以丹河东岸的长平城为依托,沿丹河东岸的高岗构筑起长达 18 公里的主阵地,让赵军望河兴叹。丹河就在不远处,虽然你看不见夜色中河水的流淌,但透过长平大街上的喧嚣,你依稀能听见河水流淌的声音。

入住贝壳酒店，吧台上的值班生给你们推荐晚餐的地方，就在酒店大厅的一侧，不起眼的门脸，但进去后却别有洞天。

应该是一家私房菜馆，一排排卡座，墙壁上的台灯，灯光柔和，让人倍感温馨。

卡座基本坐满了，服务生帮你们找了一个离门口不远的卡座，桌面上摆放着醋瓶和辣椒瓶。

在山西，醋是基本的调味品。想起前两天的八泉峡之夜，晚餐在一家农家餐馆，餐桌摆放在餐馆的门口，一口红烧野猪肉，一口老白汾，一口陈醋，回味中的酒香肉香醋香，都散落在你那篇《八泉峡之夜》的文字里。

说是服务生，其实都是一些上了年纪的山西大嫂，热情且服务周全。菜谱拿过来了，点了六样菜，分别是：高平小炒、高平卤猪肉、高平炒炉面、高平烧豆腐、水煮花生米、酸辣土豆丝。

高平卤猪肉和你老家的东明卤猪肉不同，高平的卤猪肉更接近白斩肉，要蘸着蒜汁吃。

本来是想要巴公烧大葱，高平的一道名菜，但餐馆里没有，换成高平小炒，其实就是大葱炒五花肉。关于巴公炒大葱还有一个传说：相传慈禧太后路经泽州（今山西省晋城市）时，受到当地官员的特别接待，可是厨师却比规定的菜谱少上了一道菜。为了免去杀身之祸，这位聪明的厨师急中生智，马上把菜案下的巴公大葱（产于晋城市郊区巴公镇）拿来一把，几刀切断，做出了一盘人们从来没有听说过的佳肴——烧大葱。慈禧太后品尝之后，认为满桌菜中数烧大葱最有味道。从此，晋城巴公烧大葱便传开了。

高平烧豆腐也是高平美食中叫得响的一道菜。高平人吃烧豆腐的历史可以追溯到公元前 260 年的长平之战。当年，赵括被秦将白起一举打败，四十万赵军降卒被白起坑杀。白起的残暴激起了后世人们的憎恨，便把豆腐比作白起肉，火烧水煮而食之，以泄心中之愤。不料，人们食后颇觉新鲜，别有一番风味，于是烧豆腐在高平一带流传下来。

一盘烤得金黄的高平烧豆腐，品相诱人，吃起来辛辣鲜香，别具风味。

菜单上的炒炉面你疑心是把"卤"写成"炉"了。炒卤面同样是高平家喻户晓的一道主食，因其口感佳而深受百姓的喜爱。炒卤面按材料的不同分为肉卤面和素卤面。素卤面是将豆角掰成段状，入锅加葱丝、盐清炒。将蒸熟的面丝放入锅中，盖在豆角之上，将汤汁均匀浇在面丝之上，然后大火焖，十分钟后卤面便可以出锅了。肉卤面则在炒豆角时加上切好的肉丝或肉片。

六样小菜都是佐酒的上好菜肴，在八泉峡喝的是老白汾酒，在高平换成了长治市的潞酒，同样是清香型，同样的口感，不易醉人。

醋是必不可少的，酒不醉人醋醉人。

去彭楼水库吃鱼

冬天悄悄来了，初冬的天气晴和，风还没有寒意，月季枝头的花朵还在绽放，女贞树和栾树的枝叶还透着浓浓的绿意，去鄄城彭楼，鄄城的朋友约你去彭楼水库吃鱼。

鄄城彭楼水库留给你的许多记忆中，吃鱼的场景最深刻。

许多年前彭楼水库还处于开放状态，夏天的时候有许多人在水库里游泳，虽然水库旁边有"水深危险"的警示牌，但依然阻挡不住游泳爱好者的步伐。

那时候围绕着水库的堤坝上，有一些简易板房，板房是用来开餐馆的。

水库里的鱼肉质鲜嫩，堤坝上小餐馆的招牌菜用的食材就是水库里的鲜鱼，鱼就养在板房旁边的水泥池里。

水池里鱼的种类很多，花鲢、白鲢、黑鱼、草鱼、鲤鱼，大小不一的鱼挤在一个小水池里，泛起的水花很大，让不远处的湖面显得更加安静。

小餐馆做鱼的方法很多，红烧、清蒸、葱油、清炖，因为食材新鲜，每一种做法做出来的鱼口感都非常好，让食客们流连忘返。

有一次鄄城的朋友约你去水库边吃鱼，夏日的黄昏，水库里正热闹，几只渔船上，打鱼的人正在拉网，网中的大鱼白色的腹部在夏日黄昏的天光中银光闪亮，风一样掠过水面的光芒，照亮了许多年前夏日的黄昏。

那次吃的鱼是一条花鲢，将近二十斤的大鱼盛在一个大铁托盘里，整条大鱼清蒸，想一想蒸这条鱼该用多大的蒸笼。一条大鱼摆放在餐桌上，占去了小半个餐桌，那些摆放在大鱼旁边的菜肴顿时黯然失色。

那是你吃过的最大的一条鱼，刚从水库里打上来的大鱼，又是清蒸的做法，鱼的鲜嫩口感保留得非常好。

鄄城的朋友用汤勺给你盛了一大块鱼肉，慢慢地咀嚼，满口的鲜香就留在了那个夏日的夜晚。

后来还有几次在水库边板房里吃鱼的经历，但吃的鱼都没有那个夏天的夜晚吃的鱼大，印象就淡了许多。

前几年水库封闭起来了，改为饮用水源地，堤坝上的板房被拆除，去水库吃鱼的场景只能留存在记忆中了。

没想到许多年后的一个冬天又有了一次去彭楼水库吃鱼的经历。

水库堤坝上的那些小餐馆早已无影无踪，鄄城的朋友在离水库不远的地方找了一家农家餐馆。

农家餐馆有一个大大的院落，从水库的堤坝上走下去，有一座石桥，桥下有一条小河，水流很清，河边的芦苇已经枯黄，白色的苇花在冬日的阳光下摇曳，好似一幅风情画。

小桥边有一株柳树，硕大的树冠，柳叶依然青青。

过了小桥就是农家餐馆的院落，院落里种着几畦蔬菜，红红的辣椒、绿绿的油菜和菠菜，弥漫着安静的气息。你喜欢这样的气息，安静的农家小院，远离城市喧嚣的声音，片刻的安宁，让人顿感生活的美好。

餐馆的房间有大大的玻璃窗，阳光照进来，暖洋洋的。

农家餐馆的菜肴每一道都接地气：炖土鸡、炖羊肉、红烧牛肉、土鸡蛋炒蒜苗、菠菜粉丝、海米油菜、凉拌藕，最后是一道葱油草鱼，盛在一个大托盘里，七八斤重的草鱼横卧在托盘里，葱油的香和鱼肉的鲜香在房间里弥漫。

久违的水库鱼香。在北方的菜肴中，最后一道上的是餐桌上的大菜，这尾七八斤重的草鱼以葱油的方式呈现在餐桌上，鱼头正对着主宾，主宾不动筷子，其他人是不能吃鱼的。

主宾用筷子轻轻拨开覆盖在鱼身上的葱花，夹起一小块鱼肉，鱼肉肉质鲜嫩白亮，入口是淡淡的鲜香。转动餐桌上的转盘，大家依次夹起一块鱼肉，吃鱼的过程充满了仪式感。

如果有酒水，主宾在动筷子前要先喝一杯酒，讲究点的要喝三小杯。对着鱼尾的客人要喝四小杯酒，对着鱼腹和鱼背的分别喝五小杯酒和六小杯酒，所谓头三尾四腹五背六。一圈酒喝下来，主宾才能动筷子。

一条鱼吃出来的仪式感，让餐桌上的气氛达到了高潮。

室内高潮迭起，在室外，水库干净的水面正沐浴着初冬暖暖的阳光，没有风，也没有浪花，一切都是静悄悄的，好像在梦中。

东明味道之粉肚

今年的冬天终于来了,你在暖气很足的房间,玻璃门外是冬天的阳光,过了小雪节气的阳光。

你走在阳光下的时候感觉到了寒意,你坐在暖气很足的房间,寒意已经消失。你在键盘上敲击过往的生活,你曾经生活过的东明小城,宛如盛夏的果实,回忆里寂寞的香气和味道,岁月深处的香气和味道,那道叫"粉肚"的美食,有故事有温度的美食,让岁月永驻,让时光不老。

你在《东明味道之卤猪肉》一文中写道:"(东明)西关(卤猪肉)老店在一个北向的小胡同里,离西关菜市场很近。小胡同的路面没有硬化,一到下雨天泥泞一片,去买卤猪肉要穿上胶鞋才能走过去。和这个小胡同对着的南向的小胡同里也有小县城的两家有名的熟食店:李家粉肚香肠老店和靳家粉肚香肠老店,你将在另外一篇文字中再去描述。你在键盘上敲击出'粉肚香肠'这几个文字的时候,秋日阴沉的天空临近正午的时光,想象中冒着热气和香气的粉肚香肠让你感觉饥肠辘辘,美食的力量让人无法抗拒。

"秋天的文字依然散发着香气,那是东明卤猪肉的香气,那是一口老酒一口卤猪肉在口腔里碰撞出来的香气。二十多年前那两间逼仄的小屋,书架上摆满的那些图书,秋天的阳光在书架上辗转挪移,到冬天,到冰冷,到大雪封门。"

大雪没有封门,室外阳光灿烂,你在阳光灿烂的冬日回味东明粉肚的香味,刚刚出锅的热粉肚,用汤勺挖一块夹在同样热气腾腾的馒头里,一口咬下去,满口的香:肉的香味、香油的香味、淀粉的香味,特别是饥肠辘辘的时候,那样的香味让人刻骨铭心。

粉肚也称香肚,是东明的传统名吃,相传有一百多年的历史了。网上有介绍东明粉肚的文字:靳家粉肚店于清光绪末年由靳家先人靳富山创立,至今已有一百多年历史。制作粉肚以鲜猪肉和绿豆粉为主要原料,加盐、砂仁、花椒、香油等数十种作料拌匀,装入猪膀胱中系口,然后放到加水的锅里(锅底垫适量猪骨),先大火后文火慢慢煮熟即成。该食品切开后,色泽鲜艳,浓香扑鼻,香而不腻,老少皆宜,深受人们喜爱,是东明的地方名吃。靳家后人及其亲戚李家又在传统工艺的基础上加以改进,其产品更负盛名,常常供不应求。

网上的文字提供了三条信息:一是制作粉肚的历史,二是制作粉肚的方式,三是制作粉肚的两大家族。

二十多年前在东明小县城的那条南北小胡同里,两家老店紧挨在一起,一家在南,一家在北,都是门朝东,东屋带门楼,进去是小院落,主房和配房的回廊上,晾晒着装好的一根根香肠,满院的肉香,在二十多年前弥漫。

南面的那家应该是靳家老店,北面的是李家老店,两家粉肚味道都差不多，如果一定要找出两家的细微差别，好像是靳家的粉肚香油味道浓一些，李家的粉肚瘦肉多一些，如果不是老吃家子（东明方言），是区分不出这些细微之处的。

二十多年前你在小县城教书，微薄的收入捉襟见肘，很少有闲钱问津粉肚老店，只有来客人时才去光顾一次。

因为是招待客人，粉肚要让店家切好，刚出锅的粉肚切不成块，出锅后晾上一阵才能切成块。就像你二十多年前买的藏家卤猪肉那样，切好的粉肚用一方草纸包好，捆得四四方方。一包粉肚拿在手里，热腾腾、香喷喷、沉甸甸，让人垂涎欲滴。后来经济上好起来后，有条件自家吃粉肚了，就买那些刚出锅的粉肚，到家不用刀切，直接用汤勺挖，就着热馒头吃。

这让你想起成武的美食白酥鸡。白酥鸡蒸好后，加适量高汤，用热馒头夹上，软散、香而不腻的口感，又是另外一种滋味，这样的滋味你将在另外一篇文字里写到。

网上那段文字还提到靳家和李家后人对粉肚传统工艺的改进，有了真空包装，外出方便携带了。但真空包装的粉肚在味道上打了折扣，要想吃粉肚还得去两家老店，要刚出锅的热粉肚，就着热馒头吃，那样的味道在其他地方是找寻不到的，那是东明老家的味道，挟裹着淡淡的香气和寂寞，如盛夏的果实，如回忆。

鄄城味道之羊肉汤

在鄄城的一些乡镇,羊肉汤扮演了美食的主角。那些大大小小的羊肉汤馆,吸引着一波波食客。一碗暖胃的羊肉汤,消解了食客们的不同身份。热气腾腾的喝汤场景,充斥着世俗的热闹和温情。

在你生活的小城,单县的羊肉汤当然最有名气,三盛合、三义春老店,白汤的味道,在味蕾绽放。还有红汤,在单县黄岗,路东的那个小院子,去晚了就没有座位。一碗红汤下肚,身心无比熨帖。作为一张美食名片,单县羊肉汤为单县挣足了面子。

散落在鄄城一些乡镇的羊肉汤馆虽然没有单县羊肉汤馆的名气大,但这些羊肉汤馆各自独特的味道同样散发着美食迷人的香气。

鄄城什集羊肉汤属于原味羊肉汤,比较有名气的那家羊肉汤馆在镇子大街的一个拐角处,两层砖混小楼,操作间也不大,上楼的楼梯逼仄,水泥楼台上有几盆草花,很应景。

你在《什集镇》那篇文字中写道:"一个年轻人在摊点上买了两包白将军香烟,他拿着两包香烟走进不远处的羊肉汤馆,那是一家原味羊肉汤馆,是什集镇最好的一家羊肉汤馆。你坐在树荫下等待什集的朋友过来,他约你们几个来什集喝羊肉汤,约的就是这个汤馆。你知道什集的名吃除了羊肉汤,还有烧羊肉,最有名气的是石玉臣烧羊肉,香而不腻。你知道一会儿在羊肉汤馆的餐桌上,你会看见一盘烧羊肉,什集的朋友来的时候一定会把烧羊肉带过来,在羊肉汤馆那是一道硬菜,没有一盘石玉臣烧羊肉放在餐桌上,餐桌会变得黯然失色。"

除了什集羊肉汤,引马镇的羊肉汤也很有名气。引马镇的羊肉汤馆有两家,兄弟二人一人经营一家。

你去得最多的是路北的那家,弟弟开的,最初是几间简陋的小屋,门口摆放着几张餐桌,大排档的那种小店,但人气很旺。有几次在夏天,坐在羊肉汤馆门口的餐桌上,来来往往的路人,一边流汗一边喝冰啤酒,等着饭店老板精心熬制的羊肉汤和热气腾腾的烧饼,足足的地气,在引马的街头,让你想起在兰州一家拉面馆门口喝拉面的场景。如今这家羊肉汤馆在路南建了两层小楼,有了楼上的包间,就餐环境有了改善,但你还是喜欢露天喝羊肉汤的感觉。

有时候鄄城的朋友也约你去哥哥开的那家汤馆,汤馆在镇子的一个十字路口,两层小楼,干干净净的餐馆。

鄄城的朋友点了红烧肘子,小店的招牌菜,看上去就很诱人。凉拌藕,家常的食材,拌出的是不一样的味道。干煸肺、炸金蝉、辣炒肚丝、红烧黄河鲤鱼、炒三丝,满当当的一桌菜,透着鄄城朋友的热情。以茶代酒,举杯和等待,羊肉汤端上来了,红汤,香气扑鼻。喝汤,喝出的全是欢欢喜喜的心情。

红船镇比较有名气的那家羊肉汤馆老板姓曹,汤馆的菜肴没有引马镇羊肉汤馆的丰盛，但羊肉汤一点也不逊色，同样的暖心暖肺，同样的唇齿留香。

曹家的羊肉汤馆开到了菏泽城里，在大剧院对过。有一年夏天有出发任务，在大剧院前集合，早餐就是在曹家羊肉汤馆解决的。早晨六点喝的是第一锅，汤的味道无比鲜美，油饼也好吃，坐在大巴车上还在回味，可惜前不久城市开发，汤馆被拆掉了，想喝只能去红船镇了。

富春镇的羊肉汤是后来才尝到的。有一年春天的一个上午去什集喝羊肉汤，什集的朋友推荐去富春喝，他说富春的羊肉汤也很有味道，建议去尝尝。

你喜欢在街头喝羊肉汤的场景，和什集的朋友一起去富春的路上你还想象着富春羊肉汤馆是什么场景，有引马镇露天的桌子和矮矮的木板凳吗？是在乡镇繁华的街口还是偏居一隅？是低矮的平房还是简易的两层小楼？想象让人期待。

什集的朋友很熟悉去羊肉汤馆的路况，富春那家有名的羊肉汤馆没有坐落在小乡镇的繁华里，而是在一条偏僻的街道上，没有多少路人，但羊肉汤馆门口已经停满了车。

两层简易的小楼，墙体是白色的马赛克，露天摆放着十几张长条木桌和矮矮的马扎，汤馆门口是打烧饼的烤炉和木案子，烧饼好闻的香味在空气中弥漫。

操作间的大铁锅里大块的羊肉和羊骨头在滚烫的汤锅里翻滚，肉案子上有切好的羊肉和羊杂，还有一小盆切好的韭菜。春天的韭菜，嫩绿，带着淡淡的清香。

羊肉汤馆的大厅里还有空桌，但你还是选择在露天就餐。

你和几位朋友坐在羊肉汤馆前的一张长条桌上，围坐在其他长条桌上的食客们正专注地喝酒喝汤,没有阳光,只有微风,晚春的天气凉爽宜人。

你坐在露天里,小乡镇偏僻的街道上是安安静静的街景:路边几棵杨树枝繁叶茂,树下有散步的小狗和觅食的鸡,有麻雀的雀跃;一对衣着光鲜的青年人从羊肉汤馆门前走过,俊美的面孔照亮了乡镇街头的黯淡。

几大碗羊肉汤端上来了,那些切碎的春韭撒在原味的羊肉汤碗里,碧绿碧绿的色彩,春意十足。

用筷子在汤碗里搅一下,碗里大块的羊肉显示出什集朋友的大方和热情,浇上一勺小店特制的辣椒,汤里有春韭的清香、羊肉的浓香、辣椒的辣香,再吃上一口热热的烧饼,那种感觉,让人沉醉。

鄄城味道之辣椒面糊

人的一生中遇见的美食不计其数,但真正能在灵魂深处打下烙印永不锈蚀的,是童年记忆中的点点滴滴。

小时候很穷,老家的土地还属于生产队,生产的粮食不足以果腹,菜蔬品种更是少得可怜。

夏天和秋天还好点,还能吃上点瓜果蔬菜,冬天只有白菜和萝卜。漫长的冬天,家家顿顿吃的都是白菜和萝卜腌制的咸菜,就着地瓜面窝头,就是山珍海味也会让人吃厌。

老家人缺乏的不是智慧,辣椒面糊成了老家人的独创。

每次蒸地瓜面窝头时,从留着过年的面袋里舀出一小勺白面,把干辣椒剁碎放进面碗里,加点盐巴,倒进清水搅拌成糊状,把碗放进蒸地瓜面窝头的大锅,窝头蒸熟了,一大碗辣椒面糊也蒸好了。

一人拿一个窝头,把辣椒面糊舀一勺倒进窝头,掰一块窝头蘸一下辣椒面糊,白面和辣椒混蒸在一起产生的清甜香辣的味道扑鼻而来。

地瓜面窝头黏黏的、苦苦的,有点甜味,不好吃,但与辣椒面糊在唇齿间相遇磨合，让满嘴有了香辣甘甜的味道。一个窝头下肚，还想吃一个。

不讲究的家庭做辣椒面糊很简单，在面糊里放几个红辣椒，再放点盐巴，蒸熟搅拌一下就吃了。讲究的家庭是把辣椒切碎，在锅里炒一下，再放点葱花，蒸好后点上几滴香油，这样的辣椒面糊吃起来香辣的味道更让人难忘。

缺吃少穿的年代白面是珍贵的，香油是珍贵的，所以每吃一次辣椒面糊都是一次奢侈的大餐，家里总是弥漫着愉悦的幸福感，那是一种世俗的幸福感，舌尖上香辣的味道，在中年以后的时光里依然挥之不去。

好多年前秋天的一个下午，鄄城的朋友约你去旧城镇聚聚。

旧城镇是黄河边的一个小乡镇，你们在黄河边转了转，又沿着黄河浮桥走到河对岸。秋天的黄河水水流很急，在浮桥的起起伏伏中，天黑下来了，朋友说晚饭在旧城镇上吃，有一家特色饭店，有大家都喜欢吃的一道菜。

许多年前小乡镇还不繁华，特别是靠着黄河边的乡镇，交通闭塞，发展滞后，印象中街道坑坑洼洼，几盏路灯昏暗，街上没有多少行人。

那家特色饭店是一个靠近路边的二层小楼，砖混结构的楼房，通往二楼的楼梯非常逼仄陡峭。楼梯上又没有灯光，几个人扶着楼梯扶手上到二楼，同样逼仄的房间，油腻腻的四方桌，暗淡的墙壁，黄黄的灯光，与许多年前的平原乡镇小饭店几乎一模一样。

朋友很热情，餐桌上有好几道硬菜：烧鸡、牛肉、猪肘，居然还有一盘红烧海鲳。

几杯酒下肚,气氛上来了,逼仄油腻的房间不再让人感到寒酸,灯光也变得亮起来。

那道大家都喜欢吃的特色菜是用大汤盆端上来的。一大盆金黄色的面糊,细碎的辣椒像点点红星,上面还漂着一层芝麻。朋友说是辣椒面糊,这个小店的特色菜。每个人都盛了一碗,你用汤勺舀了一口,香辣的味道,里面还放了肉丁。记得那天晚上满桌的菜肴剩了许多,但那盆辣椒面糊却被喝得干干净净。

那个秋天的夜晚和美食相伴,让你一想起辣椒面糊就想起了那个夜晚就餐的场景,那盆金黄色的辣椒面糊浸润着鄄城朋友的热情和好客。

许多年后的一个冬天,你又去了鄄城的旧城镇,走的是高速,从日南高速转到德上高速,半个多小时的行程,就到了旧城地界。

旧城的朋友早早等在高速路口,虽然天气阴冷,但朋友相聚让人心生暖意。

午餐安排的还是许多年前的那家饭店,老板姓陈,辣椒面糊的做法是祖传的。记忆中交通闭塞、街道坑洼的小镇变化很大。街道是宽阔平整的柏油路,路中间加了护栏。街道两边的商铺焕然一新,那家小饭店的两层小楼装修得有模有样,房间布置得像城里的酒店包间,窗明几净,让人很舒服。

房间里暖气很足,几样特色菜上来了:红烧老公鸡、红烧羊腰子、酱牛肉、炸金蝉、炸土豆条、水煮花生米、菠菜拌粉丝、黄瓜条,色香味俱全的菜肴透着旧城朋友的热情。

举杯,在举杯的过程中聊起几次来旧城的经历,包括有一年夏天去的那所黄河完小,在黄河的对岸,在教室里静静地坐着,依稀能听见黄河的涛声。

　　一道道特色的菜肴其实都在等待最后的那道招牌菜：辣椒面糊。

　　在等待的过程中，你吃油炸土豆条，想起许多年前在你生活的小城有一个名字为"永顺羊羔肉"的餐馆，餐馆里有一道菜肴就是炸土豆条。你喜欢这道菜肴，它让你想起许多年前的西北之行，想起你的出生地贵州，想起火塘里烧土豆的味道，每一道菜肴的背后都有一些故事。

　　辣椒面糊是最后上来的，一人一碗。金黄色的辣椒面糊，有虾皮、肉丁和鸡蛋穗，有儿时香辣的味道和中年后对儿时回望的味道，把高馍掰下一块泡进辣椒面糊里，吃出的是味道，咽下去的是回忆。

榆钱馍，香椿芽

一年过得好快，又到了春天，又到了花红柳绿的日子，莺歌燕舞，万物复苏。

你居住的小区里有许多树，桃树、杏树、梨树、山楂树、核桃树、无花果树、石榴树、香椿树、紫叶李树、木瓜树、海棠树、玉兰树、桐树、杨树、槐树、柳树、银杏树、枫树，你在小区里散步，在小区偏僻的角落，你还发现了一株榆树，枝条上缀满榆钱，让你想起久远的童年。

二十世纪七十年代的老家还没有塑料大棚，不像现在这样春天能吃上反季节蔬菜。萝卜和白菜在漫长的冬天早就吃完了，咸菜坛子里的咸菜也所剩无几，想吃菜只能到田野里想办法。

春雨滋润过的田野散发着春天的气息，野菜和麦苗一样郁郁葱葱。

荠荠菜、蒲公英、灰灰菜、马齿苋夹杂在野草中，挖回家就成了美味的小菜。

最早摆上各家餐桌的当然是荠菜，荠菜初萌于严冬，繁茂于早春。挖回来的荠菜有许多种吃法：凉拌，盐和少许的香油，让焯过水的荠菜有了迷人的香味；洗干净的荠菜切碎，掺上杂面上笼蒸熟，浇上蒜汁，又当菜又当饭；杂面条锅里或者是糊糊锅里丢上几把洗干净的荠菜，既营养又美味；荠菜洗净切碎掺和在玉米面里烙成菜饼子，味道也不错。一种生长在早春的野菜就这样留存在你儿时的记忆中。

除了到田野里想办法，各家还打起了树的主意。槐树上盛开的槐花摘下来可以蒸着吃，既当菜又当饭，也可以煎成面片熬槐花汤。如今许多饭馆里还有这道汤菜，浇了香醋的槐花汤吃起来酸香可口。柳树上嫩嫩的柳芽用开水烫一下凉拌，是佐酒的菜肴。好多年前你的一位学生开了一家罐头厂，专门生产柳芽罐头，冬天也能吃上柳芽，确实火了一阵子。榆树上结的榆钱和槐花一样可以蒸着吃，榆钱窝头是你小时候的最爱，母亲做榆钱窝头时在杂面里掺上一些白面，蒸出来的榆钱馍又香又甜，蘸上蒜汁吃，是儿时难忘的美食记忆。

前几天朋友从老家给你带回来一些榆钱，家人蒸了一大锅榆钱馍，就着腌好的香椿芽，你一口气吃了两个。

香椿芽是从你种的几棵香椿树上摘下来的，十多年前在楼前的空地上种的几棵香椿树长得很旺盛，每年春天满枝头的香椿芽让邻居们也跟着享受了春天的味道。

椿树有香椿和臭椿之分。《唐本草》中记载："香者名椿，臭者名樗。"北宋苏颂说："椿木实而叶香可啖，樗木疏而气臭。"吃香椿芽，品尝的是"春天的味道"。"嚼之竟日香齿颊"，椿芽是餐桌上的绿色食品，其入馔，不仅能烹调出各种特色菜肴，还具有防病治病的作用，是一种医食同源的天然绿色保健食品。《本草纲目》上说，椿树的"嫩芽沦食，消风祛毒"。

小时候，香椿芽有多种吃法，有的吃法一直延续到现在。最简单的吃法就是单拌香椿芽，奢侈点的吃法是香椿芽拌豆腐，再奢侈点的吃法是香椿芽炒鸡蛋。美食大家汪曾祺老先生也写过香椿拌豆腐："香椿拌豆腐是拌豆腐里的上上品。嫩香椿头，芽叶未舒，颜色紫赤，嗅之香气扑鼻，入开水稍烫，梗叶转为碧绿，捞出，揉以细盐，候冷，切为碎末，与豆腐同拌（以南豆腐为佳），下香油数滴。一箸入口，三春不忘。"不管是哪种吃法，在春天的餐桌上，香椿都是一道独特的菜肴，都能让人口舌生津。

糁　汤

在你生活的小城，糁汤其实就是一种肉粥。"糁"字的读音为 sá，方言，还连带着一个传说。据说乾隆皇帝下江南路过沂州城，喝了此汤大加赞赏，问当地人这叫"啥"。皇帝金口玉言，当地人也叫它"啥"汤。相传糁是古代西域人的早餐饮料，唐朝时传入内地。

你居住的小区西门对面有一家糁汤馆，小店门脸不大，和相邻的几家餐馆一比，显得有点寒酸。相邻的几家餐馆有装修豪华的酒店，也有名号很响的特色餐馆，稍微逊色点的是一家川菜馆，但门脸也比糁汤馆气派，糁汤馆夹杂在其间，生意惨淡，让人顿生怜悯之情。

但你对这家糁汤馆却心生暖意，虽然你很少走进去喝一碗热热的糁汤。很少的几次，早晨六点多的光景，你去这家糁汤馆喝糁汤。汤馆里空间不大，几张油腻腻的餐桌上摆放着一次性餐具。你先在吧台上买喝汤吃饼的塑料餐票，多次使用的塑料餐票同样是油腻腻的，让你想起二十世纪八十年代的街头餐馆。每次路过，你都要多看一眼糁汤馆暗淡的门头。人的心情和过往的生活休戚相关,在一个小县城喝糁汤的记忆,时常子弹般将你洞穿。

那个小县城离你生活的小城有六十多公里,"昌邑故城""齐鲁会盟台""金山""永丰塔""麒麟台""巨野教案",每一个词语的后面都有许许多多道不完的话题,每一个词语都足以让巨野这座小城在时间的风中呈现出风姿绰约的一面。

小县城的特色美食除了糁汤,还有罐子汤。

你在《罐子汤》那篇文字中写道:"你忘记了在巨野第一次喝罐子汤的具体时间,那应该是很久以前的一个冬天,在小县城逼仄的街道上,中午的阳光没有一点热度,你和巨野的几位朋友走进一家门脸不大的罐子汤小店,同样逼仄的店面,坐满了喝罐子汤的食客,热闹的场景,至今记忆犹新。你们坐在小店的一个隔断里,跑堂的伙计用托盘端上来几碗罐子汤,说是汤,实际上很稠,泛着好看的乳白色。巨野的朋友说汤是用羊骨熬的,汤里面放上切好的羊肉、羊头肉、羊肝、羊肚和羊肠一起熬制,再加上粉条和青菜,辅料有葱、花椒和生姜,熬好后倒进一个特制的大罐子里保温,吃的时候从罐子里盛出来。一碗汤喝完还能随意添汤,不像单县的羊肉汤,喝完一碗不能再添汤,除非花钱再买一碗。和罐子汤搭配的主食是油饼,罐子汤香味浓郁、香辣顺滑的口感,配上油饼的香软,一碗下肚,浑身发热。在寒冷的冬天喝上一碗罐子汤,那份熨帖,让你至今回味无穷。

"平淡无奇的生活,美食是最好的调味品,一碗浓香扑鼻的罐子汤就这样融入了你的生活,特别是残酒未消的早晨,对一碗罐子汤的怀念消解了现实生活中的种种不易。"

对一碗糁汤的怀念,同样是为了抵御生活的平淡无奇和消解现实生活中的种种不易。

第一次在巨野喝糁汤是在青年路的一家糁汤馆。那时候青年路还没有改造,街道两旁都是大大小小的餐馆。

糁汤馆主要经营早餐,你在那家糁汤馆吃早餐的时候,早晨的阳光从餐馆的玻璃门照进来,暖洋洋的,是春天的阳光吗?久远的时间,让你忘记了第一次喝糁汤的季节。

喝的是牛肉糁,除了牛肉糁,别的糁汤馆还有鸡肉糁。那家汤馆好像是郭氏牛肉糁汤馆。汤汁浓稠相宜,用筷子轻轻搅动,细细的,柔韧的,像母亲纺成的棉穗,含在舌尖,沁入心底,依旧是肉香。配汤吃的是油饼,还有一枚咸鸭蛋。一碗汤下肚,精神为之一振。

巨野的朋友说巨野郭氏牛肉糁是以新鲜的牛肉、牛骨髓为主要原料,配以数十种中药材及调料经长时间精心熬制而成,汤汁浓稠,汤色乳白,香气袭人,久喝不腻,具有暖胃健脾、壮骨强筋、滋阴补肾之功效,是名副其实的汤类补品。

朋友的话一点也不夸张,每一次去巨野,早晨最喜欢的还是一碗冒着热气和香气的糁汤。巨野县的大街小巷都能看见一些糁汤馆的招牌,每次走进去,都能享受到一次贴心贴肺的早餐。

好多年都没去青年路那家糁汤馆喝过糁汤了,你不知道改造后的青年路还有没有那家糁汤馆的影子,就像你在那个小县城去过的许多地方,城市化不断推进的步伐让许多场景都恍如隔世。

台儿庄黄花牛肉面

你在《伏天喝碗羊肉汤》那篇文章中写道:"伏羊一碗汤,不用神医开药方。"有一年夏天你去枣庄台儿庄,正赶上台儿庄的祥和庄园举办"伏羊节"。一年中最热的伏天,祥和庄园的"伏羊节"开启了美食之旅的序幕,特制的大锅,枣庄白山羊、临沂黑山羊、济宁青山羊,优质鲜美的食材,正宗地道的做法,一碗碗冒着热气的原味羊肉汤,加上盐、醋、芫荽,再配上台儿庄的特色小吃菜煎饼,清淡、爽口、味美,一口喝下去让人欲罢不能。热闹的就餐场景,让你感觉到美食节独有的狂欢。

台儿庄那年夏天羊肉汤独特的香味还留存在你的美食记忆中,许多年后台儿庄的另外一道美食黄花牛肉面同样丰富了你的味蕾。

暮春时节,从你生活的小城赶往台儿庄,正午时光,在台儿庄人民路的一家小餐馆邂逅了黄花牛肉面。餐馆的名字是"宋师傅黄花牛肉面",门脸不大,里面也很小,摆放着六七张餐桌,室外也摆着几张餐桌,如果不是室外杨棉横飞,你想在春天的阳光下享受一碗黄花牛肉面。

餐馆的生意很好，餐桌坐满了，还有一些人在排队。一碗面、一碗面汤、一个卤鸡蛋、一小碟咸菜，简简单单的食材，吃出来的却不是简单的味道。

面很筋道，切碎的牛肉丁和黄花菜，绿绿的芫荽和红红的辣椒，清清爽爽的独特口感，区别于兰州拉面、河南烩面和武汉热干面。

对一座城市的回望和留恋，其实也是对那座城市美食的回望和留恋。美食同样承载着一座城市的历史，它让一座城市变得丰润而感性，通过触觉和味觉就能抵达城市历史的深处。

台儿庄位于苏鲁交界处，京杭运河的岸边，自古以来通过京杭运河南粮北运，台儿庄成为重要的水上交通枢纽。据史料记载，明朝时期在台儿庄居住的人口将近五万人，京杭运河把南方的粮食、竹器、藤编、茶叶等物质源源不断地运往北方，商人、船工、纤夫在此歇息休整，南北物质和文化的交流融合，形成了台儿庄独具特色的饮食文化，黄花牛肉面就是南北文化交流的经典之作。

黄花牛肉面是南北饮食文化融合的结果，北方人喜欢的牛肉和南方人喜欢的黄花菜碰撞交流，给台儿庄平添了一道美味佳肴。

黄花牛肉面中的黄花菜你并不陌生，记得小时候在老家的院子里，父亲每年都会种上一些黄花菜。在夏日的阳光下，黄花菜浅黄色的花朵招引着蝴蝶和蜜蜂，母亲把黄花菜的花朵摘下来，在开水里煮一下，捞出冷凉，浇上蒜汁，菜肴的美味，还残留在儿时的舌尖上。

黄花牛肉面制作工艺精细考究，主要原料有黄花菜、黄牛肉、黄牛大骨头和面条。精选上等烘焙黄花菜，用冷水浸泡十多个小时，洗净切碎备用。你们走进宋师傅黄花牛肉面餐馆时，餐馆的一位员工正在切浸泡好的黄花菜，切好的黄花菜放在一个大铝盆里。

牛肉在清水里浸泡后，切成一厘米见方的肉丁，放在油锅里慢火炒至金黄色，加入配好的作料炖透。用牛大骨熬制高汤，将黄花菜、牛肉丁和配好的中药材汇入高汤，文火炖至汤、肉、菜、料完全融合，制成油而不腻、味道厚重、芳香四溢的黄花牛肉汤，将肉汤浇在煮好的面条上，碗里汤面各半，撒上切碎的辣椒、芫荽或小蒜苗，一碗热气腾腾、味道醇厚的黄花牛肉面就做好了。

小餐馆操作间的那口盛满牛肉汤的大铁锅里油花翻滚，香气四溢。餐馆的一面墙上是介绍黄花牛肉面的文字，原来黄花牛肉面是回民的一道美食，用牛羊肉做成佘子浇面条吃，所以又叫"佘子面条"，后来经过宋师傅深入挖掘整理，并根据原料特点正式命名为"黄花牛肉面"。

在名字为"宋师傅黄花牛肉面"的餐馆吃到的应该是正宗的黄花牛肉面，小店过了正午还络绎不绝的食客也是极好的佐证。

羊肚汤

好多年前中华路还没有升级改造，路两旁散布着许多小餐馆。

那时候你上班的单位和教育学院毗邻，学院的大门两侧餐馆林立，门脸都不大。门脸最大的一家是个酒店，你忘记了酒店的名字。你还没有来这家单位上班前在一个小县城的中学教书，有一次参加业务会在那家酒店吃过饭。小教员的身份让你在酒店就餐时倍感拘谨，用过的酒水和菜肴早就忘得一干二净，包括那家酒店的名字。

来这家单位上班后，你依然没有摆脱小教员固有的拘谨。单位的四层小楼灰扑扑的，是中华路上建造得比较早的一栋砖混结构的楼。你在一楼办公，两小间办公室摆放了四张办公桌，但经常办公的其实只有你和一位老大哥，你们的工作就是写材料，加班是家常便饭。

那时候你还没有固定的住所，一日三餐主要在那些小餐馆解决，常去的是一家川菜馆。

川菜馆在你生活的小城很接地气，大大小小的川菜馆点缀在小城的大街小巷，虽然门脸都不大，但生意都不错，你常去的那家生意还很火爆。后来各种特色餐馆开得多了，那家川菜馆火爆的生意才慢慢沉寂下来。

你喜欢那家川菜馆平民的氛围，大厅里摆着几张桌子，很少的包间和隔断，大家几乎都在同一个空间里喝酒吃菜，消解了身份和一些附加的东西，那份热闹和喜庆，只有在羊肉汤馆里才能找到。

你从小喜欢吃辣，川菜的香辣很合你的胃口，回锅肉、水煮鱼、水煮肉片、水煮牛肉、毛血旺、宫保鸡丁、麻辣鱼、酸菜鱼……每一款菜肴都能击中你的味蕾。又辣又香的菜肴再配上二两二锅头，在热热闹闹的大厅里，你找到的是一种世俗的满足和幸福。

除了那家川菜馆，去得较多的还有一家清真饭馆，饭馆的招牌菜有红烧牛肉、孜然羊肉、羊肚汤，主食是羊肉水饺。

清真饭馆的羊肚汤很有名。羊肚是饭馆的老板亲自煮的，煮好的羊肚堆放在靠墙的一个大案子上，冒着热气和香气，一碗羊肚汤或者一盘羊肉水饺就满足了胃口。世俗的熨帖和舒适，让人忘记了中华路上的喧嚣。

但中华路上总是喧嚣，作为城区的主干道，车辆和路人络绎不绝，特别是冬天的黄昏，你站在路口，要等很长时间，才能从过往车辆的空隙间穿过马路，走到对面的天香公园门口。

在去那家清真饭馆解决晚餐之前，你喜欢在天香公园里溜达一阵子。公园里有许多高大的柏树，从柏树林中穿过，许多鸟在树林中呼朋引伴，虽然是冬天，但树冠上的鸟鸣还是让你想起了王维的那首《鸟鸣涧》。

和你一个办公室的老大哥来电话了，约你去清真饭馆吃饭。老大哥的电话总会在你一个人徘徊不定的时候响起，一个人吃饭太无趣，老大哥的相约让晚餐变得不再单调。

那家清真饭馆夜晚的生意很好，门厅里的几张桌子已经客满，靠墙的一张大案子上摆放着煮好的牛肉、羊肉和羊肚，水煮花生米盛在一个大铝盆里。

你和老大哥找了个小包间，一盘红烧牛肉、一盘水煮花生、一盘凉拌藕、一盘炝土豆丝。饭馆包间里的灯光不是很亮，红烧牛肉的味道却很独特，还有水煮花生米，吃起来格外香。

包间没有窗户，你们听不见冬天的风在中华路上掠过的声音。你对清真饭馆的羊肚汤充满了期待，对羊肚汤碗里飘着的绿绿的芫荽和黄黄的韭黄充满了期待。

多年后，那些大大小小的餐馆随着中华路的改造慢慢消失了，包括那家清真饭馆和它诱人的羊肚汤。

小龙虾

许多年前,在你生活的小城有一家经营小龙虾的餐馆,位置在中华路和青年路的交会处。餐馆的名字早就忘记了,只记得餐馆是晚上营业,夏天是旺季,十几张桌子摆放在餐馆门前的空地上,类似于大排档。

黄昏的街头,中华路和青年路上人潮汹涌。你和几位朋友坐在露天餐桌上,安静地等待红烧小龙虾端上餐桌。

一大盆红烧小龙虾端上来了,熟透了的小龙虾泛着好看的红色,切碎的辣椒也是红的,油汪汪的汤汁里,有姜和蒜的碎末,看上去就很诱人。

第一次吃小龙虾,戴上餐馆服务生发的一次性手套,用手直接捏起一只小龙虾,先把龙虾身上的汤汁吮吸干净,麻辣的香味,直抵肺腑。剥开小龙虾通红通红的外壳,露出雪白的嫩肉,一口吃下去,香软滑嫩,唇齿生津。

那时候还流行喝扎啤,扎啤杯很大,能装一斤多啤酒。吃几只小龙虾,喝上一大口扎啤,麻辣香的味道和凉爽的扎啤相遇,很爽的感觉。一边吃喝一边看小城市路边的灯火,闲适的感觉就上来了。

那时候小龙虾在你生活的小城刚刚登场，新鲜的口感吸引了众多食客，小龙虾餐馆的生意意外火爆。

后来小龙虾餐馆的生意在你生活的小城慢慢冷了下来，也许是越来越多的美食进驻小城，也许是小龙虾吃起来很费事。记忆中那次吃小龙虾的印象较深，后来也吃过几次，小龙虾都不是主打菜，渐渐地小龙虾淡出了你的视野。

没想到许多年后你和小龙虾又再度相逢。

有一年秋天，你和家人还有几位朋友去南阳古镇游玩，鱼台的朋友把午餐安排在鱼台县城，说是去吃小龙虾。告别了古镇，踏上了去鱼台吃小龙虾的美食之旅。

据鱼台的朋友介绍，鱼台县四季分明，雨热同季，冷暖适中，具有南、北的气候特点，为小龙虾生长提供了充足的光热能源。鱼台小龙虾的特点为个体大、长，头胸甲、腹甲及螯足、步足呈褐色，体表光洁，无附着物，腹部洁净，肠管清晰可见，蒸煮后甲壳呈鲜红色，壳薄而光滑，肉质洁白细嫩，味道鲜美，是小龙虾中的精品。2011年11月22日，农业部批准对"鱼台龙虾"实施农产品地理标志登记保护。2018年6月，鱼台县被中国渔业协会授予"中国生态龙虾之乡"的称号。

鱼台的朋友的介绍让你对小龙虾充满期待，鱼台小龙虾的味道和许多年前你在生活的小城吃的味道一样吗？隔着时间和空间，你无法预知。

鱼台县城很干净，路过鱼台新一中校区，绿树掩映下的红墙蓝瓦让人倍感亲切。

吃小龙虾的餐馆在鱼台县湖陵路与观鱼大街交汇处，名字为

"同仁聚砂锅居"。餐馆门脸不大，但很古朴。

"砂锅居"这个名字你很熟悉。许多年前，正对着你生活的小区北门，有一家名为"砂锅居"的小店。小店门脸不大，上下两层，楼下是卡座，接待一些散客，楼上有七八个包房，要提前预约。

小店很干净，凉拌藕、老豆腐和西芹炒百合是小店的招牌菜。藕不是本地产的，脆而无渣，口感很好，是佐酒的上好凉菜，点这道菜的客人较多。老豆腐用高汤在砂锅里炖好，出奇地香。西芹百合清淡爽口，其他饭店做不出这种味道。可惜小店开的时间较短，舌尖上的记忆，在时间的风中慢慢褪去。

没想到，在鱼台县又和曾经熟悉的小店相逢，再度相逢的还有记忆中的美食小龙虾。

午餐的菜肴很丰盛，小龙虾是主打菜，上了两盆，一盆是麻辣的，一盆是蒜香的。麻辣小龙虾依然是记忆中的香辣鲜嫩，蒜香的也不错，嫩白的龙虾肉和浓浓的汤汁，碰撞出记忆中绝美的味道。

除了小龙虾，还有一道纸包鱼，类似于诸葛烤鱼和荷叶鱼，味道鲜美。烤串也不错，有羊肉串和鸡翅，还有板筋，是在吊炉里烤制的。主食是水饺和面条，没有鱼台大米饭。鱼台的朋友说到金秋十月新米才下来，到时候再邀请你们到鱼台做客，吃新鲜的鱼台米饭。

小酒馆

你生活的小城,繁华的大街两侧很少能看见小酒馆的身影,小酒馆一般隐身于僻静的小街道,或者一些小胡同。

你知道在距离一家老旧宾馆不远处的一条小胡同里,就有一家特色小酒馆,主要经营烤全羊。虽然小胡同很偏僻,很窄小,连一辆车也过不去,但小酒馆特色的菜肴很吸引人,所谓"酒香不怕巷子深",小酒馆的名气在你生活的小城慢慢传播开来,聚拢了许许多多的食客。

靠近烤全羊餐馆的胡同口,几棵高大的法国梧桐树摇曳生姿。烤全羊餐馆在胡同的深处,小院落的门楼上是餐馆的招牌——胡同烤全羊,几个朴拙的大字,大红灯笼已经高高挂起。

院落里有平房,还有两层的小楼。有一次十几位朋友相约去胡同小酒馆聚聚,订的是二楼的一个包间。包间很大,圆圆的实木餐桌,高高的靠背椅,大菜没有上来之前,餐桌上已经摆满了菜肴,烤鸽子、炖柴鸡、辣炒羊肚、辣炒羊血和几样时令菜蔬,让你眼前一亮。让你眼前一亮的还有一大盆羊肉米饭,那是吃烤全羊之前的一道开胃粥。香滑爽口的羊肉米饭,一小碗下肚,熨帖的感觉，让人有了端起酒杯的冲动。

还有一家小酒馆离你居住的小区不远，小酒馆的特色菜肴是炖鹅。你早晨跑步常路过那个小胡同，小酒馆古色古香的门脸在早晨的阳光下暖意十足，让你想起乡下的慢时光。

也是几位朋友相约，你在一个黄昏踏进了这家小酒馆。小酒馆房间里的设施比较陈旧，光线有些暗淡，让你想起鄄城旧城镇街上的那家小酒馆。那家小酒馆的特色菜肴是辣椒面糊，你在《鄄城味道之辣椒面糊》那篇文章里写到了它。

这家小酒馆的特色是炖鹅，房间里陈旧的设施，油腻腻的桌椅，和古色古香的门脸不相称，直到一大盆冒着香气和热气的炖鹅端上餐桌，在小酒馆就餐的气氛才上来了。美食消解了小酒馆设施的简陋，举杯，为特色菜肴干杯。

有一家炖鸡炖鱼的小酒馆也隐藏在一个小胡同里，那个小胡同离你居住的小区也不远。和许多小酒馆的布局一样，一楼是大厅，二楼是包间。小酒馆的特色菜肴一是炖柴鸡，二是炖鱼。食材都不错，可惜不是用劈柴地锅炖的，口感就打了折扣。但小酒馆在胡同深处，安安静静的就餐环境，适合几位好友相聚。从二楼房间的窗户看出去，是一个小小的公园，公园里有一片樱花树。春天的时候樱花盛开，有粉红色的云雾缭绕，可惜现在已经立秋，满树的粉红色要等来年开春的时候了。等待让人安心，餐桌上的菜肴也让人赏心悦目起来。

烧烤园

这个夏天终于来了,你在冷气很足的房间里,冷气让人感觉到孤单。

有时候感觉和生活格格不入,一个人在小区里散步,居家的日子,无花果树枝干粗壮,叶子肥硕,奇异的香味,许多小鸟在树冠上啄食无花果子。《百年孤独》里的场景和味道,正午的阳光让人慵懒。

雨后空气清新,和平路菜市场离你居住的小区很近,一路走过去,路过新闻家园,小区里楼群低矮,铁栅栏圈起的院子里,有一小片菜地。黄瓜藤蔓在架子上纠缠,黄色的花朵上,有蜜蜂的身影。还有辣椒、茄子、西红柿和小葱,像模像样的小菜园,你从栅栏外面触手可及。你走过去的时候,小区是那么安静,像昨夜的梦。

夜晚就来了,夏天的夜晚不是百年孤独,夏天的夜晚有许多好去处,譬如烧烤园。

烧烤园是你生活的小城中独有的一道风景,你写过许多有关地摊的文字,那些被烧烤照亮的夏天的夜晚,有袅袅的歌声和遥远的星空。

你的几位学生约你去烧烤园。你在一个封闭的基地工作，他们选择离你最近的那个烧烤园。你从那个大院子走出来，从武汉路往南，走到钱塘路，然后往西。路边的绿化带没有清理，野蛮生长的杂草，生命力总是很旺盛。

烧烤园很大，菏泽许许多多的曾经有名气的地摊汇聚在烧烤园中，几百张方桌排列整齐，烧烤园的气势就出来了。你走进烧烤园，看见那些熟悉的招牌：马龙烧烤、沙海烤羊肉、曹县烤全羊、钱氏羊棒骨……就好像走进了许多年前的记忆，突然感觉到自己的衰老。

几位学生点好了菜肴，一大盆秘制羊棒骨，辣香的味道，迷人的味道。你握着一根羊棒骨大口啃食，筋头巴脑，汁水浓厚。骨髓要用吸管吸食，让你想起"敲骨吸髓"这个词语。

烤羊肉串、烤板筋、炝土豆丝、芹菜豆芽肉、酥瓜拌荆芥、凉拌芸豆、油炸花生米、海鲜香螺，地摊菜肴中的精髓，你的学生用美食向老师致敬。

白酒和啤酒，美食和美酒让气氛热烈起来，几百桌的食客在美食和美酒的簇拥中，让你看见夏天夜晚热闹非凡的面孔。

几位学生中有和你一个村的，同姓，门第很近，说起老家的人和事。四十多年了，老家在你的文字中从未缺席。那条河流，盛开的紫荆花，十字路口那间青砖黑瓦的小屋，在你写的《故乡三陈》中，那位穿着宽松的白绸布上衣，戴着宽边草帽的陈二喜，坐在小屋门口和老家的人摆古。

你文字中的"游街""听书""甜水井""打麦场"和"牛屋"，那些死去的树、故土的桥，你能看见你远逝的故土，看见春雨中盛开的梧桐花，淡紫色的忧郁。

你在夏天夜晚的烧烤园看见了你的故土，那些拔节的芝麻和浑圆的西瓜，你喝下一口白酒的时候故乡的人在遥远的地方，那些曾经熟悉的村庄，那些地瓜和玉米，那些大豆和高粱，你从土街上走过，蟋蟀在唱歌，青蛙在歌唱，知了在歌唱。

夜晚的烧烤园没有蟋蟀，有的是歌手，女歌手，宽松的上衣，牛仔裤头，她想显示她身材的修长和皮肤的白皙。有吉他伴奏，女歌手的嗓音不错，唱的是老歌，那首《如果有来生》。你在烧烤园热闹的场景中感受那首歌的歌词和旋律："我们去大草原的湖边，等候鸟飞回来。等我们都长大了，就生一个娃娃。他会自己长大远去，我们也各自远去。我给你写信，你不会回信，就这样吧。"歌词配上旋律才能让人感觉伤感，那个叫"我"的小镇，只存在于感觉中，虚无而遥远。

歌声让人沉醉，歌声的花朵，音乐的花朵，久石让的那首曲子——《天空之城》，交响乐团在演奏，笛子、二胡、钢琴和小提琴，居然还有笙箫。热闹的烧烤园适合交响乐的加入，但你更喜欢纯钢琴版的《天空之城》，干净、纯粹、平和、舒缓、空灵，缥缥缈缈的忧伤，像宗次郎的《故乡的原风景》。

日本的音乐和文字有许多相通的地方，文化的滋养穿过时间的流水，沉淀下来的凄美基调，在古都，在雪国，在樱花飘落的刹那。

成武味道之羊肉汤

在成武县城一条僻静的小街上,有一家羊肉汤馆,名字叫"小西湖"。你诧异于这个带着南方水汽的名字,烟雨迷蒙的江南,那些湖光山色,和一个平原小县城的羊肉汤馆极其不搭。

叫"小西湖"的餐馆应该有肉质细腻的江鱼、大闸蟹、田螺和湖虾,弯弯的菱角和圆润的茭白,小桥流水,笙歌和鸣。北方羊肉汤馆的名字不应该挟裹着江南的水汽。北方羊肉汤馆的名字应是直接的,要么显示渊源,譬如"赵家羊肉汤""刘家羊肉汤""朱大姐羊肉汤""屠家羊肉汤";要么显示地域,譬如"郜鼎羊肉汤""引马羊肉汤""富春羊肉汤""天宫羊肉汤""桥头羊肉汤";要么显示制作方式,譬如"砂锅羊肉汤""原味羊肉汤""红汤羊肉汤"等等,感性的名字,直抵羊肉汤的灵魂。

但"小西湖"就在那里,好多年了,一直是小县城羊肉汤最好的场所,每一次走进去都有太多的感触。

饭馆的门脸有江南建筑的灵秀,门两旁是隆起的两扇窗户,门头翘起的顶部,像南方的竹楼。"小西湖"三个飘逸的大字,红色的底子，灵秀中有庄严。门柱两边的石头青蛙，头顶被食客的手摸得锃光水亮，让你想起曹县一条僻静街道上的那只石蛤蟆，同样的锃光水亮的头顶，每摸一次都会涨一分福气。据说石蛤蟆还能预报天气，大雨到来之前，石蛤蟆的双眼会噙满泪水，奇异的现象，让路人驻足观望。

饭馆宽阔的大厅里，摆放着几十张矮方桌，实木的方桌和同样实木的矮板凳，厚重敦实，坐上去让人心安。北方羊肉汤馆豪放的场景，露天烧烤摊的景象，亲切，溢满浓浓的烟火味道。

你喜欢这样的味道，随意的状态，蓬勃的状态。

挨着大厅有几个包间，但到羊肉汤馆吃饭还是大厅敞亮，平民的视觉，接地气的坐姿，让你想起成都的火锅老店，同样是宽阔的大厅，几十张木桌，气势恢宏。

因为是中午，主要是喝汤，菜肴不能太复杂，但好客的成武朋友还是点了许多菜。凉菜有水煮花生和凉拌藕，还有一大盘介于烧鸡和酱鸡之间的一种鸡，小店的特色菜肴，吃起来有烧鸡的香软，又有酱鸡的鲜香。辣炒羊肚和皮杂，皮杂是地方小吃，有肉末、花生米和特制的粉皮。一小盆牛肉羹汤，是喝羊肉汤前的开胃菜肴。

羊肉汤盛在大碗里，一人一大碗，红汤，上面飘着绿绿的芫荽，碗里的肉块很大很多，类似于大炖羊肉。喝汤，一个字"鲜"，两个字"真鲜"。面食是烧饼和水饼，烧饼酥脆，水饼筋道，和羊肉汤是绝配。

你在《鄄城味道之羊肉汤》那篇文字中写道："在鄄城的一些乡镇，羊肉汤扮演了美食的主角。那些大大小小的羊肉汤馆，吸引着一波波食客。一碗暖胃的羊肉汤，消解了食客们不同的身份。热气腾腾的喝汤场景,充斥着世俗的热闹和温情。

"在你生活的小城,单县的羊肉汤当然最有名气,三盛合、三义春老店,白汤的味道,在味蕾绽放。还有红汤,在单县黄岗,路东的那个小院子,去晚了就订不上座位。一碗红汤下肚,身心无比熨帖。作为一张美食名片,单县羊肉汤为单县挣足了面子。

"散落在鄄城一些乡镇的羊肉汤馆虽然没有单县羊肉汤馆的名气大,但这些羊肉汤馆各自独特的味道同样散发着美食迷人的香气。"

因为地域上和单县靠得很近,成武的一些乡镇同样散落着很有名气的羊肉汤馆。

大田集的羊肉汤馆比较有名气的有两家,都坐落在大田集镇东西大街上。大田集镇的红烧羊肉很有名气,在喝羊肉汤之前,吃上几块红烧羊肉,美食的味道,值得细细回味。

天宫镇的羊肉汤馆在一条南北大路的西边,喝汤的地方是一个大棚,路边吃地摊的感觉,但羊肉汤很有味道,属于红汤。天宫镇的烧鸡不错,喝汤前吃几块烧鸡肉,互相比对中,有种不一样的感觉。

名气比较大的还有郜鼎羊肉汤,也是在一个大路边,十几间板房,汤是红汤,肉块很大,类似于大炖羊肉。还有煮好的羊骨头,喝汤前啃上几块,很过瘾。

成武历史悠久,成武的羊肉汤历史也很久远。网上的文字:成武羊肉汤始创于1807年,创始人徐柱力、曹西胜、朱克勤。最初他们三个人合伙开设"三义汤"羊肉汤馆,生意颇为兴隆。后来,徐、曹、朱三家各自经营,徐家技术好,选料精细,羊肉汤便以徐家为正宗发展起来。

你不知道散落在成武县大街小巷的那些羊肉汤馆是哪家的传承，好多地方文字也无法抵达，那么，闲暇之时，就约二三好友去成武，寻一处羊肉汤馆，坐下来慢慢喝，让光阴慢下来，再慢下来。

胡同深深深几许

周末,你去成武,一个安安静静的小县城,入住那个老旧的宾馆。

宾馆门前的大街依旧是车水马龙,路两边的法桐树枝干粗壮,让你想起前年的夏天,你在这个老旧的宾馆门口,雨在下着,你从车窗望出去,看见从大巴车上下来的一群人。

高考期间,从其他县城赶过来监考的教师聚集在入住的宾馆,这样的场景你每年都会经历一次,没想到前年夏天来这个小县城监考的教师来自你生活过的小县城,来自你曾经教过书的那所中学。你隔着车窗玻璃看见蒙蒙细雨中晃动的那些身影,想从中找到一两个熟悉的,终于看见了你的一位高中同学。三十多年过去,他的身体依然那么消瘦,黝黑的面孔,留着一些岁月的沧桑。

前年夏天雨中的场景挟裹着回忆的蒙蒙水汽在你眼前漫漶,曾经熟悉的生活,时而清晰,时而恍若隔世。

透过车窗玻璃,下午五点多的阳光还很强烈,这是夏天的阳光。一路过来,小县城的高楼在拔地而起,在高楼的空隙间,还留着一些小胡同,胡同是小县城民居的一大特色。

 胡同深深深几许?一家家独立的小院子是构筑胡同的堡垒。如果是春天,一枝红杏出墙来,还有小院落的门楼,院子里的桃花,唐朝的诗人崔护和他依旧笑春风的桃花遮隐着的惆怅,当然还有后来戴望舒的雨巷和他的油纸伞,汪曾祺和他的胡同文化,西安的虾蟆陵,南京的乌衣巷……在商品经济大潮席的卷下,总有一天胡同和胡同文化会慢慢消失,只留下一些文化符号。

 你知道在距离这家老旧宾馆不远处的一条小胡同里,有小县城的特色名吃"胡同烤全羊",那里也是小县城的朋友招待远道而来朋友最相宜的地方,接地气,低调的奢华。每一次让小县城的朋友陪着去吃胡同烤全羊,怀揣的都是欢喜。

 餐桌上,大菜烤全羊呼之欲出,因为用红柳枝串起的羊肉串带着扑鼻的香味端上来了,挟裹着大漠的风烟,让人有了端起酒杯的冲动。举杯,不是消愁,而是倾诉多年的友情。

 烤全羊是两个人端着摆上餐桌的,一只完整的羊趴在大大的托盘里,金黄色,泛着油光,冒着热气和香气。高潮来得如此淡定从容,举起筷子时居然有了近乡情更怯的感觉,美食包容的情感,越过千山万水,越过巴山蜀水,越过夜雨寄北,最后沉淀在酒杯里,没有惆怅婉转。

 当然没有惆怅婉转,这个周末,这个夏天的周末,同样是黄昏,小县城的几位朋友又陪着你走进小胡同,和胡同烤全羊再度相逢。

 曾经熟悉的那些菜肴,又一次出现在餐桌上,只不过是圆桌换成了方桌,前年的老朋友换成了今年的新朋友。

 "结识新朋友,不忘老朋友",许多年前耳熟能详的歌词和旋律,讲述的是最朴素、最纯真的情感,就像餐桌上的那些美食,散发着迷人的香气和让人心醉的联想。

你用筷子夹起一大块烤肉,食欲大开。一口烤肉一口洋葱,烤肉的筋道香酥和洋葱的清脆甜香碰撞出的是另外一种味道,衍生出"大漠孤烟直,长河落日圆"的辽阔和雄浑。

曹县烤全羊

在曹县吃烤全羊之前,你们先去了一个采摘葡萄的地方。

曹县的朋友说普连集的葡萄成熟了。他说葡萄成熟的时候,你有点迷惑,小满季节刚过去不久,芒种还等在收麦子的路口,秋天才能成熟的葡萄怎么会提前成熟?曹县的朋友说的是樱桃吧,前不久在鄄城的旧城镇那个叫葵丘的小村庄采摘樱桃的场景还在你的文字中。"红了樱桃,绿了芭蕉",淡淡的羁旅之愁,是宋代词人营造的古意。

曹县的朋友在电话里语调恳切,说就是葡萄熟了。从你生活的小城一路开车过去,在曹县普连集终口会合的时候已经是上午十点,夏天的阳光很灿烂。

从普连集大街上穿过,然后是乡间的柏油马路,路两边的麦子整整齐齐地站着,土黄的颜色,在南风中等待收割。

路过一个名字为"三官庙"的村庄,村庄后面有养鸡场。从柏油马路拐上一段黄泥土路,采摘的地方就到了。

那是一个被麦田围裹着的塑料大棚,如果不是距离大棚不远的土路边那几棵高大的白杨树,围裹在麦田中的塑料大棚显示出的一定是突兀的孤独,杨树粗壮的树干和硕大碧绿的树冠消解了大棚的孤独。

经营塑料大棚的是一对夫妇。走进塑料大棚,你知道葡萄真的熟了。宽敞的塑料大棚里是一垄垄葡萄藤蔓,一串串葡萄在藤蔓间,闪耀着紫红色的光芒,闪耀着成熟的、晶莹剔透的光芒。

大棚里温度很高,持续的高温让葡萄提前了它的成熟期。摘一颗紫红色的葡萄放进嘴里,虽然不是秋天里的成熟,但那种酸甜的口感和秋天的味道遥相呼应。"盛夏的果实",有莫文蔚歌中的忧郁,"回忆里寂寞的香气"。用剪子剪下一串沉甸甸的葡萄,轻轻放进小篮子里,夏天就这样来了,让你猝不及防。

出汗了,一小篮葡萄的收获,让汗水流了下来。

你提着一小篮子葡萄走出大棚的时候,凉爽的风吹过来,土黄色的麦田在阳光下翻起了波浪。

"喜看稻菽千重浪,遍地英雄下夕烟",浪漫的诗句,喜悦的情怀,让人欢欣鼓舞的年代。眼前是无边无际的麦田,但无边无际的麦田里没有收割者的身影。路过三官庙村的时候,你看见村口停着十几台收割机,一位收割机手靠在收割机上抽烟,黧黑的面孔上蒙着尘灰,那是收割麦子留给他的痕迹。

麦收的记忆很遥远了,炎热和黄土路上扬起的尘土让麦收的记忆又一点点复苏,握着一把镰刀割麦的姿势,匍匐。强光下的疲惫和绝望,一垄接着一垄的麦子,仿佛永远到不了尽头。

几十年过去了,每年的麦收季节都会给你留下一些记忆,特别是近几年,高考时间和麦收的时间重叠在一起,给人的感觉是双重的收获,但今年因为疫情推迟的高考,又和麦收季节拉开了距离。生活总在改变，让你无法把握。

那就把握好中午的美食，返回县城，品尝朋友安排的曹县烤全羊。

曹县烤全羊是曹县的一道美食。关于烤全羊的记忆留存在你的许多文字中，那些味道和吃烤全羊时的场景一起涌来，让你在返回县城的路途中内心溢满激动。

吃烤全羊的地方在一个大院子里。院子里十几个白色的蒙古包，在正午的阳光下很沉静，让你想起遥远的草原和草原上缓缓移动的羊群。

记忆中，在曹县吃烤全羊大都在晚上。晚上吃烤全羊的气氛和白天不同。在夜晚的灯光下，无论是地摊还是蒙古包，端上餐桌的烤全羊冒着热气和香气，举杯，气氛一下就上来了，让人很快就放松下来，让人在酒精的麻醉下有了放纵的感觉，让人无法细细品味烤全羊肉质的鲜香，好多感觉是后来的回味，包括你写烤全羊的那些文字。

白天的蒙古包冷气很足。因为光线充足，你有足够的时间细细打量端上餐桌的烤全羊。那一块块泛着金黄色的肉块，蘸上一点辣椒面和孜然面，你同样有足够的时间慢慢品尝烤全羊肉质的鲜嫩、鲜香。

白天没有大口喝酒的冲动。"白天不懂夜的黑"，白天不需要懂夜的黑，白天有足够的时间和耐心去体味一道美食带给人的快感。那一块块烤得焦黄酥脆的羊排，必须趁热啃干净上面的肉，趁热吃才有味道。还有羊肝，托盘里的羊肝同样烤得金黄酥脆。好吃才是硬道理，曹县烤全羊吃的就是这个道理。

切好的洋葱块和烤全羊是绝配，洋葱块的脆甜和烤全羊的鲜香碰撞在一起,打开了人的味蕾。

羊肉小米饭是曹县烤全羊的黄金搭档。吃完烤全羊后再喝一碗热气腾腾、香气扑鼻的羊肉小米饭,被酒精灼伤的胃慢慢回暖过来。金黄色的小米粥,细碎的肉末,绿绿的芫荽,美食的盛宴,让人迷离。

沂水全羊汤

从沂水地下大峡谷出来去孟良崮战役纪念馆,赶到时将近下午三点。站在孟良崮战役纪念馆的高台上,满院的苍松翠柏掩映着无数烈士的墓碑,秋日的阳光照在墓碑上,墓碑泛着水一样的辉光。

回望来的路上,弯弯曲曲的盘山公路,蒙山秋天的美景尽收眼底。收过玉米和大豆的层层梯田裸露着好看的土黄色,地瓜绿色的藤蔓在静静地等待霜降后地瓜的成熟,大片的生姜还在地里生长,茂密的枝叶连成一片片,像一块块青纱帐,飘逸着独特的沂蒙风情。

从盘山公路上远远看过去,在隆起的绿色丘陵上,有一些红色的大字,仔细瞧瞧,是"沂蒙老姜窖"几个大字,大字下面是一孔孔洞开的窑洞。一开始没有看清楚,还以为是"沂蒙老酒窖"。在沂水地下大峡谷的隧道里,有一些窖藏老酒的地方,难怪沂蒙的白酒喝起来滋味绵长,就像你幸运遇到的沂南竹泉村的那家草鸡店,味道醇厚的诸葛亮老酒让你深感不虚此行。

在绿色的丘陵下停下车来,从羊肠小道上攀爬上去,不时听到一孔窑洞里传出来的开凿山体的声音。

洞开的洞门,一踏进去就很凉爽。中间是通道,两侧是一孔一孔的小洞,每一个小洞里都堆着细细的沙土,有一个小洞靠近洞壁的沙土里长出了一株高高的绿植,拔出来一看,是遗落在洞里的一块姜长出来的枝条。

听见几个人的脚步声,在最里面开凿窑洞的一位中年人停下了手里的活计。很朴实的山里人,黝黑的面孔和骨节粗大的手指是常年劳作留下的痕迹。

最里面的洞才开凿出一半,中年人微笑着回答你们的问题。原来,开凿出来的窑洞是冬天用来窖藏生姜的。把生姜埋在厚厚的细沙里保暖保鲜,这让你想起小时候老家的地窖。那时候各家的地窖里除了储藏地瓜、萝卜和白菜,还储藏晒干的大葱。成捆的大葱靠在地窖的土墙上,褪去绿色的干葱叶和土墙的颜色融合在一起,有一种居家的安详和宁静。

马上就要到霜降季节了,收获姜的日子也近了。"霜降杀百草",姜让霜打了就不再生长而且不好存放,必须在霜降到来之前挖姜。姜农们又要开始忙碌了,你在一篇文章中读到过姜农出姜时的万分劳顿和艰辛。姜之味既是大自然的馈赠,更是姜农们艰辛的付出,那些抛洒的汗水,把生姜滋润得郁郁葱葱。

在姜窖里和姜农聊天的时候还不到下午两点钟,距离孟良崮战役纪念馆还有一小段路程。如果时间再往前推移一个多小时,你们的行程才到那个叫院东头镇的地方。

院东头镇是沂蒙红嫂祖秀莲的故乡,时间正好赶上午饭时间,在英雄的故土吃一顿午餐也是一种缘分和荣耀。

小镇一条主街道,街道两边都是新建的两层小楼,很干净也很安静的一个山区小镇。

在沂蒙山区，秋冬时节是吃羊肉喝羊汤最好的时节，暖中补虚，补中益气，开胃健身，益肾气。小镇的西头正好有一家蒙山全羊馆，一看见招牌仿佛就闻到了全羊汤浓浓的鲜香味道。

全羊馆是两层小楼，走进餐馆门厅，暖暖的秋阳从玻璃大门照进来，照在门厅摆放的几张矮桌上。

餐馆是一对小夫妻经营的，操作间在门厅一侧，刚出锅的全羊肉盛在一个大托盘里，散发着热气和香气。

沂蒙大锅全羊是沂水人最爱的美食之一，在选料上就十分讲究。羊肉取自沂蒙特有的品种黑山羊，这种羊体魄矫健，活动量大，肉质好，膻味小，是做全羊汤最好的食材。

餐馆的小老板介绍，每年阴历七月上旬至八月底，是黑山羊最肥美的时节，将宰杀后的羊的肉、骨、内脏、头、蹄等一起放入大锅，再添加十余种天然香料，慢火长时间炖制。这样做出来的全羊汤不膻不腥、汤汁浓郁、味道鲜美、营养丰富，具有大补之功效，汤中的羊肉更有"肉中人参"之美誉。

你们一边听介绍，一边让男主人给你们炖汤。在吃法上，沂蒙大锅全羊汤分两种。一般的吃法是使用大碗或者盆盛上大锅煮好的全羊，端上餐桌供食客们享用，一盆不足再来一盆。正式一些的吃法又叫吃全羊宴，一般是用来招待比较尊贵的客人，或用于大的庆典，即把一锅煮好的全羊的各部位分开上桌，而且有约定俗成的先后顺序。

你们要了一大盆全羊汤，在汤没有出锅之前，先点了几个佐酒的小菜：沂蒙山小炒肉、清炒木耳腐竹芹菜、炒山豆角、炝土豆丝。酒是沂蒙山酒，四十元一瓶，一看标签，出厂日期居然是

2012 年。存放了八年的老酒，喝起来味道醇厚绵长，乘着酒兴把餐馆剩下的几瓶老酒都买了，全羊汤也端上来了。

汤盆里肉很多，因为是全羊汤，除了羊肉，还有羊杂碎。绿绿的芫荽和葱花飘在汤盆里，一人盛了一小碗，按各自的口味放上小店里的辣椒，喝上一口汤，很鲜的味道，蒙山全羊汤果然名不虚传。

和全羊汤相配的主食是煎饼和一种厚厚的切成三角形的面饼。面饼很厚很硬，掰成小块放进羊汤里，居然入口即化，还有回甘。这让你想起兰州的羊肉泡馍。好多年前去兰州，头天晚上在兰州美食一条街吃一些特色美食，很尽兴，睡得有点晚，第二天一觉醒来已经八点，在距离宾馆不远的大众巷吃羊肉泡馍，小店的招牌上写着"俊杰羊肉泡馍"，老牌子了。

同样是羊肉泡馍，兰州的羊肉泡馍和陕西的羊肉泡馍不太一样。也是多年前去陕西，晚餐在一个小胡同里吃羊肉泡馍，同样热闹的场景，干干的面饼一点一点掰碎放在碗里，浇上调好的羊肉汤，油水很足，有点发腻，结果只吃了半碗就吃不下去了。兰州的羊肉泡馍却别有风味，调好的羊肉汤油水不大，把饼掰碎泡在羊肉汤里，吃起来一点也不腻，味道很好。院东头镇的全羊汤泡饼就是这个味道。

因为有了比对，酒后的蒙山情怀就有了西北的粗犷和豪气，两个多小时后，站在孟良崮战役纪念馆的高台上，回望中的点点滴滴，是蒙山之行最好的馈赠。

飘香鱼

前沙海很久以前是一个回民村,后来划成了社区。行政区划改变了一个村庄的容貌,没有改变的是村庄传统的美食,譬如"回民十大碗"。

经营回民十大碗的一家小餐馆在沙海社区的一条南北街道上,路东,不大的招牌,光看门脸给人一种大排档的感觉。

餐馆里有包间和大厅,说是大厅,其实只能摆放几张长木桌,没有吧台,操作间紧靠着大厅。包间也没有几间,逼仄,光线昏暗,白天也要亮着灯。

简陋的就餐环境遮盖不住美食的诱惑,大块烧牛肉、清炖羊肉、筋道牛肉丸子、酱爆牛杂、烩酥羊肉、垮炖鸡块、蜜汁山药、芹菜肉丝,回民十大碗中的八大碗,光听听菜肴的名称就很诱人。

十大碗之外的一些菜肴同样让人心动,垮炖羊肉、蒜香酥鱼块、鸡丝香菇炖粉皮、手撕香鸡、酱牛肉、醋熘木须、葱爆羊肉、垮炖牛肚……如果一直列举下去,回民的菜肴还有好多好多。

"垮炖"是一种制作方式,腌制好的牛羊肉,或者鸡肉和鱼肉,都要裹上面糊下油锅炸好,然后再炖,炖出来的菜肴肉质酥烂,很入味。在回民十大碗小餐馆吃饭,人不多的时候点上两三个荤菜,再配几个素菜,就很丰盛了。因为餐馆的菜肴分量很足,一大碗红烧牛肉块和一大碗清炖羊肉就把餐桌点缀得有色有味,再多点荤菜就浪费了。即便是人多,也很少点全十大碗,丰盛的菜肴让人却步。

好多年前在鄄城郑营街上吃汉族人的"八大碗",同样丰盛,让人记忆犹新。

回民十大碗之外最绕不开的菜肴是红烧羊羔肉,这道菜肴虽然不是回民的传统菜肴,却有后来居上的感觉。

前沙海的红烧羊羔肉做工考究,食材必须新鲜,剁成块的羊羔肉先在开水中过一下,捞出用清水冲洗干净,再在清水中浸泡,然后倒进铁锅爆炒。蜂蜜和甜面酱是必不可少的作料,这两种作料不仅能提味,还能让炒好的羊羔肉呈诱人的金黄色。还有葱、姜、辣椒、八角、花椒和料酒,加好这些作料后文火慢炖,出锅前淋上一大勺香油,那种香,闻一闻都很过瘾。

你第一次吃红烧羊羔肉不是在前沙海吃的,是在牡丹区胡集东马亥村吃的。东马亥和前沙海一样,都是回民村,做羊肉都很在行。十多年前因为工作上的一点事去胡集,晚饭安排在东马亥一位回民朋友家,饭菜都是在他家做的,其中的大菜就是红烧羊羔肉。

红烧羊羔肉是用一个大铁托盘端上来的,金黄色的肉质在灯光下油汪汪的,散发着浓浓的香气。托盘里除了肉,还有七八个羊头,也是油汪汪的,呈好看的金黄色。

因为你是客人，主人把一个羊头放进你的骨碟。第一次吃红烧羊羔肉，你不知道怎样对付那个羊头。回民朋友吃羊头很娴熟，他把一双筷子对齐，从一只羊眼插进去，筷子从另外一只羊眼出来。然后，他用力把筷子分开，羊盖骨就打开了，露出羊脑。他说羊头主要吃三样：羊眼、羊脑、羊舌头。你学着他的办法，很轻松地把羊头打开了，后来才知道一盘红烧羊羔肉一般只有一个羊头，那是一盘红烧羊羔肉中的精华。羊头是给尊贵的客人准备的，类似于汉族人吃鱼时把鱼头对准尊贵的客人，鱼头酒是要喝的，喝完客人先动筷子其他人才能吃。繁复的礼节，丰富了我们的饮食文化。

第一次吃红烧羊羔肉就吃出了许多道道，吃完羊头又吃了几块羊羔肉，鲜嫩的肉质，麻辣的香味，让人大快朵颐，最后上了一碗手擀面，浇上红烧羊羔肉浓浓的汁液，完美收官，让人回味绵长。

回民十大碗的食材主要是牛羊肉，鱼肉不在其中，但回民菜系中"蒜香酥鱼块"却很有特色。收拾干净的草鱼或鲤鱼剁块，放进容器腌制好，腌制的调料有椒盐、洋葱末、大蒜末等，然后挂薄面糊油炸定型，装盘上桌前再炸一遍，吃起来酥脆香浓，尤其是那蒜香味，让人想起五月的田野。

还有一道名为"飘香鱼"的特色菜肴，在前沙海一个小餐馆里，陈集的几位朋友让你邂逅了这道菜肴。

小餐馆是一个农家院落，主房经营餐馆的主人居住，东西配房是餐馆的包间。餐馆的特色菜肴除了红烧羊羔肉，最有名气的就是飘香鱼。

因为是在晚上去的餐馆，没有注意餐馆的名字，只记得餐馆坐落在东西街道上，很安静的一个角落，让人忘记了城市的喧嚣。

飘香鱼是用一条完整的鱼做成的，虽然端上来的时候鱼头和鱼身分开了，但依然能感觉到鱼的完整性。

鱼肉裹着厚厚的面包屑，用牙轻轻咬开，里面的鱼肉露出来，肉的香软和面包屑的酥脆，碰撞出来的是一种奇异的香味。香软的鱼肉吃起来还有点筋道，应该是腌制好的鱼肉油炸后再裹上面包屑，想象中做工类似肯德基的做法，但又融入了中餐的元素。中西食文化的结合，铸就了飘香鱼的灵魂。

第一次和飘香鱼邂逅就留下了深刻的印象，后来又有几次去那个回民小餐馆就餐的经历，每一次点的菜肴中都给飘香鱼留下特别的位置，同时也给你的美食记忆平添了一个很好的注脚。

草原传奇

《草原传奇》是一首歌,一位内蒙古女歌手唱过,歌手的名字好像是琪琪格,唱过《鸿雁》的那位女歌手。"江水长,秋草黄,草原上琴声忧伤",能把《鸿雁》这首歌演绎得千回百转、荡气回肠,再唱《草原传奇》,草原的风情自然迎面扑来。

迎面扑来的还有一个餐馆高高的门头,上面写着"草原传奇"四个大字。

餐馆在曹县长江东路与青岛南路交叉路口,距离马金凤戏楼不远。好多年前和几位朋友在马金凤戏楼上吃烧烤,喝黑啤酒,从楼上看下去,戏楼的广场上有点点灯火,那些烤串的摊点,溢满人间的烟火。

餐馆前是一片空地,可以停好多辆车。空地边沿种着女贞树,初冬的女贞树依然枝叶翠绿,红黑色的果子缀满枝头。

在没有来餐馆之前,你和朋友陪着家人在一个苹果园摘苹果。立冬以后,经过霜的苹果正是好吃的时候。

好多年的这个时候,都喜欢去穆李村的苹果园摘苹果,有一次摘完苹果后在一家狗肉馆吃火锅。狗肉馆紧靠着火车道,一片闲置的黄沙地上，一排简易的木板房，房后是一片树林，火车道从树林中穿过，狗肉馆比想象中还要简陋。

因为是冬天，狗肉馆的火锅生意很好，你们到的时候板房前的空地上已经停满了车子，没有停车的地方摆放着许多木桌子，暖暖的冬阳下，狗肉的香味夹杂着酒香在弥漫。

在板房里寻到了一张空闲的桌子，旁边的窗户正对着屋后的树林，铁轨在阳光下，向远方延伸。

一大盆炖好的狗肉端上来了，冒着热气和香气，还有几样配菜：凉拌油皮、辣炒猪血、炝土豆丝、尖椒炒柴鸡蛋。举杯开喝，几杯酒下肚，有了古代侠客们喝酒的豪气。

一列火车开过来了，带着呼啸，你一回头看见了火车的车头和蜿蜒的车厢，是一列货车，在正午的阳光下，在你的身后呼啸而过，开往未知的远方。

一列火车的通过让你们一起举起了酒杯，麻辣的狗肉在酒精的燃烧中，伴着火车的轰鸣。

陆陆续续又有几列火车通过，每一次都让大地微微抖动，火车就在你的身后，一次次开往未知的远方。

许多年前摘完苹果后的美食经历一直让人难忘，尤其是在火车道旁，在火车呼啸而过的原野上，那种感觉辽远而豪旷。许多年后，在视频上看见一家网红火锅店，就开在距离铁道不远处，隔着护栏，火车一列接着一列呼啸而过，带走了食客们的目光。

目光里是矫情的"诗和远方"，还是"远山的呼唤"？《远山的呼唤》，很久以前的一部日本电影，高仓健主演，荒凉的北海道，逃亡，爱与哀愁，雪地冰冷而坚硬。

陌生的场景很容易让人浮想联翩。你和朋友陪着家人去的苹果园，在一个名字为"甄楼"的小村庄，隶属普连集镇。

苹果园在村庄的南面，靠着一条乡间水泥路。苹果园属于好多人家，中间用网隔开。一眼望不到尽头的苹果园里，红红的果子掩映在还没有褪去绿色的叶子中间，让人感觉秋天还没有走远，一切看上去还在秋里，树叶还在等待一场风，等待一场冬雨让它们褪去色彩的斑斓。

苹果园里，初冬的阳光依然醇厚温暖，有着深秋的悱恻缠绵和款款深情。

苹果园的主人是一位中年农民，他手牵着一位小女孩，那是他的小女儿，梳着两条小辫子，在苹果园里奔跑的时候小辫子会扬起来，让你看见风的样子。小女孩手中拿着一个红红的大苹果，一口咬下去，浓浓的汁液，看上去甜味十足。

你摘一个大苹果，扯掉苹果上的塑料薄膜，一个干干净净、红彤彤的大苹果就露了出来，不用水洗，直接开吃，又甜又脆，汁液饱满，经历过风霜的味道，蕴含着人生的种种慨叹。

在苹果园中穿行，苹果树一株挨着一株，果园深处密不透风，让人感觉不到一丝初冬的寒意。果园上空有鸟的鸣唱，但草丛里虫子却销声匿迹了，蛰伏的冲动，让它们躲进了温暖的泥土里，等待春天那个叫"惊蛰"的季节。

果园里有好多摘苹果的城里人，他们的车就停在紧挨着苹果园的那条乡村水泥路上，长长的一排，有果园开园的喜庆氛围。

隔着水泥路，是一片杨树林，落完叶子的杨树枝干显得更加笔直高大，厚厚的落叶踩上去，窸窸窣窣的声音，是冬天走近的脚步声。

摘完苹果在杨树林中小憩，回望苹果园，一棵高高的柿子树上，还挂满红红黄黄的柿子果，那是留给鸟儿过冬的食物吧，在冬日的阳光下显得格外温情。

后来和朋友几家来到了草原传奇，一走进餐馆大厅就感觉到浓浓的草原气息：墙壁上挂着身穿蒙古族服装的牧人在草原上骑马驰骋的彩图，绿绿的无边的草原，白白的羊群和天上洁白的云朵，那是呼伦贝尔大草原，一条弯弯的河流，羊群、牛群和马群在河流边饮水，格桑花在开放。

你们要的是羊肉火锅，一个大圆桌上镶嵌着两口铁锅，铁锅里是配好的汤汁，倒进切好的新鲜羊肉，从内蒙古大草原运过来的新鲜羊肉，带着草原的气息。

汤汁里有西红柿和胡萝卜，锅开后先喝汤，类似于你生活的小城华英路上的家乡鹅餐馆，"要健康，喝鹅汤"，一碗新鲜的鹅汤，加上芫荽和香葱，鲜香扑鼻。

内蒙古的羊肉熬出来的汤汁和鹅汤的鲜不是一个味道，羊肉汤的鲜是浓浓的，持续不断覆盖你的味蕾，让你想起清泉的汨汨流淌，物我两忘。

餐馆的服务小哥给你们讲解喝汤的程序：第一碗喝鲜汤，不加任何调料；第二碗汤里加香葱和芫荽；第三碗加调制好的韭菜花；第四碗加调制好的酱料。添加的作料就盛放在餐桌上的小碗里，按照喝汤程序，每一碗喝都喝出不一样的鲜味来。

喝完汤再吃锅里的羊肉，肉质很嫩，没有一点膻腥味，配上秘制的调料，很鲜的口感。

除了配火锅的豆腐、白菜、菌菇、冬瓜片、白萝卜片、茼蒿、菠菜外，还要了烤串和毛血旺，因为食材新鲜，每一样菜肴都很可口。

没有酒水，没有酒水的草原传奇让你吃出了难忘的味道。